# 「罪と罰」の受容と「立憲主義」の危機

北村透谷から島崎藤村へ

高橋誠一郎
takahashi seiichiro

成文社

# はじめに　危機の時代と文学――『罪と罰』の受容と解釈の変容

憲法のない帝政ロシアの首都サンクト・ペテルブルクを舞台に、自分を「非凡人」と見なした元法学部学生ラスコーリニコフの犯罪とその結果が描かれている長編小説『罪と罰』が雑誌「ロシア報知」に連載されたのは、幕末の慶応二（一八六六）年のことでした。

一方、日本では一八五三年にアメリカだけでなくロシアからも「黒船」が来航し、ことにペリーが武力を背景に「開国」を要求したことからナショナリズムが高揚して倒幕運動が高まっていました。そのような激動の時期に日本を「万《よろず》の国の祖国《おや》」と絶対化した平田篤胤の没後の門人となった自分の父・島崎正樹をモデルとしてその悲劇的な生涯を描いたのが島崎藤村の歴史小説『夜明け前』でした。

「明治維新」により奈良時代の「神祇官」が再興されると平田派の国学者たちの影響は広まりましたが、キリスト教の弾圧だけでなく「廃仏毀釈」運動なども展開したことに対する反発が高まり、新政府は「祭政一致」から「政教分離」に政策を変えました。その時期に宮司を罷免された正樹は、先祖の建立した島崎家の菩提寺に放火して捕らえられ狂死していたのです。
放火は人に対するテロではありませんが、自分が信じる宗教を絶対化することで仏教徒にとっては大切な「寺」に放火するという正樹の行為からは、「非凡人」には「悪人」を「殺害」する権利があると考えて「高利貸しの老婆」の殺害を正当化したラスコーリニコフの犯行と苦悩が連想されます。

それゆえ、本書では幕末から明治初期にいたる激動の時代を描いた島崎藤村の『夜明け前』をとおして一九世紀のグローバリズムとナショナリズムの問題をまず考察することにします。明治の文学者たちの父親の世代が体験したこの時期を考察することは、日本における『罪と罰』との出会いの衝撃を理解する上でも重要だと思えるからです。

その後で日露の近代化の問題にも注意を払いながら、ナポレオンのような英雄にあこがれる若者を主人公とした『罪と罰』にいたるまでのドストエフスキー（一八二一〜一八八一）の歩みと文学的な試みの意義を考察することにします。

ナポレオンとの「祖国戦争」に奇跡的な勝利を収めたロシアではナショナリズムが高まり、一八三三年には「自由・平等・博愛」に対抗する、ロシア独自の「正教・専制・国民性」の「三位一体」を強調したロシア版の「教育勅語」が出され(1)、それに反する者は厳しく罰せられるようになっていました。「暗黒の三〇年」とも呼ばれたそのようなニコライ一世の治世の時代に、農奴の解放や言論の自由、裁判制度の改革などを求めて活動していたのが若きドストエフスキーだったのです。

フランスで起きた一八四八年の二月革命の影響を恐れたロシア政府によってペトラシェフスキー事件で逮捕されたドストエフスキーは、偽りの死刑宣告を受けた後でシベリア流刑となりました。しかし、クリミア戦争敗戦後の「大改革」の時期にシベリアから帰還したドストエフスキーは兄とともに創刊した総合雑誌『時代』で、自国や外国の文学作品ばかりでなく、司法改革の進展状況やベッカリーアの名著『犯罪と刑罰』の書評など多彩な記事も掲載していました。

新自由主義的な経済理論で自分の行動を正当化する卑劣な弁護士ルージンとの激しい議論も描かれている長編小説『罪と罰』は、監獄での厳しい体験や法律や裁判制度や社会ダーウィニズムなどの新しい思想の考察の上に成立していたのです。

一方、明治に改元される直前の慶応四年五月に生まれた内田魯庵が英訳で『罪と罰』を読んだのは「憲法」が発布された明治二二年のことでした。この長編小説を読み始めたものの興が乗らずに最初の百ページほどを読むのに半月近くもかかった魯庵は、「それから後は夜も眠らず、ほとんど飯を食う暇さえないぐらいにして読み通した」のです(2)。

そして魯庵はこの長編小説は「主人公ラスコーリニコフが人殺しの罪を犯して、それがだんだん良心を責められて自首するに到る」筋と、「マルメラードフと言う貴族の成れの果ての遺族が、次第しだいに落ぶれて、ついには乞食とまで成り下る」という筋が組み合わされて成立していると指摘していました。

さらに、主人公の自意識の問題だけでなく、制度や思想の問題点も鋭く描き出していた『罪と罰』との出会いによる自分の「文学」観の変化とドストエフスキーへの思いを魯庵は大正四年に著した「二葉亭四迷余話」でこう書いています[3]。

「しかるにこういう厳粛な敬虔な感動はただ芸術だけでは決して与えられるものでないから、作者の包蔵する信念が直ちに私の肺腑の琴線を衝《つ》いたのであると信じて作者の偉大なる力を深く感得した。（……）それ以来、私の小説に対する考は全く一変してしまった」。

こうして『罪と罰』から強い感銘を受けた魯庵は「何うかして自分の異常な感嘆を一般の人に分ちたい」と思いたち、二葉亭四迷の助力を得て長編小説『罪と罰』の前半部分を、日本で初めて訳出して二回に分けて刊行したのです。

ただ、『罪と罰』の売れ行きが思わしくなかったために前半のみの訳出で終わりましたが、内田訳を読んでこの長編小説の思想に深く迫ったのが、明治の雑誌『文学界』の精神的なリーダーだった北村透谷でした。

すなわち、透谷は『文学界』の前身の『女学雑誌』に載せた評論で「心理的小説『罪と罰』」が、暗黒な社会の側面を暴露していることを指摘して、ロシアでは「貴族と小民との間に鉄柵」が設けられていることを指摘していました[4]。

この記述からは西欧の大国に対抗するために短期間で「富国強兵」を成し遂げて貴族は特権を享受する一方で、農民が「農奴」の状態に陥っていた帝政ロシアの体制の問題点を透谷がよく理解していたことが感じられます。

透谷の評論「『罪と罰』の殺人罪」はそのようなロシアの状況を踏まえて、「最暗黒の社会」には「学問はあり分別ある脳髄の中に、学問なく分別なきものすら企《くわだ》つることを躊躇《ためら》うべきほどの悪事」をたくらませるような「魔力」が潜んでいることをこの長編小説は明らかにしていると指摘していました(5)。

しかも透谷は大隈重信や来日したロシア皇太子ニコライへのテロにも言及しながら「『罪と罰』の殺人の原因を浅薄なり」と笑って退けてはならないと記していましたが、憲法発布の際にも文部大臣の森有礼が襲われて亡くなるという事件が起きていました。さらに、それから一年後に臣民の「忠孝」を強調した「教育勅語」が渙発され、学校での奉読式でそこに記された天皇の署名と印に最敬礼をしなかったキリスト教徒の内村鑑三が「不敬漢」とのレッテルを張られて退職させられるという事件が起きると「国粋主義」が台頭していたのです(6)。

明治四一年に朝日新聞に連載された夏目漱石の『三四郎』の第一一章では、広田先生が高等学校の生徒だった時に体験した出来事を三四郎にこう語っています(7)。

「憲法発布は明治二十二年だったね。その時森文部大臣が殺された。君は覚えていまい。幾年《いくつ》かな君は。そう、それじゃ、まだ赤ん坊の時分だ。僕は高等学校の生徒であった。大臣の葬式に参列するのだと云って、大勢鉄砲を担《かつ》いで出た。墓地へ行くのだと思ったら、そうではない。体操の教師が竹橋内《たけばしうち》へ引っ張って行って、路傍《みちばた》へ整列さした。我々は其処《そこ》へ立ったなり、大臣の柩《ひつぎ》を送ることになった」。

憲法が発布された頃に青年期を迎えていた漱石によって書かれたこの記述は、文部大臣が暗殺された後に起きた事態の重要性を示唆しています。この後で総理大臣に就任した山県有朋は第一回帝国議会の開会直前に「教育勅語」を渙発していたのです。

『三四郎』の前に朝日新聞に連載された自伝的な長編小説『春』で、北村透谷や『文学界』の同人たちとの交友を描くことになる島崎藤村も、日露戦争直後の明治三九年に長編小説『破戒』で、「教育勅語」と同時に公布された「小学令改正」により、郡視学の監督下に置かれた教育現場の問題点を「忠孝」の理念を強調した校長の演説や彼らの言動をとおして明らかにしていました。

夏目漱石は弟子の森田草平に宛てた手紙でこの長編小説を「明治の小説として後世に伝うべき名篇也」と激賞しましたが[8]、本編で詳しく分析するように、島崎藤村は『罪と罰』の人物体系や構造を深く研究した上で長編小説『破戒』を著していたのです。

一方、平民主義を標榜して『国民之友』を創刊してドストエフスキーの『虐げられた人々』など多くの外国文学の翻訳も掲載していた徳富蘇峰は、「教育勅語」が渙発された後で起きたいわゆる「人生相渉論争」では北村透谷を厳しく批判し、日清戦争の後では「帝国主義」を唱えることになります。さらに、幸徳秋水など多くの者が冤罪で死刑となった「大逆事件」後の明治四五年に美濃部達吉の『憲法講話』が公刊されると、蘇峰は『国民新聞』に「美濃部説は全教育家を誤らせるもの」で「帝国の国体と相容れざるもの多々なり」とした記事を掲載しました。

これに対して「大逆事件」の時に修善寺で大病を患っていた漱石は、「刑壇の上に」立たされて死刑の瞬間を待つドストエフスキーの「姿を根気よく描き去り描き来ってやまなかった」と記し、彼が恩赦という形で死刑をまぬがれたことを「かくして法律の揑《こ》ね丸めた熱い鉛《なまり》のたまを呑《の》まずにすんだのである」と続けていました。[9] この漱石の表現からは、「憲法」を求めることさえ許されなかった帝政ロシアで、農奴の解放や表現の自由を求めていた若きドストエフスキーに対する深い共感が現れていると思えます。[10]

しかし、昭和三年の「治安維持法」改正によって日本では共産主義者だけでなく生徒に写実的な描写を教えた教師たちまでも逮捕されるようになりました。そのような時期に評論「現代文学の不安」で自殺した芥川龍之介を批判する一方で、ドストエフスキー文学への強い関心を示したのが文芸評論家の小林秀雄でした。本書の視点から注目したいのは、小林の歴史認識が徳富蘇峰の「英雄観」や「史観」を受け継いでいる点が意外と多いことです。

それゆえ、徳富蘇峰の『国民之友』と『文学界』との対立に注目しながら『罪と罰』理解の深まりを考察した後で、「天皇機関説」事件で日本の「立憲主義」が崩壊した昭和一〇年に書かれた小林秀雄の『破戒』論に注意を払いつつ、その前年の『罪と罰』論を詳しく分析することとします。そのことによって小林が作品の人物体系や構造を無視し、自分の主張に合わないテキストの記述を「排除」して『罪と罰』論を展開していたことを明らかにできると思うからです。

さらに、『夜明け前』論と書評『我が闘争』を『罪と罰』と比較しながら分析することにより、イデオロギーに捉えられることなく「日本文壇のさまざまな意匠」を「散歩」したかのように主張されている「様々な意匠」以降の小林の批評方法には、日本を「万《よろず》の国の祖国《おや》」と絶対化した平田国学的な「意匠」が隠されていることを明らかにすることができると思います[11]。

それらを検証することによって「評論の神様」とも称される小林の手法が、現代の日本で横行している文学作品の主観的な解釈や歴史修正主義だけでなく、「公文書」の改竄や隠蔽とも深くかかわっていることをも示唆することができるでしょう。

最後に、『白夜』などドストエフスキーの作品にたびたび言及しながら、この暗い時代に生きた若者たちを描いた堀田善衞の自伝的な長編小説『若き日の詩人たちの肖像』が、島崎藤村や明治の文学者たちの骨太の文学観を受け継いでいることを示すことで危機の時代における文学の意義に迫ります。

# 『罪と罰』の受容と「立憲主義」の危機——目次

# 『罪と罰』の受容と「立憲主義」の危機——北村透谷から島崎藤村へ

凡例

一、『罪と罰』は Достоевский,Ф.М.Полное собрание сочинений в тридцати томах（以下、ПСС と略す）, Ленинград, Наука, Т.9. により、訳は岩波書店の江川卓訳『罪と罰』（岩波文庫、全三巻、一九九九年）を用いた。引用箇所は本文中の（ ）内に部と章を漢数字で示した。

二、旧かなと旧字は現代の表記に改め、周知と思われる漢字のフリガナは削除し、難しいと思われる漢字にはフリガナを振るか、ひらがなに改めた。

三、文中のロシア人の姓名や地名の表記は、煩雑さを避けるために統一した。

四、引用文の最後に来る句点は省いた。

五、引用文献には引用箇所の下に数字を付け、巻末に各章ごとに示した。

六、本書においては敬称を略した。

# 第一章　「古代復帰の夢想」と「維新」という幻想
## ――『夜明け前』を読み直す

### はじめに　黒船来航の「うわさ」と「写生」という方法

日本を代表する歴史小説の一つである長編小説『夜明け前』は、「治安維持法」によって言論や表現の自由が大幅に規制され、「天皇機関説」事件の後では、明治憲法の「立憲主義」が否定され、神話的な歴史観に基づいて「神国不滅」を信じ、「鬼畜米英」を唱えて無謀な戦争へと突入していくことになる暗く重たい時期に連載されました(1)。

この長編小説にたいする当時の小林秀雄などの評価は第六章で分析することにしますが、ニコライ一世の「暗黒の三〇年」よりもはるかに検閲が厳しかったと思える昭和初期に島崎藤村は、「黒船」の来航に揺れた時代に青年期を迎えて「平田篤胤没後の門人」となった自分の父親をモデルとした『夜明け前』を書き続けていたのです。

ドストエフスキーは多くの小説で人々の不安や恐れなどの心理とも深くかかわる「噂《うわさ》」の問題を取り上げていました。『夜明け前』で「雨乞いの最中」に馬籠宿に届いた「久里《くり》が浜《はま》の沖合いに、黒船のおびただしく現われたという噂」を記した藤村は(序の章・第五節、以下、章と節を序・五のように略して示す)、「この街道に伝わる噂の多くは、諺《ことわざ》にもあるようにころがるたびに大きな塊《かたまり》になる雪達磨《ゆきだるま》に似ている」とも書いていました(2)(一・二)。

こうして「うわさ」の性質にも注意を促すことで、このような時期に青年期を迎えた主人公の青山半蔵が「国学への傾倒」を強めていく理由を説明するとともに、藤村は「種々な流言が伝わって来た。宿役人としての吉左衛門らはそんな流言からも村民を護《まも》らねばならなかった」と続けて、半蔵の父・吉左衛門の冷静さにも注意を促していました(一・二)。

この意味で注目したいのは、幕末から明治初期の激動の時期を描いているこの長編小説の「序の章」では、一八四三年に金兵衛の父が建てた芭蕉の句を刻んだ翁塚を見に行った際の主人公の父・青山吉左衛門と補佐役の金兵衛の二人ののどかな会話が描かれていることです(序・四)。すなわち、「送られつ送りつ果《はて》は木曾の秋」という句の「秋」の字が難しい「穐」と記されていることをめぐって、「どうもこれでは木曾の蝿《はえ》としか読めない」などという会話を描いた藤村は、「こんな話の出たのも、一昔前《ひとむかしまえ》だ」と結んでいたのです。

一八六〇年の大火で馬篭の本陣が焼失したことを考えるならば、「秋」の字を忌避したのは「秋」に含まれる火を忌避したためと思われますが、金兵衛に「親父《おやじ》も俳諧は好きでした」と語らせた藤村は、吉左衛門には「いくらか風雅の道に嗜《たしな》みもあって、本陣や庄屋の仕事のかたわら、美濃派の俳諧の流れをくんだ句作にふけることもあった」と記しています。

島崎藤村が『夜明け前』を書く際に「これなら安心して筆が執れるという気」になったのは、一八二六年から一八七〇年にいたる商いの記録だけでなく地震などの自然災害などの事実も記録されていた金兵衛のモデル・大脇信興の『大黒屋日記』を読んだときでした。(3)

俳句の改革を行った正岡子規が、「歌よみに与ふる書」で、「歌は事実をよまなければならない。その事実は写生でなければならない」と書いていたことに留意するならば、このとき藤村もまた江戸時代に確立していた日記文学の「写生」という方法の重要性を深く認識していたと思われます。

正岡子規を深く敬愛していた作家の司馬遼太郎も、『坂の上の雲』で子規が主張した「写生」や「比較」という方法の重要性を指摘していました。(4) それは現代の日本でも流行っている主観的な文学作品の解釈とは対極をなすような方法論です。それゆえ、本章ではグローバリズムとナショナリズムの関係に注意を払いながら、司馬の「神国思想」観や「明治観」にも注目することで、藤村の『夜明け前』を詳しく読み解くことにします。

## 一、幕末の「山林事件」と「古代復帰の夢想」

長編小説『夜明け前』は次のような印象的な文章で始まります。

「木曾路《きそじ》はすべて山の中である。あるところは岨《そば》づたいに行く崖《がけ》の道であり、あるところは数十間の深さに臨む木曾川の岸であり、あるところは山の尾をめぐる谷の入り口である。一筋の街道はこの深い森林地帯を貫いていた」。

この文章の見事さは、人や物だけでなく「情報」をも運ぶ街道の重要さを示唆しているばかりでなく、この地域における森林の占める大きさも示すことにより、半蔵が一八歳の時に遭遇して武家社会への批判的な見方をするようになる原因となった「山林事件」の重大さをも示唆していることです。この「山林事件」に対する厳しい処罰は序章で描かれていますが、その後もその時の記憶がたびたび繰り返して描かれているのです。

すなわち、木曾には「巣山《すやま》、留山《とめやま》、明山《あきやま》の区別があって、巣山と留山とは絶対に村民の立ち入ることを許されない森林地帯であり」、自由林とされていた明山でも檜木《ひのき》や椹《さわら》など特別な五木は、許可なしに伐採することを禁じられており、中でも檜木《ひのき》は一本でもばかにならず、「陣屋の役人の目には、どうかすると人間の生命《いのち》よりも重かった」のでした。

「六十一人もの村民が宿役人へ預けられることになった」山林事件を、当時十八歳だった半蔵が庭のすみの梨《なし》の木のかげに隠れて、「眼を据えて、役人のすることや、腰縄につながれた村の人たちのさまを見ている」と記した藤村は、ようやく手錠を免ぜられた日に捕らえられていた貧民の一人が、役人にこう弁解したことも記しています。

「畏《おそ》れながら申し上げます。木曾は御承知の通りな山の中でございます。こんな田畑もすくないような土地でございます。お役人様の前ですが、山の林にでもすがるよりほかに、わたくしどもの立つ瀬はございません」。

強欲な問屋・角十に対して荷を運ぶ牛方たちが協力して立ち上がり要求をとおした牛方事件の描写でも藤村は、半蔵の「眼」に注意を促しながら彼の性質を次のように描写しています。

「馬籠本陣のような古い歴史のある家柄に生まれながら、彼の眼が上に立つ役人や権威の高い武士の方に向わないで、いつでも名もない百姓の方に向い、（……）この街道に荷物を運搬する牛方仲間のような、下層にあるものの動きを見つけるようになったのも、その彼の眼だ」（二・四）。

このような半蔵の「眼」についての記述の意味を理解する上で重要だと思えるのは、研究者の相馬正一が、「本陣と問屋は幕藩体制の末端機構」に属していたが、「これにたいして庄屋は、村方の世話役で、村人の生活を守る立場にある」ことを指摘して、「三役を兼務する青山家は、一方で支配階級につながりながら、他方で被支配階級の利益代表を務めるという矛盾した立場」にあったと指摘していることです[5]。

実際、半蔵が旅先でこの事件に関わった牛行司と出会った際にも藤村は、農奴制を維持するために農民たちを無知の状態に留めていた帝政ロシアの教育制度を厳しく批判したトルストイやドストエフスキーの記述をも連想させるようにこう描いています。

「下民百姓の目をさまさせまいとすることは、長いこと上に立つ人たちが封建時代に執って来た方針であった。しかし半蔵はこの街道筋に起って来た見のがしがたい新しい現象として、あの牛方事件から受け入れた感銘を忘れなかった」（三・二）。

さらに「諸国には当時の厳禁なる百姓一揆《いっき》も起りつつあった」際にも、半蔵には「それを単なる農民の謀反《むほん》とは見なせなかった」と記し、処罰がきわめて厳しかったにもかかわらず「進んでその苦痛を受けようとするほどの要求から動く百姓の誠実と、その犠牲的な精神とは、他の社会に見られないものである。当時の急務は、下民百姓を教えることではなくて、あべこべに下民百姓から教えられることであった」と考えていたとさえ書いているのです（五・三）。

この言葉は農民芝居の演出にかかわったことで民衆の秘められた能力に驚いたドストエフスキーが、「わが国の賢人たちが民衆に教えうることは少ない。私は確信をもって断言するが、その逆に、賢人たちのほうこそまだまだ民衆に学ばなければならないことが多いのである」と書いていた『死の家の記録』の文章ときわめて似ているとさえ思われます。

他方で武家社会への批判から平田派の考えにしたがって「中世以来は濁って来ている」と考えるようになった半蔵は、二三歳を迎えたころには「言葉の世界に見つけた学問の歓《よろ》こびを通して、賀茂真淵《かものまぶち》、本居宣長《もとおりのりなが》、平田篤胤《ひらたあつたね》などの諸先輩が遺《のこ》して置いて行った大きな仕事を想像するような若者」になっていました。

すなわち、師匠の宮川寛斎から学んだ「国学」の教えは、「中世以来学問道徳の権威としてこの国に臨んで来た漢学《からまな》び風《ふう》の因習からも、仏の道で教えるような物の見方からも離れよということとであった。それらのものの深い影響を受けない古代の人の心に立ち帰って、もう一度心寛《こころゆた》かにこの世を見直せということ」であり、藤村は平田篤胤に到る国学の流れを「一大反抗の精神」と指摘しているのです（二・一）。

たとえば、「前の年の六月に江戸湾を驚かしたアメリカの異国船」が、「今度は四隻の軍艦を八、九隻に増して来て、武力にも訴えかねまじき勢いで、幕府に開港を迫っているとの噂すら伝わっている」ことを聞いたときの半蔵の思いはこう記されています。

「いつでも半蔵が心のさみしい折には、日ごろ慕っている平田篤胤《あつたね》の著書を取り出して見るのを癖のようにしていた。『霊《たま》の真柱《まはしら》』、『玉だすき』、それから講本の『古道大意』なぞは読んでも読んでも飽きるということを知らなかった」。

アメリカ船での密航を試みて捕らえられた松陰や、彼の師・佐久間象山も連座して獄に下ったとの「うわさ」を聞いた時の半蔵の思いはこう描かれています。

「新しい機運は動きつつあった。全く気質を相異《あいこと》にし、全く傾向を相異にするようなものが、ほとんど同時に踏み出そうとしていた。（……）／「黒船。」／雪で明るい部屋《へや》の障子に近く行って、半蔵はその言葉を繰り返して見た。遠い江戸湾のかなたには、実に八、九艘《そう》もの黒船が来てあの沖合いに掛かっていることを胸に描いて見た」（二・二）。

外国の圧力を受けて「安政の大獄」を強行した幕府に対する批判が強まるにつれて、「さかんな排外熱は全国に巻き起こって来た」が、「眼《ま》のあたりに多くのものの苦しみを見る半蔵らは、一概にそれを偏狭頑固《がんこ》なものの声とは考えられなかった」のです。

そして平田篤胤について「あの本居宣長の遺した教えを祖述するばかりでなく、それを極端にまで持って行って、実行への道をあけたところに、日ごろ半蔵らが畏敬《いけい》する平田篤胤《ひらたあつたね》の不屈な気魄《きはく》がある」と記した藤村は、篤胤に対する幕府の迫害などについてふれた後で、「半蔵や香蔵は平田篤胤没後の門人として、あの先輩から学び得た心を抱いて、互いに革新潮流の渦《うず》の中へ行こうとこころざしていた」と続けたのです（五・二）。

こうして長編小説の第一部では、黒船の来港の「うわさ」が届いたことから激動の時代となり水戸藩の尊王攘夷派の武田耕雲斎らが一八六四年に挙兵した「天狗党」が中山道を通過したときのことやその後の厳しい処刑、第一次長州征伐に威勢良く向かうが、第二次長州征伐に失敗して敗軍のように江戸へと引き返す幕府軍など、「王政復古」に至る幕末の歴史が、主に半蔵の視点をとおして臨場感豊かに描かれています。

## 二、幕末の「神国思想」と「天誅」という名のテロ

「はじめに」では事実を重視した半蔵より一世代上の父・吉左衛門たちの視野が描かれていることを確認しましたが、それを補完しているのが面と向かって半蔵に疑問を投げかける妻の兄・寿平次の存在です。藤村は本家筋の山上七郎左衛門が住む浦賀に訪れることになった際の同行者となった寿平次と半蔵との会話をとおして、平田派の思想を相対化して描きだすことに成功して

います。

すなわち、木曾街道中の関門と言われる福島の関所を越えた奈良井《ならい》の宿で、「どうでしょう、平田先生の学問というものは宗教じゃないでしょうか」と問いかけていた寿平次は、ようやく江戸の宿に到着してくつろいでいた際に半蔵が平田鉄胤《かねたね》に差し出す誓詞《せいし》を見ると、「君の誓詞には古学ということがしきりに出て来ますね。一体、国学をやる人はそんなに古代の方に目標を置いてかかるんですか」と尋ねたのです。

それに対して半蔵が「国学者だって、そう一概に過去を目標に置こうとはしていません。中世以来は濁って来ていると考えるんです」と答えると、寿平次は「待ってくれたまえ。わたしはそう精《くわ》しいことも知りませんがね、平田派の学問は偏《かた》より過ぎるような気がして仕方がない。こんな時世になって来て、そういう古学はどんなものでしょうかね」と鋭く問い返したのです（三・三）。

彼らが浦賀についた際には、中国や韓国などとの古い交流の歴史を振り返りながら、「黒船」の来港が当時の日本に与えた衝撃について、島崎藤村は自分の意見として武力を背景にした外交の問題も鋭く指摘していました。

「もしその黒船が力に訴えても開国を促そうとするような人でなしに、真に平和修好の使節を乗せて来たなら。古来この国に住むものは、そう異邦から渡って来た人たちを毛ぎらいする民族でもなかった。むしろそれらの人たちを歓《よろこ》こび迎えた早い歴史をさえ持っていた。（……）不幸にも、欧羅巴人《ヨーロッパ》は世界にわたっての土地征服者として、まずこの島国の人の目に映った」（三・五）。

注目したいのは、生糸売り込みに目をつけて中津川の商人の書役《かきやく》という形で開港後まだ間もない横浜を訪れていた半蔵の師・寛斎が、日本最初の使節を乗せた咸臨丸《かんりんまる》がアメリカへ向けて出航した際には、「阿蘭陀《オランダ》人の伝習を受け初めてから漸《ようや》く五年にしかならない航海術で、ともかくにも大洋を乗り切ろうという日本人の大胆さ」に驚かされたことが記されていることです（四・三）。

さらに、幕府で外国奉行に任ぜられて製鉄所建設や軍事顧問団招聘などに尽力しただけでなくフランスの万国博覧会にも参加することになる藤村の師・栗本鋤雲をモデルとした喜多村瑞見は、寛斎と牛肉を食べながら「幕府のことほど世に誤り伝えられているものはない」と語り、神奈川条約の実際の起草者なる岩瀬肥後守《いわせひごのかみ》について、こう説明していました（四・四）。

「幕府有司のほとんどすべてが英米仏露をひきくるめて一概に毛唐人《けとうじん》と言っていたような時に立って、百方その間を周旋し、いくらかでも明るい方へ多勢を導こうとしたものの摧心《さいしん》と労力とは想像も及ばない。岩瀬肥後はそれをなした人だ」。

ことに注目したいのは、寿平次が江戸の飛脚から聞いた話として、「攘夷論《じょういろん》が大変な勢い」になり、「浪人は諸方に乱暴する、外国人は殺される、洋学者という洋学者は脅迫される。江戸市中の唐物店《とうぶつや》では店を壊《こわ》される、実に物すごい世の中になりました」と語っていることです（五・

四）。

実際、「明治国家」の賛美者とされることの多い司馬遼太郎も『竜馬がゆく』で咸臨丸でアメリカに渡った洋学者・勝海舟の暗殺に竜馬を誘った千葉道場の重太郎に、「わが大八洲《おおやしま》は神々の住み給う結界にして、穢人《おじん》どもの一歩でも踏み入れるべき国ではありません」と語らせた後で幕末の「神国思想」の特徴をこう説明していたのです[(6)]。

「重太郎は、流行の水戸的な攘夷思想にかぶれている。それがおなじく流行の国学者の攘夷思想と入りまじって、きわめて宗教色のつよいものだ」。

このような批判が記されている『竜馬がゆく』を「きわめてすぐれた作品だ」と高く評価した歴史学者の飛鳥井雅道も、日本製の「漢語」である「皇国《みくに》」という言葉を創ったのが本居宣長であることに注意を促していました。そして、「日本が『漢国《カラクニ》』などとは比較できないすぐれた国」であると教えられた弟子の服部中庸《なかつね》が、『古事記』の記述に従って「皇国」の成り立ちを図示し、本居宣長の主著『古事記伝』の附巻として組み込まれている「三大考」を批判的に紹介していまず[(7)]。

すなわち、「もっともすぐれた国は天地生成のときから位置が違うのだ」とした服部中庸は、「皇国の在り処」は、「図の如く大地《オホツチ》の頂上《イタヾキ》」で、「ただしく天と上下相対《アヒムカ》へる、蔕《ホゾ》の処」であり、「天に一番最後までくっついていて、今でも天と正面から向かい合っているのが『皇国』だ」と主張していたのです。

服部中庸の「三大考」から強い知的刺激を受けつつ、山村才助の『西欧雑記』などの書物をとおしてキリスト教の神学にもある程度通じていた平田篤胤は、天と地が結びついているのはおかしいと考えて、その主著『霊《たま》の真柱《みはしら》』で、天と地は「天磐船《あまのいわふね》」で結ばれているとする国学的宇宙論を展開していたのです(8)。

それゆえ、「半蔵さん、攘夷なんていうことは、君の話によく出る『漢《から》ごころ』ですよ」と寿平次に指摘させた藤村も、「同時代に満足しないということにかけては、寿平次とても半蔵に劣らなかった」と書き、「復古というようなことが、はたして今の時世に行なわれるものかどうかも疑問だ。どうも平田派のお仲間のする事には、何か矛盾がある」という寿平次の独り言も記していました(六・二)。

実際、平田篤胤の『霊の真柱』には、「吾が皇大御国《すめらおおみくに》」は「万《よろず》の国に秀《ひい》で勝《すぐ》れて、四海の宗国たるが故に、人の心も直《なお》く正《ただ》しくして」と記されており(9)、外国の脅威が次第に強く意識されてくる中で日本を絶対化していた篤胤の思想は、当時の多くの人々の心を捉えたばかりでなく、行動にも駆り立てたのです。

東海道の治安が不安定になってきたために皇女・和宮の行列が急遽、中山道経由となったことで御通行の準備やあと始末に追われた馬籠宿には、「人の口から口へと伝わって来る江戸の方の噂」で老中安藤対馬が襲われた坂下門の変事が伝わってきます。刺客の「斬奸《ざんかん》趣意書」は、「天朝をも侮る神州の罪人である」井伊大老が殺害されたあとも、「幕府には一向に悔心の模様は見えない」と書き、老中安藤対馬を「北条足利《ほうじょうあしかが》にもまさる逆謀というのほかはない」と断罪していました（六・三）。

それゆえ、かつて江戸に出て水戸藩士藤田東湖《ふじたとうこ》の塾でも学んだことがある国学者の暮田は「尊王の意思の表示」のために、「足利尊氏以下、二将軍の木像の首を抜き取って」、「三条河原に晒《さら》しもの」にしていました。逃げてきた先輩の暮田をかくまった半蔵が、そのことを知らされて「実行を思う心は、そこまで突き詰めて行ったか」と考えさせられたと藤村は描いています（六・五）。

馬籠などの百姓達からも集めた金で行った第二次長州征伐が失敗した後で情勢が一気に変わり（一二・三）、徳川慶喜が鳥羽伏見の敗戦を受けて十月十三日には政権返上を決意しました。そのことを聞いた半蔵は「この大政奉還と、引き続く将軍職の拝辞とによって、まことの公武一和の精神がいかなるものであるかを明かにした」と感じ（一二・五）、「ひどい血を流さずに復古を迎えられたという話さ。そこがわれわれの国柄をあらわしていやしませんか。なかなか外国じゃ、こうは行くまいと思う」と喜んだのです（一二・六）。ここには武家の横暴を悪んで、古代の平和な社会への復帰を望んだ半蔵の思いがよく表れているでしょう。

しかし、第二部の第四章では戦費の膨大さを聞き込んできた金兵衛の言葉を息子に伝えた父の吉左衛門が、「王政御一新はありがたいが、飛んだところに禍《わざわ》いの根が残らねばいいが」と語っていました（第二部・四・六）。

実は半蔵に大政奉還の知らせを告げた中津川の国学者・蜂谷香蔵は「京都から来た手紙には」、「慶喜公が大政奉還の上表を出したとほとんど同じ日に、薩長二藩へ討幕の密勅が下ったということを確かな筋から聞き込んだ」ことも伝えていたのです。過去を美化することなく現実を見つめるリアリズムの精神を持っていた吉左衛門の言葉は、西南戦争に至る明治政府の混乱を予言していたといえるでしょう。

## 三、裏切られた「革命」――「神武創業への復帰」と明治の「山林事件」

少し戻りますが、第一部の終わり近くではこう記されていました。「革命は近い。その考えが半蔵を休ませなかった。幕府は無力を暴露し、諸藩が勢力の割拠はさながら戦国を見るような時代を顕出した。この際微力な庄屋としてなしうることは、建白に、進言に、最も手近なところにある（尾張藩の）藩論の勤王化に尽力するよりほかになかった」（一二・三）。

このように半蔵の「革命」への思いを記した藤村は、そのあとで彼が妻に語った言葉を描いています。「ご覧な、こう乱脈な時になって来ると、いろいろな人が飛び出すよ。世をはかなむ人もあるし、発狂する人もある。上州高崎在の風雅人で、木曾路の秋を見納めにして、この宿場まで来て首をくくった人もあるよ（……）まあ、賢明で迷っているよりかも、愚直でまっすぐに進むんだね」。

『夜明け前』という長編小説を読み終えた後で、この言葉が強く印象に残るのは、「発狂する人もある」という言葉が「明治憲法」発布の三年前の明治一九年に狂死することになる半蔵自身の将来を示唆しているばかりでなく、「首をくくった人」への言及が明治の『文学界』の精神的なリーダーであり、すぐれた『罪と罰』論を書いた北村透谷の自殺をも連想させるからでしょう。

こうして半蔵は、「微力な庄屋」として「愚直でまっすぐに」進もうとしたのですが、「御一新」がなった後で「伊勢《いせ》、京都への旅」に出ていた彼は帰路で、「武家衆がいばったりして人民を苦しめぬいた旧時代にすら」聞いたことのないような「百姓一揆《いっき》」が起きたという「うわさ」を耳にします（第二部・五・一）。馬籠宿に近づくにつれて、その一揆には「千百五十余人」もの百姓が加わっていたことや、その原因には「物価の暴騰」ばかりでなく、多くの若者が「農兵」として召集されたことが大きく関わっていたことが明らかになります（第二部・五・三）。

明治六年に徴兵令が施行されたあとでは、大規模な血税一揆が起きましたが、それまでは税は厳しくとも大地を真面目に耕していれば生活ができた農民にとって、「古代の復帰」が徴兵をも意味するとは予期せぬことだったのです。さらに新政府の農政の問題も新たな「山林事件」で明らかになるのですが、それを見る前に政治と宗教のかかわりが『夜明け前』でどのように描かれているかを簡単に見ておきます。

平田派の国学者にとって明治の王政復古は、「建武中興の昔に帰ることであってはならない。神武の創業にまで帰って行くことであらねばならない」ものでしたが（一二・六）、新政府も一八六八年（慶応四年三月一三日）に「祭政一致布告」を出して「神武創業ノ始」に立ち返り、奈良時代の神祇官を再興させて「神道による国家統一」を進めようとしました。

この時期の平田派の勢いについて藤村は、「先師没後の門人が全国で四千人にも達した明治元年あたりを平田派全盛時代の頂上とする」と書き、「『政治を高めようとする』祭政一致の理想は、やがて太政官《だじょうかん》中の神祇官を生み、鉄胤先生を中心にする神祇官はほとんど一代の文教を指導する位置にすらあった」と続けています（第二部・九・五）。

そして、半蔵も明治二年に父が亡くなった際には「神葬を断行」できなかったものの、上段の間を「神殿にして、産土神《うぶすな》さま」を祭り、明治六年に「葬儀改典勝手たるべし」の布告が出ると独断で「菩提寺任せにしてあった父祖の位牌《いはい》」を持ち帰り、自宅の神殿に移したのです（第二部・六・七）。

さらに、明治三年に「大教宣布の詔《たいきょうせんぷのみことのり》」で、「治教を明らかにして惟神《かんながら》の道を宣揚すべし」という理念を打ち出した新政府は、その翌年には「長崎には特別の出張所を設けてキリスト教対策にあてるとともに、各藩には宣教係を置いて一般の教化」にも努めるなどむしろキリスト教への弾圧を強めていました。

宗教学者の島薗進が指摘しているように、「天皇崇敬と皇室祭祀を中心に『公』の秩序を形成するという基本方針は、明治維新の最初期に定まっており、その制度化に向けた布石は、早くから置かれていた」のです(10)。

島崎藤村も寿平次の思いをとおして平田派の国学者が進めようとしていた「神葬祭」を、「これは水戸の廃仏毀釈《はいぶつきしゃく》に一歩を進めたもので、言わば一種の宗教改革である。古代復帰を夢みる国学者仲間がこれほどの熱情を抱《いだ》いて来たことすら、彼には実に不思議でならなかった」と記し、他の宗教を激しく排斥する復古神道への危惧の念をすでに第一部で記していました（六・二）。

そして藤村は、廃仏毀釈運動の結果を新たな山林事件の嘆願書提出のために大滝を訪れた半蔵の眼をとおしてこう描いているのです。「宗教改革の機運が動いた跡はここにも深いものがある。半蔵らが登って行く細道は石の大鳥居の前へ続いているが、路傍に両部時代の遺物で、全く神仏を混淆《こんこう》してしまったような、いかがわしい仏体銅像なぞのすでに打ち倒されてあるのを見る」（第二部・八・四）。

このような上からの宗教政策は、寿平次が危惧したように国内の仏教徒の強い反発を招いたばかりでなく、さらに諸外国からもキリスト教弾圧停止の要求がでたために、「やがて明治四年八月には神祇官も神祇省と改められ、同五年三月にはその神祇省も廃せられて教部省の設置を見、同じ年の十月にはついに教部文部両省の合併を見る」ほどになり（第二部・九・五）、明治六年にはキリスト教に対する禁教令も解かれたのです。

これと並行して和助のモデルの藤村が生まれた明治五年の八月に発布された「学制」により、身分を問わず誰もが同じ学校で学ぶことができるようになり、やがて全国各地に小学校が創設されて、福沢諭吉の『世界国尽』（一八七〇年）や『啓蒙手習之文』などが教科書として採用されました。

ことに、「人は生まれながらにして貴賤貧富の別なし。唯学問を勤《つとめ》て物事をよく知る者は貴人となり、富人となり、無学なる者は貧人となり下人となるなり」として学問の効用を説いた『学問のすゝめ』は「読本にも使われ、また府県庁から管下人民に対する学問勧奨のための指針ともされ」て、大ベストセラーとなったのです。(11)

注目したいのは、福沢諭吉がロシアの「文明開化」を行ったと高く評価したピョートル一世が一七〇〇年一月にそれまでのビザンツ暦から西暦に近いユリウス暦に改めていましたが、(12)日本でも明治五年の一二月三日を西暦一八七三年一月一日とする大きな改暦が行われたことです（第二部・七・一）。

ロシアでの改暦の際には旧教徒（分離教徒）からの激しい反発がありましたが、学事掛も兼ねていた戸長の半蔵もこの時に暦も西洋流にすることに反対して、「立春の日をもって正月元日とする」、「皇国暦」を新政府に建白していました。

そのことを藤村は妻のお民が「新たに祝日と定められた」神武天皇祭の明治六年の祝日に、長女の結婚話の相談に、生まれてからまだ二ヶ月の赤ん坊だった和助と下女のお徳とを連れて実家に帰った時に聞いた話として描いています（第二部・七・四）。

「万国共通なものを持とうとする改暦の趣意に添いがたい」との理由で建白が採用されなかったことが話題となると、寿平次は「あれからですよ、どうも馬籠の青山は変り者だという風評が立ったのは」と語り、さらに半蔵がそれを気にしていたと続けていたのです。

ことに、明治二年の版籍奉還によって幕府や藩の所有地がすべて国の所有地とされたあとで戸長としての半蔵を最も苦しめたのは、「木曾川上流の沿岸から奥筋へかけての多数の住民の死活」にもかかわるような新たな「山林事件」でした。

木曾「全山の面積およそ三十八万町歩あまりのうち、その十分の九にわたるほどの大部分が官有地に編入され、民有地としての耕地、宅地、山林、それに原野をあわせてわずかにその十分の一に過ぎなくなった」のです（第二部・八・五）。

藤村は一八歳の時の「山林事件」にも言及しながら、この事件の顛末を詳しく描くことで、「革命」に裏切られて次第に精神を病んでいくことになる半蔵の苦悩を描き出しています。

すなわち、明治四年の一二月には木曾谷三三か村の総代一五名のものが連署して、「海辺の生民は今日漁業と採塩とによって衣食すると同じように、山間居住の小民にもまた樹木鳥獣の利をもって渡世を営ませたい」とし、「山林なしには生きられないこの地方の人民を救い出してほしい」との情理を尽くした最初の嘆願書を半蔵が起草して、名古屋県の福島出張所に差し出していました（第二部・八・二）。

なぜならば、東征軍が江戸城に達する前日を期して、「万機公論に決せよ」、「知識を世界に求め大《おおい》に皇基を振起せよ」などの天皇が「全国の人民に誓われた」御誓文の写しが出されていたからです（第二部・四・五）。

それゆえ、「陛下が全国人民に五つのお言葉を誓われたこと」をはっきりと記憶していた半蔵は、その嘆願書では「旧来の陋習《ろうしゅう》を破って天地の公道に基づくべし」との御誓文の中の言葉を引いて、厚い慈悲を請う意味のことを書き出していたことも記したのです。

しかし、新政府の官僚から伝えられたのは「五種の禁止木のあるところは官木のあるところだ」、「従来の慣例いかんにかかわらず」、「すべて官有地と心得よ」との徳川時代よりもはるかに厳しい答えでした（第二部・八・二）。

それに対して、「上に立つものが改革の実を挙げようとするなら、深くこの谷を注目し、もっと地方の事情にも通じて、生民の期待に添わねばなるまい」と考えた半蔵は、「今一度嘆願書の提出を思い立ち、三十三か村の総代として」直接、提出しようとしたのです。こうして半蔵は、新たな嘆願書の草稿を書き上げ、「あちこちの村を訪《たず》ね回って、戸長らの意見をまとめることに砕心し」、「草稿の修正を求め」て清書し、「手を分けて十五人の総代の署名と調印とを求め」、馬籠をはじめとする四か村の代表が「一同に代わって本庁の方へ出頭するまでの大体の手筈」をきめました。

しかし、こうしたさなかに福島支庁から召喚状が届き、「戸長らしい袴《はかま》」を着けて訪れると、掛りの役人が一通の書付を取り出し読み聞かせたのは、「今日限り、戸長免職と心得よ」との文面だったのです（第二部・八・五）。

代官所に続いて問屋の廃止も告げられた際には、「復古の大事業の始まったことをも説いて」、「多くの街道仲間の不平を排しても、本陣を捨て、問屋を捨て、庄屋を捨て」、新政府の戸長としての職務に励んでいた半蔵は、「暗いと言わるる過去ですら」なかったような「山林事件」を、住民のために解決しようとしたために戸長をも免職になったのです。

藤村は「民意の尊重を約束して出発したあの新政府の意気込み」を信じて、奔走していた半蔵の「御一新がこんなことでいいのか」との重い言葉を記しています。

征韓論から西南戦争に至る激動の時期を描いた長編小説『翔ぶが如く』で司馬遼太郎も、中江兆民の思想から強い影響を受けていた旧熊本藩の宮崎八郎が「まず戸長を民選にすることから始めよう」と訴えると「たれもが、そのひとことで理解した」と書いていました(13)（第五巻「植木学校」）。

そして司馬は、「旧幕時代、行政の末端にあって農村を掌握して」いた庄屋の制度と明治四年に導入された戸長制度とを比較して、「まことに、戸長というものほど、太政官国家の体質をばかばかしいほどに象徴しているものはない。／農民が出す民費で養われているにもかかわらず、官が任命し、官の威光を笠に着て君臨しているのである」と書き、「江戸期のほうが数段進歩的だったのである」と指摘していました（第八巻「野の光景」）。

こうした藩閥政府の横暴に武力で対抗した西南戦争には宮崎八郎らの民権主義者たちも参加していたのですが、この戦争が鎮圧されると言論による民権の主張や国会開設の要求が高まってきました。このような政治情勢は木曾にも及んで、明治一三年二月には各村戸長の意見をまとめ、「古来人民の自由になし来った場所はさらに民有に引き直して」貰いたいとの請願書の写しが、半蔵の元にも届けられるのですが、そこに「民有の権利」が主張されているのを読んで、「これが官尊民卑の旧習に気づいた上のことであるなら、とにもかくにも進歩と言わねばならなかった」との感想を抱いたと藤村は記しています（第二部・一三・五）。

一六か村の戸長らが連署した新たな請願も「書面の趣、聞き届けがたく候事」と却下されたのですが、その翌年には半蔵夫婦の次男で妻籠の寿平次の養子となっていた正己が「自由党びいき」だったこともあり、「木曾谷山地の大部分を官有地と改められては人民の生活も立ち行きかねるから従来明山《あきやま》の分は人民に下げ渡されたい」との嘆願書を当時の農商務卿西郷従道《つぐみち》あてに提出しました。

「正己らは当局者の説諭を受けてむなしく引き下がって来た」際のことを藤村は、こう記しています。「半蔵の意見からも、より善い世の中を約束する明治維新の改革の趣意が徹底したものとは言いがたく、谷の前途はまだまだ暗かった」（第二部・一四・二）。

後に見るように「教育勅語」では、「義勇公に奉ずべし」と記されているように藩閥政府も「明治以後の西洋輸入の概念」と同じ「公」という単語を用いています。そのために誤解をしやすいのですが、明治政権が用いていた「公」とは近代の社会における「公」ではなく『公家《くげ》』という概念に即した公」であることを、「憲法」のない帝政ロシアとの違いや「農奴制」と自立した日本の農民との違いに注意を払いながら長編小説『坂の上の雲』で日露戦争を描いた司馬遼太郎は明らかにしています。

すなわち、奈良・平安時代の「公地公民」制度とは、「具体的には京の公家（天皇とその血族官僚）が、『公田』に『公民』を縛りつけ、収穫を国衙経由で京へ送らせることによって成立していた制度」であり、当時の「公民」とは帝政ロシアの「農奴」に近い状態だったのです[14]。

このことを深く理解して、「農奴」のような状態から脱して自立しようとした農民が貴族社会に抵抗して成立させたのが鎌倉幕府だったことを指摘していた司馬は、日露戦争を考察するなかで、経済や社会情勢を無視して「古代を理想視」することの危険性を深く理解していたといえるでしょう。

帝政ロシアでは作家・プーシキンが小説『大尉の娘』で描いたように、農奴化を促進するような政府の政策に反対するプガチョフの乱などが起きていましたが、「明治維新」後に日本でも農民の一揆が続いたのは、藩閥政府が行う農政の危険性を肌で感じたためといえるでしょう。

## 四、新政府の悪政と「国会開設」運動

帝政ロシアで農奴解放令が出されたのは、一八六一年のことでしたが、日本で「穢多《えた》非人」の「解放令」が出されたのは、それから一〇年後の明治四年のことでした。

「今は四民が平等と見なされ、権威の高いものに対して土下座《どげざ》する旧習も破られ、平民たりとも乗馬、苗字《みょうじ》までを差し許される世の中になって来た。（……）これまで、実に非人として扱われていたものまで、大手を振って歩かれる時節が到来した。新たに平民と呼ばれて雀躍《こおどり》するもの

もある」（第二部・七・二）。

こうして、御一新が行われたことで武家の時が過ぎて、「一切の封建的なものが総崩《そうくず》れに崩れ」、平和な時代が到来したかと思われました。しかし、司馬遼太郎が『歳月』で描いているように、明治五年には元奇兵隊の隊長で戊辰戦争の後に御用商人となった山城屋和助が生糸相場に失敗して、陸軍省から無担保で借り受けていた巨額の公金を返還できずに自殺するという山城屋事件が起きました。(15)

この時は陸軍中将・近衛都督だった旧長州藩の山県有朋の関与も強く疑われたのですが、証拠書類が焼き払われていたために罪には問われず、いったん辞職したものの翌年には陸軍卿に出世して復職しました。さらに、この事件の直後にはやはり旧長州藩の井上馨を独裁者とする大蔵省によって、南部藩の御用商人・村井茂兵衛が得ていた尾去沢銅山の採掘権が没収されるという事件が起きました。

このような前代未聞の汚職とその隠蔽の問題と直面した司法卿の江藤新平は、「信じられぬほどの悪政がいま、成立したばかりの明治政府において進行している」ことに憤激し、太政官での議論で「法の前では何人《なんぴと》も平等である」と主張したのですが、議論の大勢はそうはならなかったのです。それゆえ、「征韓論」でも敗れて下野した江藤新平は明治七年一一月に佐賀の乱を起こし、山県たちを批判していた彼は犯罪者として処刑されたのです。

『夜明け前』においては、「維新」後の政治に対する半蔵の苦い思いがこう記されています。

「息苦しい時代の雲行きはどうしてそうたやすく言えるわけのものでもなかったが、しかしなんとなく彼の胸にまとまって浮かんで来るものはある。うっかりすると御一新の改革も逆に流れそうで、心あるものの多くが期待したこの世の建て直しも、四民平等の新機運も、実際どうなろうかとさえ危ぶまれた」（第二部・一〇・四）。

この文章は穢多とされて差別された主人公の苦悩と新たな出発を描いた長編小説『破戒』の主題とも深くかかわっています。なぜならば、四民平等が唱えられたあとも、武士には「士族」の身分が与えられて平民の上に位置づけられたばかりでなく、明治一七年には華族令が公布されて帝政ロシアの貴族制に似た制度も成立することになるからです。

ただ島崎藤村は、「治外法権を撤廃して東洋に独立する近代国家の形態」をそなえるために、当時の政治家や知識人は法律の問題と真剣に取り組んでいたことも『夜明け前』でこう記していました。

「この難関を突き破るために、時の政治家はあらゆる手段を取りはじめたとも言わるる。法律と法廷組織の改正、法律専攻の人士の養成、調査委員の設置、法律専門の外国人の雇聘《こへい》、法律研究生の海外留学、外国法律書の翻訳なぞは、皆この気運を語らないものはない」（第二部・一四・二）。

それゆえ、『夜明け前』の筋からは少し離れることになりますが、当時の日本における法律をめぐる状況を以下で簡単に確認しておきます。

明治三年には「民法編纂」の最初の試みが、その翌年には「法律学の研究」や「法律家の育成」を目的とした司法省法学校が江藤新平によって設立されていました。そして、明治五年には「司法職務定制」により、「弁護士の前身といえる」「代言人という職と機能が」成立していたのです。(16)

さらに、大国フランスを破ってドイツ帝国を成立させたプロシア方式の政権運営を目指した大久保利通が明治六年に「内務省」を設立したことは在野勢力の強い危機感を生み、森有礼や福沢諭吉などは『明六雑誌』を発刊していました。

それらの批判を封じ込めるために発布された明治八年の「新聞紙条例」(讒謗律《ざんぼうりつ》)の厳しさについて司馬は、『翔ぶが如く』の終章「紀尾井坂」で、大久保利通の暗殺に関連してこう描いています。

「――大久保を殺そう。／というふうに島田が決意したのは、飛躍でもなんでもない。殺すという表現以外に自分の政治的信念をあらわす方法が、太政官によってすみずみまで封じられているのである」。

そして、幕末の志士が「野の意見を堂々と公表させよ、あるいは公議の場に持ちこませよ」と幕府に対して要求していたことを紹介した司馬は、安政の大獄の頃の幕府の政策と比較しながら、明治八年の「新聞紙条例」(讒謗律)が政府を批判する言論の自由を完全に奪う悪法であったことを明らかにしているのです。

つまり、このような旧徳川幕府をはるかにしのぐような汚職や圧制が横行した新政府を武力によって倒そうとしたのが、江藤新平の佐賀の乱から始まり、西南戦争にいたる一連の内乱だったのです。そしてこれらが失敗したあとで生れたのが、「万機公論に決せよ」などの御誓文の理念につながる「憲法」を求める運動だったのです。

たとえば、森有礼などとともに明六社を興して演説や出版などの啓蒙活動を活発に行っていた福沢諭吉も、明治一二年には『民情一新』において、「我日本にても、国会を開《ひらい》て立憲の政体を立《たつ》るの必要なるは、朝野共に許す所にして、嘗《かつ》て之を非《ひ》する者あるを聞かず」として憲法と国会の必要性を説いていました。(17)

東京に遊学した際に福沢諭吉らの明六社の演説を聴いて強い印象を受けた植木枝盛も、土佐に帰国してからも活発な活動を続け、明治一四年八月には「一様一体の精神を養成し、国民を操り人形のようにしてしまう画一主義が実は国家発展にとって最大の障害になるとの判断」に立って、『日本国国憲案』を起草していました。(18)

一方、政府は官僚黒田清隆と政商との癒着を示す「官有物払い下げ問題」に対する批判と広がりを見せ始めた「国会開設運動」に対処するために、急遽「払い下げ」を中止して一〇年後の国会を開設する詔勅を出しました。しかしその一方で一〇月の「政変」では、「イギリス流の政党内閣制を内容とする憲法をただちに制定」することを求めた参議の大隈重信を罷免し、福沢諭吉の門下生たちを政府から追放したのです。

この詔勅とこの年の三月に帝政ロシアで起きた皇帝暗殺との係わりについては次章で詳しく考察することにし、ここでは教育との関連に注目しておきたいと思います。明治一四年には明治大学の前身である明治法律学校が出来たのをはじめ、英吉利法律学校（後の中央大学）や日本法律学校（後の日本大学）が次々と設立されていることを指摘した司馬は、「明治は駆けながら法をつくり、法を教える時代」だったと書いているのです[20]。

国会開設運動が盛んな頃に政治への関心を強めて明治一六年一月「国会」と「黒塊」とを重ねて国会の意義を訴える「天将ニ黒塊ヲ現ハサントス」という演説を松山中学で行った正岡子規は、それを校長から咎められたことで松山中学を退学しました。その子規が入社した新聞『日本』は、江藤新平が創立した司法省法学校で学び、薩摩閥の「校長と衝突して放校」となっていた陸羯南《くがかつなん》が創設した新聞であり、外交官となった正岡子規の叔父・加藤拓川も彼の親しい学友だったのです。

## 五、「復古神道」の衰退と青山半蔵の狂死

「山林事件」を解決しようとして戸長を免職になった青山半蔵は、つてを頼って「神祇局の後身ともいうべき教部省」に奉職した後に、飛騨の水無《みなし》神社の宮司として四年間を過ごします。しかし、明治政府の「政教分離」政策を不服としたためにそこからも罷免されます。その時の半蔵の「維新」に対する思いを藤村はこう描いています（第二部・一三・四）。

『復古の道は絶えて、平田一門すでに破滅した。』／　それを考えると、深い悲しみが彼の胸に涌《わ》き上がる。（……）いかなる維新も幻想を伴うものであるのか、物を極端に持って行くことは維新の附き物であるのか、そのためにかえって維新は成就しがたいのであるか、いずれとも彼には言って見ることはできなかった」。

夢に破れて久しぶりに帰村した半蔵を喜ばせたのは、「近所の年長《としうえ》の子供らの仲間にはいり」、「雪の中を歩き回るほど大きくなっていた」和助でした。その姿を見て、「子弟の教育に余生を送ろうと決心」した半蔵は、「それにはまず自分の子供から始めよう」としたのです（第二部・一三・五）。

そして、植松家に嫁いだ長女のお粂が夫とともに東京に家を持つと、息子たちの前途に多くの望みをかけて東京に遊学させることにし、ことに「読み書きの好きな和助のために座右の銘ともなるべき格言を選び、心をこめた数葉《よう》の短冊《たんざく》を書き、それを紙に包んで初旅の餞《はなむけ》」としたのです。

しかし、戸長を免職になった後で明治八年には義母おまんの強い意向に従って家督を長男の宗太に譲っていた半蔵は、家産が傾いてきた明治一七年には、「年来国事その他公共の事業にのみ奔走して家を顧みない」との理由で、長男の意向と親族の決議により「家法改革につき隠宅に居住いたすべき事」と宣告されて生家から追放されました（第二部・一四・二）。

こうして、家族や親戚からも孤立した半蔵は、都心の学校で学んでいる息子の成長ぶりを見に上京したのですが、和助はあまり話したがらず、むしろ迷惑そうな素振りを見せて、「父子の間にはほとほと言葉もない」ような状態でした。

さらに、小学の課程を終わるころには英学をはじめたいという志望が記してある長い手紙が、「かねてそんな日の来ることを憂い、もし来たらどう自分の子を導いたものかと思い煩《わず》らってもいた」半蔵のもとに和助から届きます。

藤村はその時の半蔵の心境を、「心も柔く感じ易い年頃の和助に洋学させることは、彼にとっては大きな冒険であった。和助もまた時代の激しい浪に押し流されて行くのであろうか」と考えて幾晩も眠れなかったと書いています（第二部・一四・二）。

なぜならば、半蔵が愛読していた平田篤胤の『霊の真柱《たまのみはしら》』には、「外国学びする徒《ともがら》」が「ほこり居《お》るこそかたはら痛《いた》けれ。其《そ》は儒者《ずさ》のみならず、近頃始《はじま》りたる蘭学《らんがく》といふ学問《まなび》する徒《ともがら》、ことに然《しか》るは、甚《いと》うるさくなむ」と記されていたからです[21]。

ただ、「言葉もまた重要な交通の機関である」と考え、外国語学習の重要性も認めていた半蔵は、将来を案じながらも平田一門への入門を許してくれた父の吉左衛門と同じように、「お前の学問好きは、そこまで来たか」と言って、和助の英学への志望を認めました。

ただ、「隠居」に移り住むようになった頃から、「変な奴が来てこの庭の隅《すみ》に隠れて」、「この俺を狙っている」ので、「古い杉ッ葉に火をつけて、投《ほう》りつけてくれた」と妻に語るなど半蔵の言動に異常が目立つようになります。そのような半蔵の心理を藤村は次のように分析しています

「かつての神仏分離の運動が過ぎて行った後になって見ると、昨日まで宗教廓清《かくせい》の急先鋒《きゅうせんぽう》と目された平田門人らも今日は頑執《がんしゅう》盲排のともがら扱いである。（……）この周囲のものの誤解から来る敵意ほど、彼の心を悲しませるものもなかった。／「おれには敵がある」／彼はその考えに落ちて行った。さてこそ、妻の耳に聞こえないものも彼の耳に聞こえ、妻の眼に見えないものも彼の眼に見えるのはそのためであった」。

（第二部・一四・三）。

そして、半蔵が新住職・松雲を迎える場面で、「その人の尊信する宗教のことを想像し、人知れずある予感に打たれずにはいられなかった」と書いていた藤村は（二・二）、時代の流れのなかで追い詰められた半蔵が行ったのが、先祖・道斎が建立した青山家の菩提寺《ぼだいじ》である万福寺への放火だったと記しているのです。

「復古神道」のみが絶対的に正しいのだと信じていた半蔵は、「廃仏毀釈」を推進した平田派の国学者として決行に及んだのだといえるでしょう。放火は幸い寺の障子を焼いただけで火事には到らなかったものの取り押さえられた半蔵は、木小屋を改築した堅牢な荒い格子のある座敷牢に監禁され、平田国学が衰退していた明治一九年に座敷牢で狂死しました。

しかし、明治憲法が発布された翌年の明治二三年に「教育勅語」が渙発されると雰囲気は再び大きく変わり、「天皇機関説」事件で「立憲主義」が否定された後では「神祇官」が再興されることになります。

その時代については第六章で考察することにしますが、そのような幕末から昭和初期に至る「神国思想」への流れを司馬遼太郎は『竜馬がゆく』の「勝海舟」の章で明確にこう指摘していました。[22]

「(幕末の)神国思想は、明治になってからもなお脈々と生きつづけて熊本で神風連の騒ぎをおこし、国定教科書の史観となり、(……)その狂信的な流れは昭和になって、昭和維新を信ずる妄想グループにひきつがれ、ついに大東亜戦争をひきおこして、国を惨憺《さんたん》たる荒廃におとし入れた」。

激動の時代に生きた父親の生涯を深く考えていた藤村が、敬愛していた北村透谷の『罪と罰』の殺人罪」などをとおして、日本の歴史を踏まえつつ『罪と罰』をきわめて深く読み込んでいたことは確かでしょう。それゆえ、以下の章では日本と帝政ロシアとの関係に注目しながら『罪と罰』の受容をとおして、日本における「立憲主義」の確立から崩壊までを考察することにします。

そのことによりグローバリズムに対する反発から世界に広がったナショナリズムや明治初期に藩閥政府が掲げた「祭政一致」的な理念を持つ「日本会議」などの勢力に支えられた安倍政権が目指している「改憲」の危険性についても考えることができると思います。

# 第二章　一九世紀のグローバリズムと日露の近代化
## ――ドストエフスキーと徳富蘇峰

### はじめに　徳富蘇峰の『国民之友』と島崎藤村

『夜明け前』で英学を志すまでの自分を和助として描いた島崎藤村は、自伝的な長編小説『桜の実の熟するとき』（大正七）では、彼が明治学院に在学していた時期から放浪の旅に出るときまでを描いています。

興味深いのは、明治二三年に明治学院で開かれ、当時の日本キリスト教界の最高の知識人がほとんど参加していた夏期学校で、明治二〇年に民友社を立ち上げて翌年に雑誌『国民之友』を創刊していた徳富蘇峰を見かけた時の感激がこう描かれていることです[1]。

「京都にある基督教主義の学校を出て、政治経済教育文学の評論を興し、若い時代の青年の友として知られた平民主義者が通った」。

しかも、この後では明治二一年に『国民之友』に掲載された二葉亭四迷訳によるツルゲーネフの短編『あいびき』から受けた新鮮な印象が、主人公の岸本捨吉と菅との会話をとおして（岸本のモデルは島崎藤村、菅のモデルは戸川秋骨で訳書にツルゲーネフの『猟人日記』（共訳・重訳）、『エマーソン論文集』上下、ユゴー『レ・ミゼラブル』（発表時の題名は『哀史』）などがある）、こう記されています。

「初めて自分等の国へ紹介された露西亜《ロシア》の作物の翻訳に就いて語るも楽しかった。日本の言葉で、どうしてあんな柔かい言いまわしが出来たろう、ということも二人の青年を驚かした」。

実際、次のような文章で始まるこの訳文は現在読んでも、風景描写からは新鮮な感性が伝わってきますので、少し長くなりますが引用しておきます。

「九月中旬というころ、一日自分がさる樺《かば》の林の中に座していたことがあッた。今朝から小雨が降りそそぎ、その晴れ間にはおりおり生ま煖《あたた》かな日かげも射して、まことに気まぐれな空合い。あわあわしい白ら雲が空ら一面に棚引くかと思うと、フトまたあちこち瞬く間雲切れがして、むりに押し分けたような雲間から澄みて怜悧《さかげ》し気に見える人の眼のごとくに朗《ほがら》かに晴れた蒼空がのぞかれた。自分は座して、四顧して、そして耳を傾けていた。木の葉が頭上で幽《かす》かに戦《そよ》いだが、その音を聞たばかりでも季節は知られた」。

注目したいのはこの短編『あいびき』を掲載した徳富蘇峰の『国民之友』には、『罪と罰』を理解するうえでも重要なドストエフスキーの長編小説『虐げられた人々』が、『損辱』という題名で内田魯庵の訳で明治二七年五月から翌年の六月まで連載されていたことです。

それゆえ、本章ではまず父親との関係や「大改革」時代に発行された雑誌『時代』に注目しながら『罪と罰』にいたるまでのドストエフスキーの歩みを紹介します。その後で『国民之友』を創刊して、明治の青年に強い影響を及ぼした徳富蘇峰の歩みを考察するとともに、ドストエフスキー兄弟の雑誌『時代』に掲載された『虐げられた人々』の内容を分析することにします。

そのことにより、この後内務省特任参事官に就任してその「変節」を批判されたあとも昭和の青年に強い影響力を保持することになる徳富蘇峰と『国民之友』に発表された山路愛山の頼山陽論を激しく批判した北村透谷との対立の遠因にも迫ることができるでしょう。

## 一、人間の考察と「方法としての文学」

長編小説『罪と罰』が発表されたのは、黒船来航の衝撃に対抗するために日本で「天誅」という名のテロが頻発していた一八六六年のことでした。

『罪と罰』においてナポレオンのテーマが重要な働きを担っている一つの原因は、島崎藤村が『夜明け前』で激動の幕末に生きた自分の父親の生涯を描いたのと同じように、ドストエフスキーもナポレオンとの戦争に医師として参加していた父・ミハイルの生涯のことが強く念頭にあったためと思われます。

医師のテーマは長編小説『白痴』において強く響いていますが、ピョートル大帝の改革によって有能な若者には貴族となる道が開かれており、貧乏な聖職者の息子だったミハイルも、医学生の募集に応じて医学を学んで貴族にまで出世し、一八三一年と翌年には村を購入して地主となっていました。しかし、そのことが原因で農奴たちに襲われて殺されるという悲劇が起きていたのです(2)。

若きドストエフスキーは兄のミハイルに宛てた手紙で、父の死にふれながら「人間は謎です。それは解き当てなければならないものです」と書き、「もし生涯それを解き続けたならば、時を空費したとはいえません。ぼくはこの謎と取り組んでいます。なぜなら、人間になりたいからです」と続けていました(3)。

そして、「人間の性格を研究する仕事は、多くの作家についてやっていけます」と書いて、文学という方法によって、権力を持ったことで変わってしまった父親の心理や差別を生み出す制度の問題などに取り組むという決意を示したのです。

それゆえ、ここではナポレオンのロシア侵攻から『罪と罰』にいたる流れを、日本の歴史とも深く関わるロシア史をも考察しながら簡単に振り返っておきます。

まず注目したいのは、ロシアの農奴制は後進的な制度のようにも捉えられることが多いのですが雷帝と恐れられたイワン四世のときに農民が領地を移動することが禁止され、ピョートル大帝の時代に西欧列強に対抗するために、国民のほとんどをしめる農民には厳しい人頭税が課されたために生じていたことです。しかも、地主である貴族には裁判権も与えられていたために、地主は領地では「皇帝」と同じように絶対的な権力が与えられていました。

一八一二年にロシアに侵攻したナポレオンとの戦いでは貴族だけでなく、農奴として虐げられていた農民も参加して戦ったために「祖国戦争」と呼ばれています。しかし、この戦争に奇跡的に勝利したアレクサンドル一世は、農民たちの状況を改善するのではなく、「諸国民の解放戦争」（一八一三〜一四）に参戦して新たな負担を国民に強いました。

このような帝政ロシアの状態に危機感を感じて憲法の発布などを求めたのが、外国への遠征に参加して、他の国における農民の状態やオランダの憲法を知った若い貴族たちでした。農奴制の廃止や憲法の発布などを求めて一八二五年にデカブリストの乱を起こした彼らを厳しくさばいて死刑やシベリア流刑などに処したニコライ一世は、「ロシアにだけ属する原理を見いだすことが必要」と考えたのです。

こうして一八三三年に出されたのが、ロシアの貴族たちにも影響力をもち始めていた「自由・平等・博愛」の理念に対抗するために、「正教・専制・国民性」の「三位一体」を強調した「ウヴァーロフの通達」でした[4]。

一方、「祖国戦争」後に裕福な商人の娘マリアと結婚したミハイルはその翌年に貧民のための聖マリア慈善病院の医師となり、デカブリストの乱が起きた一八二五年に聖アンナ三等勲章を授与され、その二年後には八等官に昇進して貴族の身分となり村を購入して地主となりました。しかし、ミハイルは地主になると性格が一変し、一八三七年に妻が亡くなった後では飲酒にふけっていっそう粗暴になり、農奴の娘を妾にするなど権力をふるったために一八三九年農奴たちによって殺害されたのです。

ツルゲーネフはドストエフスキーと対立的に論じられることが多いのですが、研究者の佐藤清郎は「ドストエフスキーの全作品が『罪と罰』という題名でくくれるものなら、（……）ツルゲーネフの全作品は『猟人日記』である」と評価しています[5]。

実際、繊細な自然描写とともに若い男女の恋愛も描いていた『猟人日記』の根底には帝政ロシアの農奴制への鋭い批判が秘められていました。それゆえ、農奴の問題に注意を促した『猟人日記』を書いたことでツルゲーネフは逮捕されて自分の領地の村に追放されていたのです。

後に、平和的な方法で改革をめざす「フーリエ主義」を標榜するペトラシェフスキーのサークルに参加したドストエフスキーは、「ここではうら若い娘たちが花ひらくのも／無慈悲な悪人の気まぐれのため」と地主の非道さと乙女たちの悲劇を歌ったプーシキンの政治詩『村』を朗読します[6]。

ドストエフスキーの父ミハイルが自己の権力を行使して農民を虐待し、さらに農民の娘を妾にしていたことを想起するならば、この朗読からは「自己と他者」の関係を狂わせてしまう農奴制への激しい怒りを表現したプーシキンへの共感と「文学」への強い思いが感じられます。

## 二、帝政ロシアの言論弾圧と『貧しき人々』の方法

こうして、プーシキンやゴーゴリなどのロシア文学だけでなく、ユゴーやシェイクスピアなど

の多くの文学作品を耽読したドストエフスキーは、バルザックの『ウージェニー・グランデ』を翻訳した後に安定した工兵隊製図局の職を辞して、『貧しき人々』で作家としてデビューしました。

文芸評論家の小林秀雄は戦後に書いた「『罪と罰』についてⅡ」で、ドストエフスキーが「処女作『貧しき人々』を一種の告白体の形式で書いたという事は、決して偶然ではなかった」と書き、「根本は、自分とは何かという難問が、絶えずこの作者を悩ましていたというところに帰する様に思われる」と続けていました。(7)

たしかに、この書簡体小説という形式への注目は、『罪と罰』における主人公の内的な独白にもつながり、自意識を極限まで掘り下げたドストエフスキーの作品の特徴の一端を鋭く突いているでしょう。しかし、告白体という形式への注目だけでは、主人公の自意識は分析できても社会認識を考察することはできません。

『貧しき人々』で重要なのは主人公ジェーヴシキンの一方的な手紙ではなく、往復書簡という「自分」の考えだけでなく、「他者」の考えも反映される対話的な形式で書かれていることだと思います。そのことによりドストエフスキーは、貧しい中年の官吏ジェーヴシキンと彼が窮地を救った遠い親戚でみなし子の娘ワルワーラとの往復書簡を通して、ジェーヴシキンに起きた人間としての尊厳の目覚めと悲劇を描き出していました。

しかも、往復書簡の間に挟み込まれた「ワルワーラの手記」は、明治三七年に「貧しき少女」

という題名で瀬沼夏葉の訳により『文芸倶楽部』に掲載されました。この作品は一見すると、中年の官吏と若い女性のセンチメンタルな物語に見えますが、『貧しき人々』では寄宿学校の教師による「体罰」と友達からの「いじめ」の問題が描かれていたのです[8]。すなわち、田舎で育ったために「何から何まで時間割で」決っていた寄宿学校の生活になじめなかったワルワーラは、最初のうちは予習もできなかったために怒りっぽかった女の先生たちから、「教室の隅っこに膝をついて坐らされ、食事も一皿しか貰えない」というような罰を受けたのです[9]。

学校は「国家によって国家のために存在する」というナポレオンの言葉に注目した桜井哲男氏が、このような要請を受けて「共和制の政治的代理人としての小学校教員は、子どもたちにたいして『上昇の夢』をふきこむ役割を担わされる」ようになったと説明していることは「いじめ」の発生に迫っていると思われます[10]。

田舎育ちで学校生活に慣れなかったワルワーラを教師たちが学習の進度を邪魔する「できない子」として体罰を与えるとき、そのような価値観を受け入れた級友たちもワルワーラを自分たちの「上昇の夢」を妨害する者として、「いじめ」始めるからです。

「女生徒たちはあたくしのことを笑ったり、からかったり、あたくしが質問に答えていると横から口をはさんでまごつかせたり、みんなでいっしょに並んで昼食やお茶にいくときにはつねったり、なんでもないことを舎監の先生に告げ口したりするのでした」。

さらに、この作品ではすでに裁判の問題が扱われているばかりでなく、文学好きの青年ポクロフスキーをとおしてプーシキン作品との出会いも描かれ、往復書簡をとおしてプーシキンの『駅長』やゴーゴリの『外套』の感想が交わされていました。つまり、それらの作品を「イソップの言葉」を解読する「鍵」としてこの小説を読み解くとき、そこにはすでに「父親に捨てられた母親と子供」のテーマが秘められているばかりでなく、職場における「リストラ」の問題、さらには「プライヴァシー」や「個人の権利」など、きわめて現代的な問題が考察されていることに気付くのです。

こうして『貧しき人々』は、対話者であるワルワーラの「手記」をはさみながら、往復書簡という形式によって、中年の官吏・ジェーヴシキンの小説観の軽薄さも暴きながら、彼の社会認識の深まりを描いて、「文学の意義」にも迫っていました。この作品の方法は、主人公とルージンやポルフィーリイ等との激しい対話をとおして、ラスコーリニコフの「非凡人の理論」の欠点も暴き出している『罪と罰』に直結しているのです[11]。

『罪と罰』では法制度の考察と比較するとあまり学校制度についての考察は目立ちませんが、ラスコーリニコフの妹のドゥーニャがスヴィドリガイロフ家の住み込みの家庭教師となったことが事件の発端となっていました。一方、意志の強い貧しい家庭教師の愛と苦悩を描いたイギリスの長編小説『ジェーン・エア』を一八四九年九月の日記で絶賛していたドストエフスキーは、『貧しき人々』ですでに住み込みの女家庭教師の問題にも触れていました。

こうして、『貧しき人々』でデビューしたドストエフスキーは、「暗黒の三〇年」と呼ばれるニコライ一世の治世下の厳しい検閲に抗しながら多くの作品を書くことになるのですが、ドストエフスキーが一八四六年に一時、所属していたサークルで後に「植物学の父」と呼ばれるようになるべケートフと知り合ったことは重要でしょう。

第五章で詳しく見るように、長編小説『破戒』では植物学の研究を目指す土屋銀之助という主人公の学友が描かれていますが、生態学的な視点から「弱肉強食の思想」を批判していたベケートフの思想は、ドストエフスキーの「大地（土壌）主義」にも影響しており、『罪と罰』のエピローグを理解するためも欠かせないと思われるのです。

## 三、「大改革」の時代と法制度の整備

ドストエフスキーはその後、「農奴制の即時廃止の必要、言論・思想の自由および公開裁判を実現すべき諸改革の実施」などを求めたペトラシェフスキーのサークルに入って、後期の作品を理解する上でも重要な『白夜』などの作品を発表しました(12)。

しかし、フランスで二月革命が起きた翌年の一八四九年四月に逮捕され、独房に収監されて八ヶ月間にわたる厳しい取り調べの後でドストエフスキーは偽りの死刑を宣告されて刑場に立ち、その後で皇帝の恩赦という形でシベリアに流刑となりました。

流刑地での自分の体験をもとに描いた『死の家の記録』でドストエフスキーは、看守の横暴を

暴くとともに、「支配と服従」の関係に注目しながら、看守と囚人たちの心理を深く分析しています。注目したいのは主人公のゴリャンチコフが、自分に贈られた聖書について「まだトボリスクにいた頃に、そこに住んでいたある人々がわたしにくれたもの」と書いていることです[13]。

さりげなく書かれていますが、彼に聖書を贈ったのはデカブリストの乱を起こして厳寒のシベリアに流刑となった夫たちのあとを追って、それまでの恵まれた生活を捨ててそこに暮らしていたデカブリストの妻たちでした。『罪と罰』においてソーニャがラザロの復活の節を読む箇所はよく知られていますが、彼女がラスコーリニコフの後を追ってシベリアで暮らすというエピソードはこの時の体験がもとになっているのはたしかでしょう。

一方、『死の家の記録』について、「厭人と孤独と狂気とが書かせた」ゴリャンチコフの「手記だった事を思い出す必要がある」と書いた小林秀雄は、この長編小説が連載されたドストエフスキー兄弟の雑誌『時代』の思想についても、「穏健だが何等独創的なものもない思想であり、確固たる理論も持たぬ哲学であつた」と記していました[14]。

しかし、ドストエフスキーは兄ミハイルとともに一八六一年に創刊した雑誌『時代』にこの『死の家の記録』も連載していましたが、この長編小説もそこに転載する前に「検閲官」の差し止めで中止されるなど厳しい状況下で書かれており、主人公の設定も検閲を意識したものであることを忘れてはならないでしょう。

トルストイがこの時期に農民のために学校を開き雑誌も発行したことを紹介した比較文学者の

川端香男里は、「当時のロシアの現実は貴族であろうと民衆であろうと破滅させてしまうような厳しいもの」であったことに注意を促して、「トルストイが情熱を注いだ教育活動は、貴族と民衆の融合・調和を目指していました」と書いています[15]。

それゆえ、トルストイは監獄の劣悪な状況を描き出して改革の必要性も強く訴えていた長編小説『死の家の記録』について、「我を忘れてあるところは読み返したりしましたが、近代文学の中でプーシキンを含めてこれ以上の傑作を知りません」と書いていたのです[16]。

そして、ドストエフスキーも雑誌『時代』でナポレオンが大軍を率いてロシアに侵入した際に民衆が示した力にも注意を喚起しながら、農奴制の中で遅れたままの状態に取り残されている民衆に対する「教育の普及」こそが「現代の主要課題である」と強調し、トルストイの教育活動の月刊教育雑誌『ヤースナヤ・ポリャーナ』の紹介もしていました[17]。

クリミア戦争に敗戦したことで農奴制に基づく体制の立て直しを迫られた帝政ロシアでは、ドストエフスキーがシベリアから帰還したころに「大改革」と言われる時期が訪れ、農奴の解放が行われた他、言論の自由が拡大され裁判制度の改革も行われていたのです。

雑誌『時代』の一八六三年の三月号と四月号にも「外国の文献、犯罪と刑罰」と題するポポフの論文が連載され、ここで評者はこの年にフランスやイギリスで出版された最近の図書だけでなく死刑や体罰の廃止を強く求めたベッカリーアの名著『犯罪と刑罰』も取り上げて、「刑法や監獄の組織システムの改革に関する」知識を読者に伝えるとともに、ベッカリーアが主張していた身分の差による刑罰の不平等も強く訴えていました[18]。研究者のカールロワが指摘しているように、「個人や国家の生活における裁判とその役割の問題は、ドストエフスキー兄弟の雑誌の綱領において本質的な部分をなしていた」のです。

こうして、一八六四年には「皇帝アレクサンドル二世の裁判諸法」として、「刑事訴訟法」や「司法機関設置法」などとともに「民事訴訟法」も成立して、ようやく「司法は立法と行政から分離されて」自立し、ペトラシェフスキーの会員たちが求めていた「裁判の公開」も実現されました[19]。『罪と罰』においてきわめて重要な役割を果たしているポルフィーリイの司法取締官という役職も、この司法改革に関連してこの年に導入されていたのです[20]。

そして、ドストエフスキーが若い頃から高く評価していたヴィクトル・ユゴーの『ノートルダム・ド・パリ』（部分訳は一八三一年）の翻訳もこの雑誌に連載されていました。この雑誌に掲載された『虐げられた人々』では、トルストイの『幼年時代』や『少年時代』にも言及されていますが、一八五二年にЛ・Hのイニシャルで『幼年時代』が発表された際に、ドストエフスキーは兄ミハイルに手紙で「Л・Hとはだれのことか」と尋ねていました。このエピソードは筆者の名前が頭文字のみで示されていたラスコーリニコフの論文をめぐるポルフィーリイとの議論との関連でも興味深いものがあります。

しかし、順調に部数ものばしていた雑誌『時代』は一八六三年に発行停止の処分を受けました。長い間抑圧されていたポーランド、ウクライナ、ベラルーシ、リトアニアなどで起きた反乱を鎮圧した帝政ロシアは、ポーランド語やウクライナ語の使用をも禁止する厳しい措置をとり、雑誌『時代』(一八六一年一月号~六三年四月号)もポーランドの事件をめぐる記事が原因で発行禁止の処分に遭いました。

兄ミハイルとともに奔走したドストエフスキーは、翌年の三月に次の雑誌『世紀』の発行にこぎつけたのですが、新雑誌の発行に際しては政府の方針にそうことが条件付けられていたことなどから読者数が減り、兄ミハイルが亡くなった翌年の一八六五年には雑誌『世紀』も廃刊になりました。(21)

ただ、興味深いのは雑誌『時代』の廃刊という帝政ロシアにおける検閲の厳しさを示しているこの出来事が、長編小説『罪と罰』ではラスコーリニコフの「非凡人の理論」が示唆されていた論文が最初に掲載が予定されていた雑誌が廃刊になったために別の雑誌に転載されるという重要なエピソードで活かされていることです。

## 四、ナポレオン三世の戦争観と英雄観

自分をナポレオンと同じような「非凡人」であると見なした『罪と罰』の主人公ラスコーリニコフは、ロシアへの侵攻を「正義の戦争」として行ったナポレオンについてこう考えていました。

「すべてを許された真の強者は、ツーロンを廃墟と化したり、パリで大虐殺をやったり、エジ

プトに大軍を忘れてきたり、モスクワ遠征に五十万もの人間を浪費したりしながら、ヴィルノではしゃれのめして平気でいる。そしてその男が死ぬと、銅像が建てられる。つまり、いっさいが許されるんだ」（三・六）。

コルシカ島出身のナポレオンは陸軍士官学校を卒業し、一七八九年にフランス大革命が起きると革命軍に参加してトゥーロンの戦いで華々しい戦功を挙げて三階級特進し、その二年後は王党派の反乱を大砲の一斉射撃で粉砕して一躍国内軍司令官の地位に就き、クーデターで第一執政となった彼は一八〇四年にはついに皇帝となっていました。

そのナポレオンはモスクワ遠征などで大敗を喫しながらもその死後には銅像が建てられていたので、ラスコーリニコフは「いっさいが許されるんだ」と考え、このような非凡人には現実を変革するために「正義の戦争」を行うことが許されるように、「悪人を殺害」することも許されると考えたのです。

この意味で注目したいのは、ユゴーが『レ・ミゼラブル』でナポレオンに仕えて戦死した将軍を父とする若者マリユスが、ナポレオンを「剣を手にしてヨーロッパを征服し、彼の放射する光によって世界を征服した」偉人とみなしていたと書いていたことです[22]。

トルストイが長編小説『戦争と平和』の主人公として選んだのも最初はナポレオンにあこがれていた貴族の若者たちでした。すなわち、小説の冒頭で描かれている一八〇五年のペテルブルクの盛大な夜会の場面では、ナポレオンに強い反感を持っている高官や顕官たちの中で、ピエールは「ナポレオンは偉大です」と語り、その理由を「革命の行き過ぎを抑え」、「よいものは全部――国民の平等も言論や出版の自由」も維持したと彼を弁護したのです[23]（第一部第一篇）。

彼の親友でアウステルリッツの戦いに参戦したアンドレイも、ロシア軍が窮状に陥ったときにはナポレオンが最初の軍功を上げたトゥーロンの戦いを思い起こしながら、「これこそが自分を無名の将校の群れから引き出して、栄光への最初の道を開いてくれるトゥーロンなのだ！」と考えたのです（第一部第二篇）。

しかし、ユゴーは『レ・ミゼラブル』で王政復古の時代に民衆のための「ABC友の会」のメンバーとともに、武力による革命をめざして一八三二年六月の暴動に参加したマリユスの行動を主人公の視線をとおして批判的に描いていました。

トルストイもまた『戦争と平和』でアウステルリッツの戦いで瀕死の重傷を負ったアンドレイや、ボロジノの戦闘を自分の眼で見たピエールのナポレオン観の変化を克明に描いているのです。たとえば、アンドレイは高い空を流れる雲を見ながら、「この時彼には、ナポレオンがあまりにもちっぽけな、取るに足りない人間に見えた」のです（第一部第三篇）。

しかも、プーシキンはすでに『エヴゲーニイ・オネーギン』の中で、現代の人間は「他人をすべてゼロと考え、自分だけが価値のある単位だと思っている。誰も彼もがナポレオンを気取り、幾百万もの二足獣を道具に過ぎぬと見くびっている」と批判していました。[24] 司法取締官のポルフィーリイもラスコーリニコフに「いまのロシアで、自分をナポレオンと思わないやつなんか、いるもんですか？」と問いかけています（三・五）。

実際、ラスコーリニコフはナポレオンのことを想起しながら、路上に大砲を並べて「罪なき者も罪ある者も片端から射ち殺し」「言訳ひとつ言おう」としなかった者の処置こそ正しいと感じていました（三・六）。

こうして、ドストエフスキーはこの長編小説で心理学的手法でラスコーリニコフの犯罪に鋭く迫り、論理的に彼の「良心」観の問題も指摘して自首を促した司法取締官ポルフィーリイとの激しい議論をとおして、「弱肉強食の思想」とも深くつながる「非凡人の思想」の危険性を浮き彫りにしていたのです。

ラスコーリニコフは後に老婆を殺したことによって「自分を殺したんだ、永久に！」（五・四）とソーニャに語ります。この言葉はきわめて非論理的に響きますが、事実、殺された老婆の姿は彼の記憶にはっきりと刻み込まれて残ったのに対し、殺した側のラスコーリニコフの身体は自分自身に対して決定的な不和を示すようになるのです。

最後に注目したいのは、「非凡人の理論」がドストエフスキーの独創ではなく、ナポレオンの甥のナポレオン三世によって唱えられていたことです。すなわち、セント・ヘレナに埋められていたナポレオンの遺骸は一八四〇年にはパリに戻りましたが、ナポレオンへの憧れが高まる中で、一八四八年二月革命後の選挙で大統領に当選した甥のルイ・ナポレオンは、一八五二年にはクーデターでフランス皇帝となり、クリミア戦争や第二次アヘン戦争などの戦争に積極的に関与していました。

しかし、メキシコ出兵に失敗して栄光に陰りが見え始めていた一八六五年に大著『ジュリアス・シーザー伝』の序文でナポレオン三世はこう宣言していたのです。[25]

「並外れた功績によって崇高な天才の存在が証明された時、この天才に対して月並な人間の情熱や目論見の標準をおしつけることほど非常識なことがあるだろうか。(……)彼らは時に歴史に姿を現わし、あたかも輝ける彗星のように時代の闇を吹き払い、未来を照らし出す」。

ナポレオンとの血のつながりを強調しながら、「天才」による支配の必要性を説いていたこの序文は、本自体に先だって発表され、ロシア語を含むほとんど全ヨーロッパの言語に翻訳されて激しい論議を呼び起こしました。

ナポレオン三世の政策にも深くかかわるので、少し詳しくその経緯を見ておきます。

さらに、ナポレオン一世の言葉「私が人類に対してなさんとした善が実現されるためには、これからまだどれほどの戦闘、血、そして年月が必要であることか！」を引用した三世は、「セント・ヘレナの虜囚の予言」は、「一八一五年以来、日ごとに実証されつつある」と結んでいました。

「新しい言葉を発する天分」を有するか否かで、現在の法に従って生きる「凡人」と未来の主人となる「非凡人」とに分け、「悪人」と見なした高利貸しの老婆を殺害したラスコーリニコフの考えも、ナポレオン三世の思想や当時は科学的とされていた「社会ダーウィニズム」に基づいた「弱肉強食の思想」を反映していたと言えるでしょう。

しかも、ドストエフスキーがシベリアに流刑になっている時期に勃発したクリミア戦争（一八五三～五六）の発端は、ナポレオン三世が「国内のカトリック勢力の歓心を買うために、聖地エルサレムにおけるカトリック教徒の特権をトルコに認めさせたこと」にありました[26]。

これにたいしてニコライ一世が、「失われたギリシア正教徒の権利の回復」をトルコのスルタンに要求し、これを拒否されると「トルコ支配下のギリシア正教の同胞を助けることを唱えてバルカン半島に出兵」したことから露土戦争が始まっていました。さらに、戦況がロシア側に有利になると、フランスだけでなくイギリスなどがトルコ側に参戦したことでクリミア戦争へと拡大していたのです。

ナポレオンに率いられた「大陸軍」（現代風に言えば、「多国籍軍」）によるロシアへの侵攻やナポレオン三世によるクリミア戦争はロシア帝国を震撼させました。同じように、アヘン戦争（一八四〇～四二）だけでなく、中国船アロー号への臨検などを口実にナポレオン三世治世下のフランスがイギリスとともに起こした第二次アヘン戦争（一八五六～六〇）も、「鎖国」下にあった日本を激しく震撼させたのです。

## 五、横井小楠の横死と徳富蘇峰

徳富蘇峰（本名は猪一郎）が熊本に生まれた幕末の文久三年（一八六三）には、黒船の来航に揺れて、尊王・佐幕の対立が激しくなり「天誅」という名のテロが頻発していました。

その流れは維新後も続いており、明治二年にも蘇峰にとっては叔父にあたる開明的な思想家の横井小楠が、「専ら洋風を模擬し、神州の国体を」汚したとして刺客たちによって暗殺されていました。ドストエフスキーを文学の研究と執筆へと駆り立てたのは父の横死でしたが、おそらく蘇峰も叔父の横死に強い衝撃を受けただろうと思えます。

森鷗外も大逆事件後の大正四年にこの事件を題材にした『津下四郎左衛門』を書き、「物騒がしい世の中で、『黒船』の噂の間に成長し」、「島国日本という鎖された空間で醸成された尊王攘夷という『正義』の主張」を行った暗殺者の心理と行動を描いていました。

「『罪と罰』の殺人罪」で大隈重信や皇太子ニコライに対するテロを行った来島や津田にも言及しながら、狭隘なナショナリズムと「非凡人の理論」の危険性を指摘していた北村透谷の考察は鷗外の記述に先立っていたのです。

『津下四郎左衛門』を考察した比較文学者の平川祐弘は、「尊王攘夷」「臥薪嘗胆《がしんしょうたん》」などの四文字からなる漢字熟語のスローガンに注意を促して、その危険性をこう指摘しています[27]。

「複数の異質な要素から成立つ国民を統合するためには論理的な説得力が必要とされようが、日本のような均質な国民を動かすには、情緒に訴える言葉がある程度まで有効に作用する」。

この指摘は第六章で詳しく見るように、「米英撃滅」がスローガンとなった昭和初期ばかりでなく、「自虐史観」という用語が流行るようになった平成初期以降の日本にも当てはまるでしょう。

少し話題がそれましたが、徳富蘇峰・徳富蘆花兄弟の父で小楠の弟子でもあった徳富一敬をリーダーとする熊本の実学党は、師の暗殺に対抗するかのようにキリスト教に対する禁教令が解除される二年前の明治四年に熊本城内に熊本洋学校を設立していました。

征韓論をめぐる激論の時期から西南戦争にいたる時代を描いた司馬遼太郎の『翔ぶが如く』の記述によれば、この学校では「椅子とテーブルで授業をうけ、寄宿舎（全寮制）にはベッドが置かれ、賄《まかない》は牛肉とパンを主とする洋食」でした。そして、教師として招かれたアメリカ人の騎兵大尉L・L・ジェーンズは、聖書講義を行ったばかりでなく、日曜礼拝と祈祷会を義務づけていたのです（六・「神風連」）。

このような教育の結果、明治九年一月三〇日には横井小楠の息子の時雄（のちの同志社社長）や海老名弾正《えびなだんじょう》（のちの同志社大学総長）など「生徒三十五人が熊本郊外の花岡山に登り、『奉教趣意書』を書いて」キリスト教への誓いを交わしあうようになるのです。

司馬遼太郎は、このことは「切支丹を邪教視する気分がまだ濃厚だったときだけにこの熊本の旧城下に深刻な衝撃をあたえた」と書いていますが、同じ年の三月に「廃刀令」が出されたことや、祭政一致から政教分離へと切り替えた太政官の宗教政策の変更に怒った熊本の「神風連（敬神社）」は一〇月に乱を起こします。

注目したいのは、同じ年に最年少で「奉教趣意書」の誓いに参加していた徳富猪一郎（蘇峰）

が、敗戦の色が濃くなった太平洋戦争の末期の一九四五年に「神風連の乱」を、「欧米化に対する一大抗議であった」とし、「この意味から見れば、彼らは頑冥・固陋でなく、むしろ先見の明ありしといわねばならぬ」と讃美するようになることです。(28)

それゆえ、「神祇を尊崇し、国体を維持し」、「我が神聖固有の道を信じ、被髪・脱刀等の醜態を決してしないとの誓約の下に団結して立ちあがった「神風連の乱」の問題をもう少し詳しく見ておくことにします。

神道の徒である神風連はキリスト教を邪教とするそれまでの徳川幕府の見方と言葉を踏襲したばかりでなく、「仏教をも外来宗教として排除」していたのですが、そのことを指摘した司馬遼太郎は、「神道そのものはどうであろう。その祭祀《さいし》儀礼は、外来のものである儒礼に多く拠《よ》っている」と書き、比較文明的な視野の欠如をこう指摘していました。

「うけひと称してくじをひくのも、固有の神道にはなかった。奈良・平安期の陰陽道を媒介として中国の道教の影響を濃くうけているといっていいが、そういう事実認識も神風連にとってはどうでもよかった」(「六・「鹿児島へ」」)。

## 六、徳富蘇峰の『国民之友』とドストエフスキーの『時代』

熊本洋学校は明治九年には廃校になりましたが、その後で同志社英学校に転入学した徳富蘇峰は新島襄から洗礼を受け、明治一四年に帰郷して自由党系の民権結社相愛社に参加しました。その翌年に蘇峰は父・一敬とともに大江義塾を創設したのですが、ここで学んだ宮崎滔天（宮崎八郎の弟）は、明治三五年に著した自伝『三十三年の夢』において、「塾生は自ら議して塾則を設けこれに従えり、すなわちいわゆる自治の民なり」とし、大江義塾を「自由民権の天国なりき」と評価しています。

明治一八年に書いた『第十九世紀日本之青年及其教育』（後に『新日本之青年』と改題）において、「青年の向かうべき進路はどこにあるか」を問いかけた蘇峰は、西欧の文化を全面的に導入すべきと主張しました。その翌年に著した『将来之日本』においては、具体的な統計資料に基づいて数字を挙げながら欧米列強における戦争や軍事費がいかに国力や民力を疲弊させてきたかを指摘し、「わが邦に流行する国権論武備拡張主義」を、「みなこれ陳々腐々なる封建社会の旧主義の変相に過ぎざるなり」と批判したのです(29)。

この書は新島襄、田口卯吉、さらには中江兆民からも温かく受け入れられて評判となったのですが、ここに記された蘇峰の平和観は、後に見るように北村透谷の平和観にも強い影響を及ぼしていると思えます。

さらに、蘇峰が創刊した『国民の友』には森鷗外の『舞姫』、幸田露伴の『一口剣』や樋口一葉の『わかれ道』など多くの日本文学が載っていただけでなく、森鷗外などによる訳詩集『於母影』や内田魯庵の訳によるドストエフスキーの『虐げられた人々』（掲載時の題は『損辱』）も掲載されていました。

一方、『あいびき』も収録されているツルゲーネフの『猟人日記』が農奴制の問題に注意を促していたことは先に見ましたが、ツルゲーネフとの対立が強調されることの多いドストエフスキーの雑誌『時代』にも、「合衆国における黒人たち」という論文や、大地主の鞭の下に死につつある黒人奴隷が祖国アフリカでの自由な生活を夢見るというロングフェローの作品が掲載されていたのです。(30) 農奴制の問題を抱えていたロシアではアメリカにおける奴隷の問題にも強い関心が払われており、ストー夫人の『アンクル・トムの小屋』は一八五七年に翻訳が出版されていました。

雑誌『時代』の創刊号から七月号まで連載された『虐げられた人々』(原題は『虐げられ、侮辱された人々』)は、父と娘の激しい対立を描いているばかりでなく、この当時の法律の問題にも迫っており、一八八一年にこの長編小説を読み直したトルストイも、評論家のストラーホフに出した手紙で「感動した」と書いています。

この長編小説は『罪と罰』の時代的な背景や当時の法律の問題だけでなく、ドストエフスキーの関心を知る上でも重要なので、簡単に内容を見ておきます。

『虐げられた人々』は主人公のイワンがみすぼらしい老人の死をみとるところから始まるのですが、物語が進むにつれて物語の冒頭で亡くなった老人がイギリス人で、イワンの元を訪れてきた少女ネリーの祖父で工場を経営していたが、娘がワルコフスキー公爵にだまされて父の書類を持ち出して駆け落ちしたために全財産を失って破産していたことが明らかになります。

この長編小説では少女ネリーをめぐる出来事とイワンを養育したイフメーネフの没落と娘ナターシャをめぐる筋が並行的に描かれており、一五〇人の農奴を持つ地主であったイフメーネフ老人も、隣村に引っ越してきた大地主のワルコフスキー公爵から領地の管理を依頼され、さらに五年後には新たな領地の購入を任せられました。しかし、後に自分の領地の購入に際してイフメーネフが購入代金をごまかしたという訴訟を起こしたワルコフスキーは、さまざまな噂を流したばかりでなく、有力なコネや賄賂を使って裁判を有利に運んだために、イフメーネフ老人は裁判に負けて自分の村を手放さねばならなくなっていたのです。

『罪と罰』では農奴の所有者だったスヴィドリガイロフが、かつて自分が農奴を殺したことをラスコーリニコフに語る場面がありますが、地主は裁判権をも有していたので農奴を殺しても罪には問われず、また、地主同士の裁判でも大地主の方が圧倒的に有利だったのです。

しかも、ワルコフスキーは『罪と罰』の中年の弁護士ルージンに先だって、「おのれ自身を愛せよ――これが私の認める唯一の原則ですね」と宣言し、「すべての人間の美徳の根元にはきわめて深いエゴイズムがある」と二回も繰り返していました。(31)

このように見てくるとき、工場主の娘だけでなく真面目な地主をだました貴族の「詐欺師」ワルコフスキーが、隣村の地主夫婦が火事で幼い娘たちを遺して亡くなったあとで孤児となった姉妹を最初は引き取って養育したが、ナスターシヤが一六歳になると「妾」として所有した『白痴』のトーツキー的な貴族であることが分かります。

内田魯庵は「『罪と罰』ばかりじゃない。『痴呆』（注：『白痴』）にも感服した」と書いていました。(32)『虐げられた人々』の少女ネリーが自分がワルコフスキーの嫡子であることを証明する手紙を父親に見せて庇護を求めることもなく亡くなったことに留意するならば、魯庵はトーツキーから提案された多額の持参金を断った『白痴』のナスターシヤとの関連を深く理解していたようにも思われます。

しかし、この『虐げられた人々』の訳を『国民之友』に掲載した蘇峰は、それより以前に「尊王攘夷」の思想を広めた頼山陽を讃えた山路愛山の史論を掲載していました。そこで愛山は「彼によりて日本人は祖国の歴史を知れり」と書いただけでなく、「日本国の万国に勝れたる所以を知れり」と続けて、日本を絶対化していました。(33)

それは『文学界』の第二号に評論「人生に相渉《あいわた》るとは何の謂《いい》ぞ」を載せた北村透谷の厳しい批判を呼んで、山路愛山や徳富蘇峰と透谷とのいわゆる「人生相渉論争」へとつながることになったのです。さらに、ラスコーリニコフの「非凡人の理論」の危険性を鋭く指摘した透谷の「『罪と罰』の殺人罪」も、次章で見るように『国民之友』に掲載された漢学者・依田学海の『罪と罰』論への反駁として書かれていました。

次章では二葉亭四迷の推薦によって明治四一年の四月から『東京朝日新聞』に連載された島崎藤村の自伝的な長編小説『春』の記述を引用しながら明治維新以降の教育制度や法制度の変遷に

も注意を払うことで、波乱に満ちた北村透谷の歩みを踏まえて彼の『罪と罰』論の意義を考察します。

そのことによりこの時期の北村透谷の評論や文学観が、後に「立憲主義」を否定することになる徳富蘇峰の「教育勅語」観の批判だけでなく、島崎藤村の長編小説『破戒』とも深く関わっていることをも示すことができるでしょう。

# 第三章　透谷の『罪と罰』観と明治の「史観」論争

——徳富蘇峰の影

## はじめに　北村透谷と島崎藤村の出会いと死別

「恋愛は人生の秘鑰《ひやく》なり、恋愛ありて後、人世あり」という文章で始まる北村透谷の「厭世詩家と女性」が、『文学界』の前身の『女学雑誌』二月号に発表されたのは、明治二五年のことでした。

「各人各個の人生の奥義《おうぎ》の一端に入るを得るは恋愛の時期を通過しての後なるべし。それ恋愛は透明にして美の真を貫く。恋愛あらざる内は、社会は一個の他人なるが如くに頓着《とんちゃく》あらず」と記した透谷は、こう続けていました（1）（第九章）。

「人間の生涯に思想なる者の発芽し来《きた》るより、善美を希《ねが》うて醜悪を忌むは自然の理なり」。

アメリカの思想家・エマーソンの恋愛論に影響を受けたこの評論からの長い引用を行った藤村

はその感激を長編小説『桜の実の熟する時』で、「読めば読むほど若い捨吉は青木が書いたものの中に籠《こも》る稀有《けう》な情熱に動かされた。（……）堅い地べたを破って出て来た青木の若々しさを尊いものに思った」と記しています（捨吉のモデルが藤村、青木のモデルが透谷）。

『罪と罰』ではラスコーリニコフの妹ドゥーニャが、成功が約束されている弁護士のルージンとの婚約を破棄して、彼女を真剣に愛した貧乏学生のラズミーヒンと結婚することが描かれています。自由民権運動家・石坂昌孝《まさたか》の娘でクリスチャンのミナと知り合って強い影響を受けた透谷は、その翌年に数寄屋橋教会で洗礼を受けていました。医者の許婚のいたミナも家の激しい反対を押し切って相思相愛となった透谷との結婚に踏み切っていたのです。(2)

この評論「厭世詩家と女性」を機に透谷と知り合うことになった藤村は、「青春の血潮は互いに性質の異なった青年を結び着けて、共同の仕事のもとに集まらせ」、「青木も、捨吉も、その仲間に加わろうとしていた」と書いています（十二）。こうして明治二六年一月に誕生した雑誌が『文学界』（～明治三一年一月）だったのです。

長編小説『春』では『文学界』の同人たちとの交友や自殺にいたるまでの透谷の歩みだけでなく、教え子に恋をして放浪の旅に出た捨吉が相模灘の海岸で自殺しようとしたことも描かれています（四一）。

「不幸な旅人は、今、自分で自分の希望《のぞみ》、自分の恋、自分の若い生命《いのち》を葬ろうとして、その墳墓の方へ歩いて行くのである。到頭、彼はその墳墓の前に面と向って立った。暗い波は可怖《おそろ》しい勢いで彼の方へ押寄せて来た」。

しかし波打際で踏み止まった捨吉は、近くに青木の家があったことを思い出し友達夫婦の元を訪れて数日を過ごして癒やされ、蜜柑畑で「土の臭気《においい》」を嗅いだあとで「もう一度『世の中』へ帰ろうと思い直した」のでした（四六）。

一方、兄の民助（モデルは長兄の島崎秀雄）は、旅から戻った捨吉の手を見て「不恰好で、指先が短くて、青筋が太く刻んだように顕《あらわ》れたところは、どう見ても亡くなった父の手にソックリであった」と感じます。そのことを藤村は次のように詳しく記述しています（五十）。

「民助の眼で見ると、維新の際には勤王の説を唱えたり、諸国を遍歴するやら、志士に交《まじわり》を結ぶやらして、ほとんど家のことなぞを顧みなかった人の手がそれだ。（……）平素《ふだん》はまことに好い阿爺《おやじ》で、家の者にも親切、故郷の人々にも親切で、一村の父のように慕われていたが、すこし癇癪《かんしゃく》が起って気に入らないことが有ると、弓の折《おれ》で民助を打擲《ちょうちゃく》した人の手がそれだ。国学や神道に凝り過ぎたともいうが、深い山里に埋《うず》もれて、一生煩悶《はんもん》して、到頭気が変に成った人の手がそれだ」。

このとき藤村は「黒船」来港以降の激動のなかで理想を求めながら狂死した父親や、すぐれた作品を多く残しながら自殺した先輩・北村透谷の生き方や思想を時代とのかかわりをとおして深く考え始めていたと言えるでしょう。

それゆえ、本章では透谷の歩みを振り返りながら藤村との交友の深まりを確認することで、彼らの『罪と罰』の受容と時代とのかかわりを確認することにします。

## 一、『罪と罰』の世界と北村透谷

北村透谷（本名は門太郎）が旧小田原藩士の長男として生まれたのは明治元年のことでしたが、藩が佐幕藩であったために苦難の人生を歩むことになります。たとえば、小田原藩士だった父の快蔵は、再就職して新政府の役人となるために明治二年に単身上京して昌平学校（昌平坂学問所の後身）に入りなおしているのです。

その間、武士の娘だった透谷の母ユキは仕立物で家計を助け、夫が大蔵省に出仕することが決まって上京した際には、タバコの小売店を開いていました。ラスコーリニコフの母親・プリヘーリヤが一人息子が家名をあげることを強く望んでいたように、透谷の母もこのような商売で家計を支えながら、息子の「立身出世」を強く期待していたのです。

そのような苦境に遭遇したのは佐幕藩の武士ばかりではありませんでした。明治一四年に行われた紙幣整理と増税の緊縮政策によって、深刻な不況に見舞われ「それを借金で切り抜けようとした農民たち」も、「高利貸しによって膨大な債務を背負い込むことになり」、田畑を取り上げられて「破産状態に追い込まれるものが少なくなかった」のです(3)。

それゆえ、大磯では近隣の三郡百余村に金を貸付け、「負債人民からの憎悪の的であった」高利貸の露木卯三郎が殺害されるという事件が明治一七年に起きていました。大磯の近くの小田原で育った透谷にとっては、母親からの年金の仕送りも止まったために退学することになった主人公が正義の行われないことに絶望して、高利貸しの老婆の殺害におよぶ経緯が詳しく描かれている『罪と罰』の筋は実感できるものだったと思われます。

本書の視点から重要なのは、ドストエフスキーが亡くなった明治一四年三月に「立憲的な改革案」を進めようとしていた父のアレクサンドル二世が暗殺されると、その後で即位したアレクサンドル三世が専制護持の詔書を出して「立憲政治」への道を閉ざしたことです。

一方、日本は西南戦争が鎮圧されたあとでは言論による政府批判の強まりとともに国会開設請願運動が激しくなって、「日本憲法見込案」が起草されるようになっていました。それゆえ日本ではこの年に一〇年後の「国会開設」を約束する詔勅が出されたのです。このことについてロシア史研究者の和田春樹は、その理由を藩閥政府がロシア皇帝の暗殺を重く見たためだろうと推測しています[4]。

安政の大獄を行った独裁的な権力者・井伊直弼の暗殺が倒幕に結びついていたことや、西南戦争の直後に大久保利通が暗殺されていたことを思い起こすならば、明治政府が皇帝の暗殺をより重大に受け止めたことは確実でしょう。

ただ、その一方で藩閥政府はイギリス的な議院内閣制の憲法を主張する大隈重信と慶應義塾門下生を政府から追放して、君主大権が残るドイツのビスマルク憲法を模範とする上からの「欽定憲法」とすることを決めていました。

『桜の実の熟する時』では青木が、「なにしろ君、僕なぞは十四の年に政治演説をやるような少年だったからね」と半分自分を嘲るように言い、捨吉が自分にも「未来の政治的生涯を夢みるような心」があったことを思い出す場面があります。

実際、明治一六年に県会臨時書記として勤務した透谷は、九月には東京専門学校（早大の前身）政治経済学部に入学し、民権成就を願って「土岐（時）・運・来（ときめぐりきたる）」と染め出した法被《はっぴ》を着て、困民党の騒動が広がる八王子を中心に親しい友人の大矢正夫と車をひき小間物の行商をしながらこの地方を回っていたのです。

しかし、自由民権運動に対する厳しい圧迫が続く中で自由党の一部が加波山に蜂起して失敗すると自由党は解党を迫られました。明治一八年には過激化したグループによって朝鮮での独立運動を支援するために、強盗をして資金を得ようとした大阪事件の計画が練られたのです。

この時、友人の大矢正夫から参加を求められた透谷は、「高利貸しの老婆」を殺すかどうかを迷っていた『罪と罰』のラスコーリニコフと同じような問題と直面したのです。しかし、「目的」を達するためとはいえ、強盗のような「手段」を取ることには賛成できずに、苦悩の末、頭を剃り盟友と決別していました。

一方、『罪と罰』の邦訳を行った内田魯庵は、先に見たエッセーでこの長編小説を二日間ほどで通読した森鷗外が、読み終えてから「一週間ばかりは、夜眠ろうとするとうなされて、どうしても眠られなかった」ほどの深刻な印象を受けたという伝聞を記しています。そして自分自身も

『罪と罰』の後半をほとんど寝る間も惜しんで読んでいた魯庵は「大改革」の時期に新設された司法取締官のポルフィーリイとの対決で明らかになる「非凡人の思想」の危険性についてこう説明しています。

「ラスコーリニコフの考えによると、総べて世の中――社会の組織と言うものは偉大なる権威者一個人の力を以てどうにでも改革出来る。今日の新しい法律を打ち建てた者は、即ちそれまであった旧い法律を打ち壊した人間で、旧い法律から見れば犯罪者であるけれども力さえあれば今の法律を破壊して新しい法律を建てることが出来る」。

魯庵がラスコーリニコフの「良心」をめぐる筋の重要性をも指摘していたことに留意するならば、独裁的な藩閥政府との長い戦いを経て「憲法」を獲得した時代を体験していた内田露庵は、権力者からの自立や言論の自由などを保証し、個人の行動をも決定する「良心」の重要性を深く認識していたといえるでしょう。

注目したいのは、政治から身を引いた透谷が、自由民権運動家・石坂昌孝《まさたか》の娘でクリスチャンの美那と知り合った後では手紙で、『レ・ミゼラブル』を書いたユゴーのような小説家になろうとしたと告白していたことです[5]。

そして、「良心」の働きが描かれている『レ・ミゼラブル』の個所について透谷は、書評「罪と罰（内田不知庵譯）」で「銀器を盗む一条を読みし時にその精緻《せいち》に驚きし事ありし」と記したのです[6]。

さらに、評論「『罪と罰』の殺人罪」で、「『罪と罰』の殺人の原因を浅薄なりと笑ひて斥《しりぞ》くるやうの事なかるべし」と書いて、『国民之友』に掲載された漢学者・依田学海の勧善懲悪的な『罪と罰』論を厳しく批判していました。(7) それは後にみるように「内部の生命を認めざる勧懲主義は、到底真正の勧懲なりと言うべからざるなり」と記した「内部生命論」と直結しているのです。

『罪と罰』の後半ではラスコーリニコフが、老婆を殺したことによって「自分を殺したんだ、永久に！」とソーニャに告白する場面が描かれています（五・四）。残念ながら、北村透谷はこの場面についての考察を記すことなく亡くなりましたが、「大阪事件」への参加を断った行動から判断すると、自己と他者の関係についての深い哲学的な考察がなされているこの会話の意味を彼が深く理解し得たであろうと推測されます。

一方、第六章で詳しく見るように文芸評論家の小林秀雄は、「天皇機関説」事件で「立憲主義」が崩壊する前年の昭和九年に書いた「『罪と罰』についてⅠ」で、高利貸しの老婆だけでなく彼女の義理の妹をも殺害したラスコーリニコフには「罪の意識も罰の意識も遂に彼には現れぬ」と結論しています。

しかも、その際に小林は『レ・ミゼラブル』と『罪と罰』との深い関係を「排除」して考察していましたが、それは『罪と罰』を矮小化することになると思えます。なぜならば、長編小説『虐げられた人々』（原題は『虐げられた、侮辱された人々』）を連載していたドストエフスキーは、雑誌『時代』に載せた文章で次のようにユゴーの『レ・ミゼラブル』を高く評価していたからです(8)。

「最近、『ノートルダム・ド・パリ』から三〇年以上たって、『レ・ミゼラブル』があらわれた。この小説で偉大な詩人にして市民は無限の才能を発揮し、その文学の基本的な思想を見事な芸術的完成度で示したから、全世界にぱっと広まり、万人がこれを読んだ。「その魅力はだれをも等しく引きつけた。彼の思想は十九世紀のあらゆる芸術の基本的な思想であり、ヴィクトル・ユゴーがほとんどほとんど最初の伝道者である。思想はキリスト教的で高い道徳性に満ちたものだ。（……）この思想は**虐げられ、皆にのけ者にされた社会層**を正当に光をあてようとすることである」（太字は引用者）。

透谷の父は明治一九年の官吏非職条例により大蔵省を解雇されて月給が三分の一となり、長男の透谷が家計の責任を負うことになります。父親が遭遇した出来事は、特別の失態もないのに解雇されて飲酒に溺れるようになった『罪と罰』の元役人・マルメラードフのエピソードを連想させます。

こうして、『桜の実の熟するとき』で記されているように経済的にも追い詰められた青木は、「普連士《フレンド》教会で出す雑誌の編輯《へんしゅう》」も行うようになったのです。イギリスから来日したクエーカー教徒のジョージ・ブレイスウェイトと親交をふかめた透谷は、明治二二年には日本平和会の結成にも参画しました。

一方、藩閥政府は明治二〇年には秘密の集会・結社を禁じたばかりでなく、拡大解釈によって民間人が憲法の私案を検討する事をも禁じた保安条例を定めて自由民権運動への圧力も強めていました。さらに、大日本帝国憲法の発布を受けて行われ野党が多数を占めた明治二三年の第一回総選挙に続いて実施された明治二五年の第二回総選挙は、選挙運動中に内務大臣が地方長官を督励して、「全国各地で選挙干渉が大々的に」行われたために死者が二五名、重傷者も四〇〇名に及ぶ流血選挙となったのです。

このような時期に発行されたのが雑誌『平和』創刊号（明治二五年三月）でした。その「発行之辞《ことば》」において透谷は、「吾人は『平和』なる者の必須《ひっす》にして遠大なる問題なるを信ず」と宣言し、その理由をこう記しています。[9]

「今や往年の拿翁《ナポレオン》なしといえども、武器の進歩日々に新《あらた》にして、他の拿翁指呼の中《うち》に作り得べし、もって全欧を猛炎に委《い》する事、易々《いい》たり」。

さらに透谷は「これよりの戦争は人種の戦争もっとも多かるべく、（……）都市を荒野に変ずるまでは止《や》まじと某政治家は言えり」と続けていますが、ここには『罪と罰』のエピローグでラスコーリニコフが見る「人類滅亡の悪夢」にもつながるような戦争の深い認識がすでにあると思われます。

## 二、「人生相渉論争」と「教育勅語」の渙発

「文章即ち事業なり。（……）人生に相渉《あいわた》らずんばこれもまた空の空なるのみ」という文章で始まる評論家・山路愛山の史論「頼襄《らいのぼる》を論ず」が徳富蘇峰の『国民之友』に掲載されたのは、明治二六年一月のことでした。(10)

これに対して北村透谷は、『文学界』の第二号に掲載された評論「人生に相渉《あいわた》るとは何の謂《いい》ぞ」でこう厳しく批判したのです。(11)

「反動は愛山生を載せて走れり。而して今や愛山生は反動を載せて走らんとす。彼は『史論』と名くる鉄槌をもって撃砕すべき目的を拡めて、しきりに純文学の領地を襲わんとす」。

島崎藤村はこの評論を読んだ時の会話を長編小説『春』で、主人公に「青木君も恐ろしいやつを打込《ぶちこ》んだものさネ。僕は西京で彼の論文を読みました」と語らせています（九）。たしかに、キリスト教の伝道者であり友人でもあった愛山を「反動」という激しい言葉で激しく批判した記述には驚かされます。

山路愛山（本名は彌吉）は、幕府の御家人で彰義隊に加わり、函館戦争にも従軍して捕虜になり、釈放された後は酒乱となった父の一郎に代わって一六歳で小学校の助教となって一家を支える一方、キリスト教の洗礼も受けていました。そして、明治二〇年に創刊された『国民之友』に掲載された蘇峰の創刊の辞に感激して『国民新聞』の記者となった愛山は、キリスト教メソジスト派の雑誌『護教』の主筆としても筆をふるっていたのです。しかも、明治二三年に愛山は『国民之友』とともに『女学雑誌』の二誌を、「恐るべき反動の風」に対する「正動」と高く評価していました[12]。

それにもかかわらず、透谷から「反動」と決めつけられたことで、蘇峰や『文学界』の同人をも巻き込んだ「人生相渉論争」と呼ばれる激しい論争が行われることになったのです。

「いや、すこし激してあんな駁撃《ばくげき》をやって見たがね」と青木はほほえみながら答えたと藤村は書いていますが、透谷の気持ちを理解するためには、明治二三年の一〇月には「教育勅語」が渙発され、その翌年の一月には内村鑑三の「不敬事件」が起きていたことを把握しておく必要があります。

この評論は『罪と罰』の殺人罪」が発表されてから一月後に『文学界』に掲載されており、透谷の『罪と罰』論も「教育勅語」渙発後に「国粋主義」が台頭した当時の日本の政治情勢とも深く関わっていたのです。

「人生相渉論争」については多くの論文が書かれていますが、ここでは「教育勅語」との関連に絞って考察することにします。この視点から見ると論争の本質を分かり易い言葉で説明していると思われるのが、長編小説『三四郎』を連載する前年に書かれた夏目漱石の「家庭と文学」という記事です[13]。

ここで武士が権力を握っていた時代には、「忠孝というような観念が、当時の社会組織を持続するのに」最も都合がよかったと記した漱石は、明治維新の後でも「やはり忠孝のごとき観念が最もたいせつなものと考えられ、他の諸観念は依然としてこの観念に圧倒されている」と批判していたのです。

透谷の文章からは激しい怒りだけでなく悲しみも伝わってきますが、キリスト教の伝道者でもあった愛山が、いまだに「忠孝」のような古い観念に縛られた史論を書いたことに透谷が強い危機感を覚えたことはたしかでしょう。

なぜならば、中国史の研究者・小島毅が記しているように、「教育勅語」では臣民の「忠孝」が「国体の精華」とたたえられていたからです。そのことに注意を促した小島は、朝廷から水戸藩に降った「攘夷を進めるようにとの密勅」を実行しようとしたのが「天狗党の乱」であり、その頃から「国体」という概念は「尊王攘夷」のイデオロギーとの強い結びつきも持つようになっていたことを指摘しています。(14)

「尊王攘夷」思想が記されている頼山陽の『日本外史』は、「幕末の志士といわれる人たちが志士になっていくうえで、最も影響力を発揮した書物のひとつ」だったのです。

透谷が覚えた強い危機感を正しく理解することは、小学校の教員を主人公とした島崎藤村の長編小説『破戒』を読み解くためにも必要です。それゆえ、少し回り道をすることになりますが「教育勅語」が発布されるまでの状況を山住正己著の『教育勅語』をとおして簡単に見た後で、その後に勃発した「宗教と教育」論争と透谷との深いかかわりを確認することにします。(15)

福沢諭吉の『世界国尽』などが小学校の教科書として用いられていたことを「欧化」と捉えて危機感を強めた天皇の侍講元田永孚が、「教学大旨」を著して「専《もっぱ》ら智識才芸のみを尚《とう》とび、文明開化の末に馳《は》せ、品行を破り風俗を傷う者少なからず」と批判したのは明治一二年のことでした。すると文部省はその翌年に福沢の書いた本や自由と民権にふれる本を教科書として用いることを禁じて「小学修身訓」を編み、明治一四年の小学校教則綱領では歴史教育の目的を『尊王愛国の志気』の養成にあるとしたのです。

これに対し福沢諭吉は「専ら古流の道徳を奨励して、満天下の教育を忠君愛国の範囲内に跼蹐《きょくせき》せしめんと試み」るもので、「文明進歩の大勢を留めん」とするものであると厳しく批判しました。そして、明治一二年に「君主は臣民の**良心の自由**に干渉せず」とした「教育儀」を著して侍講制度を廃止していた伊藤博文によって文部大臣に任命された森有礼も、明治一九年に文部省令を出して「修身」の授業には教科書を用いないことを指示し、その翌年には「修身」の教科書の使用を禁じていました（太字は引用者）。

その森有礼が憲法発布の日に国粋主義者に刺されて亡くなった後で総理大臣に就任した山県有朋は、内務大臣だったときの部下を文部大臣に起用して「教育勅語」の作成を急がせました。

こうして、「親孝行や友達を大切にする」などの普遍的な道徳ばかりでなく、「天壌無窮」という『日本書紀』に記された用語を用いて、「天壌無窮の皇運を扶翼すべし」と説かれ、「始まりと終わりの部分で天皇と臣民の間の紐帯、その神的な由来、また臣民の側の神聖な義務について」述べられるという構造を持っている「教育勅語」が公布されることになったのです[16]。

注目したいのは、「明六社」にも参加していた教育学者の西村茂樹が、帝政ロシアが「君主独裁を以てその政治を行へるは、皇帝が政治と宗教との大権を一身に聚めたる」からだとし、我が国でも「皇室を以て道徳の源となし、普通教育中において、その徳育に関することは　皇室自らこれを管理」すべきであると説いていたことです[17]。

繰り返しになりますが、この文章は帝政ロシアにおいて西欧の「自由・平等・博愛」の理念に対抗するために、ロシア独自の理念として「正教・専制・国民性」の「三位一体」を強調した一八三三年の「ウヴァーロフの通達」と「教育勅語」との密接な関係も示唆しているように思えます。実際、それから約百年後の昭和一三年に発行された『我が風土・國民性と文學』(國體の本義解説叢書)では、「敬神・忠君・愛国の三精神が一になっていることは」、「日本の国体の精華であって、万国に類例が無いのである」と強調されることになるのです[18]。

しかも、西南戦争の後で暗殺された大久保利通の内務省を重視する政策を受け継いだ山県有朋は、後年「軍人勅諭ノコトガ頭ニアル故ニ教育ニモ同様ノモノヲ得ンコトヲ望メリ」と回想しているように、「教育勅語」の末尾に記された天皇親筆の署名にたいして職員生徒全員が順番に最敬礼をするという「身体的な強要」をも含んだ儀礼を伴うことを閣議で決定していました[19]。

それゆえ、「教育勅語」が公布された翌年の一月に行われた第一高等中学校での教育勅語奉読式の際に最敬礼をしなかったキリスト者の教員・内村鑑三は、「不敬漢」という「レッテル」を貼られて厳しく非難されたのです。

この事件が「不敬事件」として喧伝されて内村が退職を余儀なくされたのは、国会開設請願運動が激しくなった明治一三年には集会などを取り締まる集会条例が公布されただけでなく、天皇や皇族に対する「不敬罪」が明文化されていたためでした。こうして、この事件はキリスト教徒の「大量の棄教現象」を生みだすきっかけとなり、「国粋主義」が台頭するきっかけとなったのです。(20)

## 三、「宗教と教育」論争と蘇峰の「忠君愛国」観

透谷は明治二六年に山路愛山の史論を批判して「今や愛山生は反動を載せて走らんとす」と書いていましたが、キリスト者に対する非難は「不敬事件」に留まりませんでした。東京帝国大学・哲学科教授の井上哲次郎は、透谷の評論が発表された二ヶ月後に『教育ト宗教ノ衝突』を著して改めて内村鑑三の行動を例に挙げながらキリスト教を、「一旦緩急あれば義勇公に奉じ」と命じた「教育勅語」の「国家主義」に反する反国体的宗教として激しく非難したのです。(21)

この批判に対しては内村鑑三が「不敬事件」に対する井上の事実誤認を指摘しただけでなく、本多庸一、横井時雄、植村正久などのキリスト者が反論しました。「新約聖書」邦訳の事業にも加わった英語学者の高橋五郎も民友社から出版した『排偽哲学論』で、「人を不孝不忠不義の大罪人と讒誣《ざんぶ》するは決して軽き事にあらず」とし、比較宗教の視点から井上の所論を「偽哲学」と鋭く反駁していました。(22)

北村透谷は「井上博士と基督教徒」で、「宗教と教育」の問題を正面からは論じていませんが、

「吾人は井上博士の衷情を察せざるを得ず」と記し、「彼は大学にあり、彼は政府の雇人《こじん》なり、学者としての舞台は広からずして雇人としての舞台は甚だ窮屈なるものなることを察せざるべからず」と続けていました。(23)

実際、『夜明け前』でも岩倉使節団の一員として「特に政府の神祇省から選抜され」、「欧米の文明を観察せよとの内意」を受けて米欧を回覧したと描かれ（第二部・八・四）、広い視野から『特命全権大使　米欧回覧実記』を編集していた帝国大学教授の久米邦武《くめくにたけ》も、明治二五年には『史学雑誌』に載せた学術論文「神道ハ祭典ノ古俗」が批判されて職を辞するという事件も起きていました。

そして、明治二四年に「教育勅語」の解説書『勅語衍義《えんぎ》』を出版し、内村鑑三を「教育勅語」の「国家主義」の視点から厳しく非難していた東京帝国大学の井上哲次郎も、「神国思想」がさらに広まった昭和二年には、彼が『我が国体と国民道徳』で書いた「三種の神器」に関する記述などが不敬にあたると批判されて、その本が発禁処分となったばかりでなく、彼自身も公職を辞職することになるのです。

そのような流れに注意を払うとき、教育制度の視点から「政府の雇人」としての学者の窮屈さを「井上博士と基督教徒」で指摘していた透谷の記述は、滝川幸辰・法学部教授の休職処分に端を発する京都大学事件から美濃部達吉の憲法論をめぐる「天皇機関説」事件に至る日本の教育と研究制度の問題点を的確に示していたといえるでしょう。

その意味で注目したいのは、明治二三年一〇月の「教育勅語」の渙発と同時に行われた「小学令改正」により小学校が郡視学の監督下に置かれたことにより、大きく変わった小学校の教育体制の問題を、島崎藤村が師範学校の卒業生を主人公とした長編小説『破戒』で差別と教育制度との関連で深く考察していることです。透谷の指摘を受け継いでいると思われる藤村の考察の深まりについては、第五章で詳しく分析することにして、ここでは論争における透谷の思想の深まりを簡単に見ておきます。

透谷は愛山を批判した直後の二月二五日に雑誌『女学雑誌』に載せた「山庵雑記」で、「他《ひと》を議せんとする時、尤も多く己れの非を悟る」と書いて、論争者への思いやりを示しましたが[24]、愛山は『国民新聞』に連載した「明治文学史」においてこの文章を引用して、透谷が誤りを認めたものだという解釈を記したのです[25]。

徳富蘇峰も日本の思想界を「時流随順型」の「蛇行派」、「保守反動のもとに我国を数年は退歩させた」「憤慨派」と「高踏派」の三潮流に分類し、透谷を含む文学界の同人たちを「高踏派」として次のように批判しました。すなわち、「高踏とは自から社会の外に立つもの也。彼等の多くは、一種の基督教徒中にあり」とした蘇峰は、「洗礼を受けたる禅僧の如く、絶て社会と相渉ることなく」と書いたのです[26]。

「人生」と題された翌年二月の『国民之友』の記事でも「『高踏派』は『厭世の名に托して』人生の義務を避け『光明を他の世界に求め』ようとしているが、『僅かに残喘を一隅に保つに過ぎず』」と同じような批判が繰り返されました。

このような批判に対して、透谷は「明治文学管見（日本文学史骨）」と題して四月から五月に『文学界』に発表した評論で、「文学は人間と無限とを研究する一種の事業なり」という見解を示し、次のように記して愛山の史論の問題点がどこにあるかを明確に指摘していました。[27]

「愚なるかな、今日において旧組織の遺物なる忠君愛国などの岐路に迷う学者、請う刮目《かつもく》して百年の後を見ん」。

さらに、五月に発表した「内部生命論」で、「彼等は忠孝を説けり、然れども彼等の忠孝は、むしろ忠孝の教理あるが故に忠孝あるを説きしのみ、今日の僻論《へきろん》家が勅語あるが故に忠孝を説かんとすると大差なきなり」と厳しく批判した透谷は、「生命」という視点から文学の意義をこう説明したのです。[28]

「文芸は思想と美術とを抱合したるものにして、思想ありとも美術なくんば既に文芸にあらず、美術ありとも思想なくんば既に文芸にあらず」、「根本の生命を伝えんとするは、文芸に従事するものの任なり」。

そして「国民と思想」で透谷は、「高踏的思想」に「地平線的思想」を対置して、「吾人は実に地平線的思想の重んずべきを知るといえども、いわゆる高踏的思想なるものの一日も国民に欠くべからざるを信ずるものなり」と蘇峰に反論し、「詩人は一国民の私有にあらず、人類全体の宝庫なり」と書いて、文学が単に一国民にとってだけでなく、普遍的な価値を持つことを強調しま

した。(29)

このように見てくるとき、冒頭で「文章即ち事業なり」と強調した愛山の頼山陽論を「『史論』と名《なづ》くる鉄槌」と呼んだ透谷の批判の矛先は愛山だけでなく、徳富蘇峰にも向けられていたと思われます。なぜならば、蘇峰は明治二五年の三月に横井時雄が牧師をしていた本郷教会会堂で行った講演を基として、同年の五月から九月にかけて『国民之友』に「吉田松陰」を一〇回連載した際には、「尊王」の節を加えたばかりでなく、「短いものであるが、『事業と教訓』という結論」を新しく設けていたのです。(30)

『国民之友』に連載した論考をまとめて明治二六年一二月に出版した初版の『吉田松陰』においても蘇峰は、松陰が「無謀の攘夷論者」ではなく開国論者だったことを強調する一方で、「彼の尊王敵愾《てきがい》の志気は特に頼襄《らいのぼる》の国民的詠詩、及び『日本外史』より鼓吹し来たれるもの多し」とも記していました。(31)

さらに、第六章で詳しく考察するように、日露戦争後に改訂版の『吉田松陰』を発行した蘇峰は、第一次世界大戦中に書いた『大正の青年と帝国の前途』では、キリスト教徒でありながら、「忠君愛国は、宗教以上の宗教なり、哲学以上の哲学なり」と説くようになるのです。(32)

## 四、透谷の自殺とその反響

研究者の色川大吉が指摘しているように、「まだ民友社が明治国家」と対決しているとの希望を抱いていた北村透谷は、五歳年上の徳富蘇峰との全面的な対決を避けるかのように、「インスピレーション」などの短文が収められた蘇峰の『静思餘録』を高く評価していました(33)。

そして、蘇峰を「東洋のヱマルソン」と賞賛していた透谷は、民友社の依頼を受けて評伝『ヱマルソン』の執筆にも取り組んでいました。しかし、論争に疲れた透谷にとってそれは重荷となり、島崎藤村の補筆を得てなんとか一二月下旬に脱稿したものの原稿料を大きく値切られて落胆した透谷は、出来上がった本が届いても「手に取ったその本を開けてみる気もないほど」心身ともに疲れ果てていたのです。

長編小説『春』で透谷の「人生に相渉るとは何の謂ぞ」から、「文士の前にある戦場は、一局部の原野にあらず、広大なる原野なり、彼は事業を齎《もた》らし帰らんとして戦場に赴《おもむ》かず、必死を期し、原頭の露となるを覚悟して家を出《いづ》るなり」という文章を引用した藤村はこう結んでいます。

「ここまで読んで、青木は草稿を閉じて了《しま》った。彼はその下書きの上へ這倒《はいのめ》るような風をして、額を畳に押宛《おしあて》て慟哭《どうこく》した」。

こうして、透谷は日清戦争前夜の明治二七年五月一六日に二五歳の若さで自殺したのですが、その死から強い衝撃を受けたことを藤村はこう記しています。

「愕然として、死に赴《おもむ》いた青木の面影は、岸本の眼前《めのまえ》にあった。／『我事畢《おわ》れり』と言った青木の言葉は、岸本の耳にあった」。

注目したいのは、俳人の正岡子規が編集主任をしていた家庭向けの新聞『小日本』第七四号に次のような追悼記事が掲載されたことです。

「北村透谷子逝く　文学界記者として当今の超然的詩人として明治青年文壇の一方に異彩を放ちし透谷北村門太郎氏去る十五日払暁に乗じ遂に羽化して穢土《えど》の人界を脱すと／惜《をし》いかな氏年未だ三十に上《のぼ》らずあたら人世過半の春秋を草頭の露に残して空しく未来の志を棺の内に収め了《おわ》んぬる事／ああエマルソンは実に氏が此世のかたみなりけり」。

浅岡邦男はこの追悼文が子規によって書かれていた可能性が高いと記しています。[34] たしかに、この文章は詩人の透谷が『文学界』の記者でもあったことに注意を促しながら、子規の号でもある「ほととぎす」という単語を用いて「芝山の雨暗うして杜鵑《ほととぎす》血に叫ぶの際氏が幽魂何処《いづこ》にか迷わん」と結ばれているのです。

しかも、追悼文では「遂に羽化して穢土の人界を脱す」と記されていますが、『竹取物語』や謡曲『羽衣』を強く意識した小説「月の都」を書き上げた子規は明治二五年二月に幸田露伴に自作を見せて講評を請い、後に新聞『小日本』に連載していました。[35]

透谷も同じ年の一〇月に『国民之友』に発表した評論「他界に対する観念」で、「物語時代の『竹取』、謡曲時代の『羽衣』、この二篇に勝《まさ》りて我邦文学の他界に対する美妙の観念を代表する者はあらず」と書き、「人界の汚濁を厭《いと》う」て、「共に帰るところは月宮なり」と記していたのです。[36]

次章で見るように子規が『レ・ミゼラブル』の部分訳を試みていることをも考慮するならば、二人の文学観は意外と近かったように思えます。

一方、透谷を敬愛していた元弁護士で、日露戦争の直前に日本の政財界の実態を暴露して戦争の危険性を訴えた小説『火の柱』を書くことになる木下尚江は、「透谷の死を新聞で見た時」の痛切な思いを後にこう記しています[37]。

「我々の代表者が犠牲になって十字架にかかったのだという気持に打たれた。透谷は、勿論全部とは言えまいが、或る青年達の代表者であった。我々が無事に三十歳を越える事が出来たのは、実に透谷の死によってあがなわれたからである」。

本書の視点から興味深いのは、その木下が明治三三年二月十二日に透谷の理念を受け継ぐかのような論説記事「元良博士の『教育と宗教の関係』を読む」を書いていることです[38]。

すなわち木下はまず、立憲政治を施行せざるを得なくなったとはいえ、憲法政治が日本の国運を危くすると考えた頑迷な旧思想の持ち主は、できるだけ立憲政治の活用を制限し、「忠君愛国」の理念に含まれている「非立憲的なる旧感情を復活」したと指摘しました。

さらに、「教育勅語を我物顔に解釈せる文部省的新方針」をもって、徐々に国民の間に「国家万能＝政府万能の新信仰」を浸透させたとした木下は、「藩閥政府が如何に非立憲的思想を以て新憲法時代に入りしかは」、その後の政府の施策を見れば明白ではないかと記したのです。

木下尚江はすでにこの記事で日本の立憲政治の始まりだけではなく、その崩壊の危険性をも明確に示唆していたといえるでしょう。

長編小説『春』や『桜の実の熟するとき』で直接、透谷をモデルとして登場させただけでなく、『破戒』や『夜明け前』でも透谷の思想や人物像を考察していた島崎藤村も、北村透谷の二十七回忌に際してこう記していました。

「彼の生涯は結局失敗に終わった戦いであった」が、「その惨憺とした戦いの跡には拾っても拾っても尽きないような光った形見が残った[39]」。

その藤村は明治四四年に発行した『千曲川のスケッチ』の奥書で、「いつの間にかわたしの書架も面目を改め、近代の詩書がそこに並んでいるばかりでなく、英訳で読める欧州大陸の小説や戯曲の類が一冊ずつ順にふえた」と記し、ドストエフスキーの『シベリアの記』(『死の家の記録』)と『罪と罰』も「愛読書になった」と続けているのです[40]。

次章では『文学界』の同人と樋口一葉だけでなく、正岡子規と島崎藤村とのかかわりをとおして『罪と罰』受容の深まりを見ることにします。

# 第四章　明治の『文学界』と『罪と罰』の受容の深化

## はじめに　『文学界』と『国民之友』の廃刊と島崎藤村

明治二六年一月に創刊された『文学界』は北村透谷という精神的なリーダーを失って、明治三一年一月に廃刊となりますが、明治二〇年に若者たちの期待を背負って創刊された民友社の『国民之友』も、内務省勅任参事官に任じられた蘇峰が山県内閣がすすめた大増税・軍備拡張に協力したことで読者からその「変節」を厳しく批判されて売り上げが激減したことから、奇しくも同じ年の八月に廃刊となりました。

「憲法」のない帝政ロシアにおいて検閲に抗しながら平民主義的な傾向を大胆に主張していたドストエフスキー兄弟の雑誌『時代』が、ポーランドの反乱を論じた記事が原因で廃刊になっていたことを考慮すると、日清戦争後に『文学界』と『国民之友』が相次いで廃刊となったことは、日本における「立憲主義」の危機の深まりをも象徴的に示しているように思われます。

一方、島崎藤村はこの時期に愛山や蘇峰との「史観」論争にも、「教育勅語」をめぐる「宗教と教育」論争にも積極的にかかわってはいません。しかし、「人生に相渉るとは何の謂ぞ」を読んだ後で藤村が、「透谷兄の一文愛山氏も顔色蒼く相成候事かと覚え候」と手紙に書いているように、彼はこの問題に強い関心をもっていました。(1)

詩人として出発した藤村は、明治三〇年八月には「まだあげ初めし前髪の／林檎のもとに見えしとき／前にさしたる花櫛の／花ある君と思ひけり」という言葉で始まる有名な詩「初恋」も収めた詩集『若菜集』を発行しました。七五調を基調とした五一編の詩を収録したこの詩集は今も日本のロマン主義文学を代表する詩集として高い評価を受けています。

一方、内田魯庵は『罪と罰』との出会いの衝撃について、「それ以来、私の小説に対する考は全く一変してしまった」と記していました。藤村も内田魯庵訳の『罪と罰』や透谷の『罪と罰』論を読み返すなかで、登場人物や場所、そして筋を設定する「虚構」という手法によって、なかなか見えにくい現実の実態を明らかにする長編小説の可能性を知ったように思えます。透谷の死後から長編小説『破戒』の出版にいたる長い時期は、詩から長編小説へと表現の方法を変えるための藤村の模索の時期だったといえるでしょう。

藤村は明治四四年に書いた『千曲川のスケッチ』の奥書で、小諸で過ごした時期に「美術に用いられる写生を散文に応用しようと試み」ていたことをこう詳しく書いているのです。少し長くなりますが、俳諧や浄瑠璃だけでなく国学者による言葉の考察の意義にも触れた重要な個所なの

料金受取人払郵便

保土ケ谷局承認

4543

差出有効期間
平成31年
9月20日まで
(切手不要)

郵便はがき

2408790

神奈川県
横浜市保土ケ谷区
天王町二―四二―二―三―四一五

成文社 行

ご購入ありがとうございました。このはがきをお送りいただいた皆さまには、新刊のご案内などをさせていただきます。ご記入の上、ご投函下さい。

お名前　フリガナ　　年齢

ご住所　〒

TEL

ご職業

所属団体／グループ名

本書をお買い求めの書店　市区郡町　書店

ご購読の新聞・雑誌名

書　名

●本書についてのご感想や小社へのご希望などをお聞かせください。

●本書をお求めの動機（広告、書評、紹介記事には新聞・雑誌名もお書き添えください）
□店頭で見て　□広告　□書評・紹介記事　□その他
□小社の案内で　（　　　）（　　　）（　　　）

●本書の案内を送ってほしい友人・知人のお名前・ご住所
お名前　フリガナ

ご住所　〒

●書籍注文書●

（書名）　（定価）　（申込数）　冊

（書名）　（定価）　（申込数）　冊

（書名）　（定価）　（申込数）　冊

書籍は代引きで郵送、お届けします（送料無料）。

で引用しておきます。(2)

「私は明治の新しい文学と、言文一致の発達とを切り離しては考えられないもので、いろいろの先輩が歩いて来た道を考えても、そこへ持って行くのが一番の近道だと思う。我々の書くものが、古い文章の約束や云い廻しその他から、解き放たれて、今日の言文一致にまで達した事実は、決してあとから考えるほど無造作なものでない。先ず文学上の試みから始まって、それが社会全般にひろまって行き、新聞の論説から、科学上の記述、さては各人のやり取りする手紙、児童の作文にまで及んで来たに就いてはかなり長い年月がかかったことを思ってみるがいい。何んと云っても徳川時代に俳諧や浄瑠璃《じょうるり》の作者があらわれて縦横に平談俗語を駆使し、言葉の世界に新しい光を投げ入れたこと。それからあの国学者が万葉、古事記などを探求して、それまで暗いところにあった古い言葉の世界を今一度明るみへ持ち出したこと。この二つの大きな仕事と共に、明治年代に入って言文一致の創設とその発達に力を添えた人々の骨折と云うものは、文学の根柢《こんてい》に横たわる基礎工事であったと私には思われる。わたしがこんなスケッチをつくるかたわら、言文一致の研究をこころざすようになったのも、一朝一夕に思い立ったことではなかった」。

本章ではまず樋口一葉や『文学界』の同人たちにおける『罪と罰』受容の深まりを考察するとともに、藤村が散文の研究を始めた明治三三年に小諸を訪れていた徳冨蘆花と徳富蘇峰兄弟の確執にも注目することで、「平民主義」を唱えていた蘇峰の変貌にも迫ります。その後で「宗教と教育」論争には全く関与していなかった正岡子規が『レ・ミゼラブル』の部分訳の試みをしていたことや、北村透谷を敬愛していた木下尚江の長編小説『火の柱』を概観することにより、島崎藤村の『破戒』に至る流れを分析することにします。そのことによって、この長編小説が『レ・ミゼラブル』だけでなく『罪と罰』への強い関心を示していた透谷の考察と深く結びついていることを示唆することができるでしょう。

## 一、樋口一葉と明治の『文学界』

北村透谷が評論「『罪と罰』の殺人罪」を書いたのは、樋口一葉が初めて『文学界』に「雪の日」を投稿した明治二六年のことでしたが、『文学界』の客員だった戸川残花は、一葉が彼から内田魯庵訳の『罪と罰』を借りて何度もくりかえし読んでいたことを、明治二九年に発行された『女学雑誌』の四三一号に書いた樋口一葉の追悼記事で明らかにしています。

さらに、自由民権運動の花形闘士であった馬場辰猪《たつい》の弟だった馬場孤蝶が『文学界』の同人で樋口一葉と「いちばん親しい附会いで」あったと記した研究者の和田芳恵は、一葉の婚約者だった渋谷三郎の兄で郵便局長だった渋谷仙二郎の家には、石阪昌孝を最高指導者とする結社の事務所が置かれていたことにもふれています(3)。『文学界』に寄稿することになる一葉の経歴と透谷には、石阪昌孝という接点があったのです。

一葉は「雪の日」や「琴の音」、「花ごもり」、「やみ夜」などだけでなく、「大つごもり」と「たけくらべ」などの名作も『文学界』に掲載していましたが、藤村の『春』では一葉（小説では堤姉妹の姉）と『文学界』同人たちとの交友がこう描かれています。

「『どうだね、これから堤さんの許《ところ》へ出掛けて見ないか。足立君も行ってるかも知れないよ』／こう菅が言出した」。

「そこには堤姉妹が年老いた母親にかしずいて、侘《わび》しい、風雅な女暮しをしていた。いずれも苦労した、談話《はなし》の面白い人達であったが、殊《こと》に姉は和歌から小説に入って、既に一家を成していた。この人を世に紹介したのは連中の雑誌で、日頃親しくするところから、よく市川や足立や菅がその家を訪ねたものである」（百九）。

注目したいのは、自分の作風を模索していた樋口一葉が、「新しい文学精神が、『文学界』の中でも透谷や禿木たちの系統にある」と思っていたと書いた和田芳恵が、同人の平田禿木《とくぼく》（市川のモデル）が、「今の時、戦争文学というものの如き、これ浅劣の極なり」と『文学界』の第二四号に記していたことに注意を促していることです(4)。

そして、この文章は「『文学界』すべての戦争文学観を代弁したと云ってよい」とした和田は、この当時「愛国心を奮い立たせる読み物や軍事小説、詩歌などの文学が世に迎えられた」が、彼らは「時流に便乗した動きを簡潔に拒否した」と指摘しています。

そして、「一葉は戦争に無関心のように、一篇の軍事ものも書かなかった」ことに注意を促して、一葉も「その稟質によって『文学界』派の浪漫的な理論行動を、すばやく、感性で受けとり、自ら芸術家に育った」と説明しているのです。

このことは日露戦争の最中であったにもかかわらず、戦争についてはほとんど触れられていない島崎藤村の『破戒』にもあてはまると思われ、雑誌『文学界』の傾向を知る上でも興味深いので、前章で見た菅のモデル・戸川秋骨以外でここに描かれている同人たちが大正七年までに翻訳した作品の一部を挙げておきます。

足立のモデルとなった馬場胡蝶には、ドストエフスキーの「ネートチカ・ネズワーノワ」(「小児の心」)や『賭博者』(「博徒」)などの翻訳があり(「 」内は掲載時の題名)、さらにトルストイの『戦争と平和』などの他にもディケンズの『オリヴァー・ツイスト』やクロポトキンの『露西亜文学の理想と現実』など、ドストエフスキー理解の上で重要な書物を訳していました。

そして、市川のモデル・平田禿木にも、サッカレーの『虚栄の市』や『エマアソン全集』(全五巻)などの翻訳書があり、彼らが『エマアソン』の評伝を書いた北村透谷やドストエフスキーに深い関心を持っていたことが伝わってきます。

## 二、『文学界』の蘇峰批判と徳冨蘆花

自由民権運動の研究者・色川大吉の指摘によれば、透谷が病床についていた明治二七年二月にも「人生」を『国民之友』に掲載して、透谷と『文学界』の批判を続けていた蘇峰や愛山と、『文学界』の同人たちが論争を続けていました[5]。

たとえば、平田禿木は、透谷死後の明治二七年六月に書いた評論において蘇峰の「時代迎合

性」を、「彼は進歩的にしてしかもたくみに世間の潮流を察するに急なるが故に」、「昨日宣伝したりし所のもの、今日これを攻撃するの已むべからざるに至る」と鋭く批判していました。

実際、蘇峰は『国民之友』に発表した「日本国民の膨脹性」で、「日清戦争開戦に向かう**世間の潮流に投じ**」、「平民主義は帝国主義に向わざるべからず」（太字は引用者）と宣言していたのです。

さらに、「〝透谷の明徹、禿木の俊敏、藤村の情熱〟とよく並記されるが、〝秋骨の諷刺〟もまた附け加えられてよいと思う」と記した色川は、横井小楠の姪玉子の甥にあたる戸川秋骨が明治二七年一〇月号の『文学界』二二号に書いた記事を紹介しています。ここで「軍歌募集の評者に、例の愛山先生ありて社中一同腰を抜かしぬ。さすがに、楽天健全進歩的なるは民友社なり」と書いた秋骨は、「日清開戦によって生じた文壇の変調と、民友社の時代迎合ぶり」を辛辣に諷刺していたのです。

一方、「易々と平民主義、平和主義の看板をおろし、国権主義、帝国主義に転向してゆく行動」を起していた蘇峰は、明治二八年四月一二日に『国民新聞』に掲載された「青年文学者の自殺」という記事で、北村透谷や正岡子規の従弟・藤野古伯の自殺に対して「吾人は断然此種不健全の空気を文学界より排擠《はいせい》せんと欲す」として批判していました[6]。

注目したいのは、小林秀雄も昭和七年六月に書いた評論「現代文学の不安」で、「ぼんやりした不安」を記して自殺した芥川龍之介を「人間一人描き得なかつたエッセイスト」と断じている

ことです。(7)

この問題については第六章で見ることにしますが、ここではまずトルストイに対する北村透谷の高い評価を確認したあとで、徳富兄弟の激しい確執に注意を払っておくことにします。

透谷は雑誌『平和』の第二号に掲載した「トルストイ伯」において、まず「露国が思想の発達において欧洲諸隣国に後《おく》れたる事、既に久し」との認識を記しています。その後で、「自国の胸底より文学の新気運湧き出でて今やその勢力充実してほとんど全欧を凌駕《りょうが》せんとするに至れり」と続けた透谷は、「トルストイ伯の出現こそ、露文学の為に万丈の光焔を放つものなれ」と記していました。(8)

ことに、透谷が「公平無私に農民の状態を描出し、その欠所《けっしょ》を隠蔽《いんぺい》」しなかったトルストイを評価したばかりでなく、伯爵家に生まれながら「自《みずか》ら降《くだ》りて平民の友と」なったと描いていることは、差別問題を鋭く描いた長編小説『破戒』との関連でも重要でしょう。

欧米旅行の際に明治二九年秋にロシアを訪れトルストイとも会見した徳富蘇峰は、帰国後に「トルストイ翁を訪ふ」という訪問記を自分の『国民新聞』に発表しました。そこで彼はロシアと日本の帝政の違いについて議論したことや、「人道と愛国心」とは両立しないことを説いたトルストイに対して反論した強調していました。(9)

蘇峰はトルストイとはあまり議論をしたくなかったと書いているのですが、この訪問記からは彼がトルストイと議論をするために訪れたという感すら受けます。実際、蘇峰は明治三二年には

「帝国主義の真意」と題する記事で「帝国主義」を「平和的膨張主義」であるといっそう声高に主張するようになるのです。

一方、兄の蘇峰からの勧めで伝記『トルストイ』の執筆をしていた蘆花は、明治三〇年に「生涯、著作、総編」から成るトルストイの伝記を書き上げます。比較文学者の阿部軍治はこの伝記を「日本におけるこのロシアの作家の研究ならびにロシア文学研究にとっても大きな収穫であり、この時期としては画期的な労作であった」と指摘しています(10)。

すなわち、蘆花はそこで『戦争と平和』について、これはナポレオンがロシアに侵攻する前後の「露国社会の大パノラマ」であると説明するとともに、ロシア文学の発達の理由を「満腔の不平感懐は仮寓文字の安全管を通じて出るの外なかったのである」と説明したのです。

そして、「四海同胞を最後の目的と認めながら国は国と噛み合い、人人を喰ふ十九世紀の今日に独り平和を呼号《こごう》するの勇気ある者が無かつたら、所謂四海同胞に到達するは何の日であろう！」として、トルストイを「全露皇帝よりも世界に重い」と高く評価していました(11)。

さらに、この伝記で『戦争と平和』について「その頃はナポレオン戦争もさほど遠いことではなく、いわば今日の史家が幕末の歴史を書く様なもので」、「この小説を書く為めに翁が蒐集した材料は実に莫大なものである」と書いていた蘆花は、日清戦争を背景に陸軍中将・大山巌の前妻の娘夫婦の悲劇を描いた小説「不如帰《ほととぎす》」を民友社の「国民新聞」に連載しました（明治三〇年〜明治三二）。

この小説が出版されると当時のベストセラーになりましたが、ここで蘆花は軍部と結託した政商・山木兵造の邸を「不義に得て、不義に築きし万金の蜃気楼」と描いていたばかりでなく、主人公の海軍将校・川島武男に近ごろの軍人は「御用商人と結託して不義の財をむさぼったり」していると厳しく批判させていました。[12]

『不如帰』で一躍人気作家となった徳冨蘆花は、「鹿鳴館」を舞台にして伊藤博文、井上馨、山県有朋、さらには板垣退助など多くの政治家たちをモデルにして、国民には重税を課しながら舞踏会を行っている明治政府を厳しく批判した歴史小説『黒潮』（明治三五）を連載しました。蘆花はこの作品を明治初期の「混乱のなかからスタートを切り、国家社会、ロシア皇太子遭難事件、日清戦争、星亨の刺殺、そして社会民主党成立までの重要事件」を縦糸にした六巻からなる大長編として構想していました。

さらに蘆花はこの時期に書いた「何故に余は小説を書くや」という記事において、「大歴史家は大詩人と共に大預言者なるが如く、大小説家も亦大預言者なり」と述べて、目標とする小説家としてトルストイとともにユゴーの名前を挙げていました。[13] 一方、弟に『戦争と平和』のような歴史小説を書くように勧めたのは自分であると記した蘇峰は、主人公が初めは「父の志をついで明治政府と闘う」が、「時とともに目が開け」、政府に対する「反感が消えて」、政府との和解を果たすようになるという結末を期待していたのです。[14] 自作の変更を求められた蘆花は、「帝国主義」を執るようになった兄と「人道主義」を執る自分との違いを挙げて「民友社」との訣別の辞を書き、自分の「黒潮社」からこの小説の第一巻を発行したのですが、結局この小説は中断されました。

実は、蘇峰は蘆花がようやく書き上げた伝記『トルストイ』にそれを否定するような自分のトルストイ訪問記を収録しており、そのことは後に顕著となる両者の激しい軋轢を象徴的に物語っていたように思えます。

## 三、『罪と罰』における女性の描写と樋口一葉

樋口一葉は明治二七年の末に「大つごもり」を発表してから「奇跡の十四か月」と言われる期間に「にごりえ」「十三夜」や「われから」など多くの佳作を残して亡くなりましたが、近代日本文学の研究者・平岡敏夫は、一葉が短期間に傑作を次々と生み出した「この〈奇跡〉はドストエフスキー『罪と罰』の影響抜きには考えられない」と強調しています(15)。

北村透谷は明治二五年の末に書いた『罪と罰』論で、リストラされたマルメラードフが居酒屋で、「我妻を説き我娘を談じ、娘が淫売する事まで、慚色《はづるいろ》なく」告白している場面にも言及していました(16)。ドストエフスキーがデビュー作『貧しき人々』からずっと社会的に虐げられる女性の姿を描いていたことに注目するならば、差別されるソーニャやラスコーリニコフの妹ドゥーニャだけでなく、高利貸しの老婆やその義理の妹リザヴェータの描かれ方に、樋口一葉が強い関心を抱いたことはたしかでしょう。

さらに、明治二七年に占い師の久佐賀義孝に面会して「一身をいけにえにして相場ということをやってみたい、教え給えと哀願」した樋口一葉の言葉からは、家族を飢えから救うために路上に出たソーニャの悲愴な覚悟も連想されるのです。

平岡敏夫氏はひそかに私娼を抱えていた銘酒屋「菊の井」の人気酌婦・お力が、彼女におぼれて落ちぶれた元ふとん屋の源七に殺されるという「夕暮れの惨劇」を描いた一葉の小説「にごりえ」が、母親による男児殺しを描いた透谷の「鬼心非鬼心」からだけでなく、『罪と罰』における老婆殺しの場面からも影響を受けているとの見解を示しています。

興味深いのは、この作品では家を出たお力が「ああ嫌だ嫌だ嫌だ、どうしたなら人の声も聞えない物の音もしない、静かな、静かな、自分の心も何もぼうっとして物思いのない処《ところ》へ行《ゆ》かれるであらう、つまらぬ、くだらぬ、面白くない、情ない悲しい心細い中に、何時《いつ》まで私は止められているのかしら」と考えながら歩く場面を一葉が詳しく描いていることです。

平岡氏はこの場面に「ラスコーリニコフ的歩行」の独白との関連を見た評論家・秋山駿が、「マルメラードフの繰り言」との類似も『私小説という人生』（新潮社）で指摘していることも紹介していますが、この箇所はドストエフスキー作品における「告白体の形式」にもつながっているでしょう。

「身投げなど思うお力にはソーニャの面影がある」という指摘も重要ですが、注意を払いたいのは、一葉がここで長屋住いの土方の手伝いに落ちぶれた源七とその妻だけでなく、「自ら道楽者」と名乗る裕福な上客・結城朝之助も描いていたことです。

なぜならば、結城はお力に子供の頃からの辛い身の上話を「告白」させるのですが、それは彼女に関心があったからではなく、酌婦の「凄まじい物語」を聞きたいためだったことが判明するのです。ここには裕福な「道楽者」である結城的な人物に対する一葉の反発だけでなく、スキャンダラスなことを強調する物語や批評に対する一葉の批判があると思われます。

研究者の菅聡子は内田魯庵が『国民之友』に載せた評論でこの小説を「余が近日得たる佳什の中随一に位すべき」作品と激賞したことを記しています(17)。その評価はラスコーリニコフの理論と行動だけでなく、家族を養うために売春婦に身を落としたソーニャの苦悩をも描いていることを指摘していた魯庵の『罪と罰』観にもつながっているでしょう。

「十三夜」では主人公のお関が正月に一七歳の時に羽子板で追羽根をして遊んでいた時に、羽根が奏任官《そうにんかん》・原田勇の人力車に落ちるという偶然から見初められて、身分の不釣り合いを超えて原田家に嫁ぐという物語が描かれています。お関は初めの頃はちやほやされていたのですが、息子の太郎を出産した後は、教育のないことなどをさげすまれて、辛い毎日を送るようになっていたのです(18)。

まず注目したいのは、「十三夜」のお関の夫・原田が「明治憲法下の高等官の一種で、高等官三等から八等に相当する職とされていた」奏任官であったと記されていることです。弁護士のルージンも七等文官であると記されていますが、ロシアの官等制度のもとでは八等官になると世襲貴族になれたので、日本の制度に当てはめればルージンも奏任官と呼べるような地位だったのです。

菅聡子は「『十三夜』の闇」と題した章の冒頭でこう記しています。「『にごりえ』のお力が制度外の女性であったのに対して、『十三夜』で一葉が描いたのは、まさしく制度内の女――斎藤家の娘、原田の妻、太郎の母――としてのお関の姿であった」、「制度内の、あるいは家庭の中の女性にとって、〈娘・妻・母〉という制度内の役割以外の生は存在しないのだろうか」[19]。

離婚を決意して戻ってきた娘の訴えを聞いた父親は、「お前が口に出さんとて親も察しる弟も察しる」と慰めるのですが、離縁という選択肢はほとんどありませんでした。このことについて菅はこう説明しています。

「お関の父・斎藤主計《かずえ》は没落した士族であるらしい。その斎藤家の復興の望みが託されているのは、次期家長である亥之助《いのすけ》である。昼は勤めに出、夜は夜学に通う亥之助の、将来の立身出世がかなうか否かに斎藤家の将来もかかっているのだ。この彼の将来にとって、『奏任官』原田の力は絶大である」。

このような「十三夜」のお関と比較するとき、兄の出世のために中年の弁護士ルージンとの愛のない結婚を決意したラスコーリニコフの妹ドゥーニャの重い決心の理由もよく理解できるでしょう。

すなわち、兄に送金するために「家庭教師として住みこむとき」に百ルーブリを前借りしていたドゥーニャは、雇用者のスヴィドリガイロフから言い寄られても、「この借金の片がつくまでは、勤めをやめるわけに」いかず、スキャンダルに巻き込まれていたのです。最初は夫が誘惑されたと思い込んだ妻のマルファは悪い噂を広めたのですが、後にドゥーニャの潔白を知って、立身出世していた自分の遠縁のルージンを結婚相手として紹介したのです。

ドゥーニャが婚約に至るまでのいきさつを手紙で詳しく記した母のプリヘーリヤは、息子にやがてルージンの「共同経営者にもなれるのじゃないか、おまけにちょうどお前が法学部に籍を置いていることでもあるしと、将来の設計まで作っています」と書き、「おまえは私たちにとってすべてです」と続けていました（一・三）。

こうして、『罪と罰』で描かれる事件の発端は、ラスコーリニコフが母親からの手紙で、妹のドゥーニャが近くペテルブルクに事務所を開く予定の弁護士ルージンと婚約したことを知ったことにありました。

一葉も「十三夜」で、勉強熱心な弟・亥之助や置いてきた幼い一人息子の太郎のことを持ち出されて説得され、「私の身体は今夜をはじめに勇のもの」と再び戻る決心をしたお関の苦悩を描き出していたのです。

さらにこの作品でも一葉は、原田家に戻る途中のお関と、かつては「小綺麗な煙草屋の一人息子」であったが、今は「もっとも下層の職業の一つとされた」人力車夫に落ちぶれていた高坂録之助との出会いも描くことで、小説の世界に広がりを与えていたのです。ここには「比較」をとおして人間関係をより明確に描くというドストエフスキー的な方法も現れていると思えます。

樋口一葉の最後の小説「われから」(明治二九年五月)では主人公・お町の父親で、『赤鬼』と呼ばれる高利貸」の金村与四郎が描かれています。このような人物設定にも『罪と罰』からの影響が見られるように思われます。

すなわち、ラスコーリニコフが父親の形見の時計を質に出して「ルーブリで四枚は貸してくださいよ」と頼み込んだときにも老婆は、「一ルーブリ半で利子は天引き、それでよろしければ」と利子分を先に引いてしまうとつっけんどんに答えます(一・一)。

ラスコーリニコフが後に入った安料理屋にたまたま居合わせた大学生は、高利貸の老婆アリョーナについて「たった一日でも期限をおくらしたが最後、さっさと質物を流してしまうとか、質草の値打の四分の一しか貸さず、利息は月に五分、いや、七分も取る」とも話し相手の若い将校に伝えていました(一・六)。一八六一年の農奴解放後に「農民が窮乏化したために、高利貸業が特にあくどい形態をとった」ようですが、この当時のロシアの平均的な「利息は二分ないし三分」だったことを考えれば、法外な利子であったといえるでしょう。

ただ、ドストエフスキーは学生の言葉を伝える前に、さりげなく地の文で老婆が「十四等官未亡人」であるとの説明も記していました。この説明だけでは日本の読者には分からないと思いますが、ドストエフスキーが若い頃から敬愛していたプーシキンは短編「駅長」で、「そもそも駅長とは何者だろうか? 一四等官の官等をもつ紛れもない受難者」であると書いていたのです。

そのことに留意するならば、帝政ロシアの官等制度で最下級の官等であった一四等官の未亡人にとっては、「金貸し」という職業が生活のためには不可欠であったことも想像がつきます。

一方、一葉の小説「われから」で下級官吏だった与四郎が「赤鬼」と呼ばれる高利貸となったのは、上流社会の派手な生活にあこがれた美貌の妻・お美尾が、娘のお町を残して出奔していたからでした。菅聡子が指摘しているように、この小説はダイヤモンドに眼がくらんで自分を捨てたお宮に対する復讐として高利貸となった間貫一を描いた尾崎紅葉の『金色夜叉』よりも前に書かれていました。

注目したいのは、与四郎の娘・お町と高利貸し老婆の義理の妹リザヴェータの描かれ方です。『罪と罰』では大学生の話からリザヴェータが虐待されていることを知ったラスコーリニコフは、老婆を殺害すれば「すっかり奴隷あつかい」されている妹を救うことにもなるだろうと考えたのですが、殺害の現場を見た彼女も巻き添えになるのです。

一方、町子は父の与四郎が「抵当流れに」取った豪邸に住み、政治家の恭助を婿にとって優雅な暮らしをしていたのですが、恭助にはお波という妾と一〇歳になる息子がいることを、召使たちが語っているのを聞きます。彼らはそのことをずっと以前から知っていたのですが、「赤鬼」の娘・お町に対する深い同情はなく、癇癪をおこして夫を非難したお町はかえって書生の千葉との悪い噂を理由に別居を言い渡されたのです。こうして、高利貸し老婆の義理の妹リザヴェータと同様に与四郎の娘・お町も、父親の職業が原因で悲劇にみまわれたことが描かれているのです。

## 四、正岡子規の文学観と島崎藤村――「虚構」という手法

樋口一葉の「たけくらべ」はまだ日清戦争の最中の明治二八年一月から七回にわたり『文学界』に連載された後に、翌年の四月に『文芸倶楽部』に一括掲載されました。

『たけくらべ』では、あらわれてくる群像が作者に男性と女性にわかれない前の、子供達として捉えられている」とした和田芳恵は、「その中のひとりの子供が、女性にかわるとき、吉原という特殊な設定があって、苦海に身をしずめなければならない小説構成のたしかさと、鍛えあげた文章と相まって傑作になった」と記しています[20]。

この説明は『めさまし草』で「吾はたとへ世の人に一葉崇拝の嘲を受けむまでも、此人に誠の詩人といふ称を惜しまざるなり」と一葉を称賛していた森鷗外の高い評価の理由を物語っていると思われます。

鷗外と深い交友のあった正岡子規も、新聞『日本』に連載していた随筆「松蘿玉液《しょうらぎょくえき》」の明治二九年五月四日の回で、「文学者として小説を読めば世に小説程つまらぬ者はあらず、先ず劈頭《へきとう》より文章がたるみたり言葉が拙しとそれにのみ気を取られ」、「吾れ従来小説が好きながら小説を読むことは稀なり」とし記した後で、「たけくらべ」をこう評価していました[21]。

「一行を読めば一行に驚き一回を読めば一回に驚きぬ。（……）西鶴を学んで佶屈《きっくつ》に失せず平易

なる言語をもってこの緊密の文を為すもの未だその比を見ず。（……）或は笑い或は怒り或は泣き或は黙するところにおいて終始嬌痴《きょうち》を離れざるは作者の技倆を見るに足る」。

そして子規は「一葉何者ぞ」と結んでその将来を嘱望していたのですが、一葉は明治二九年に亡くなり、このように記した子規も明治三五年に亡くなりました。しかし子規もそれまでのわずかの期間にすぐれた作品や評論を残したばかりでなく、島崎藤村とも深い関わりを持っていました。

すなわち、子規は藤村の『若菜集』が明治三〇年八月に出ると評論「若菜集の詩と画」を新聞『日本』に載せて、詩集の「斬新なる点」を称賛しながらも、「佳句時にこれ有りといえども全篇振わず」と記し、『あゝあゝ』『悲しいかなや』等の語多きはいたずらに哭声を発する支那風の葬式か」と痛烈に批判しました。

作家の大岡昇平はこのことに言及して、「子規の評論のすべて」には「同じ直截な論理と、歯に衣きせぬ語法において、今日でも私たちが手本とすべき多くのものを含んでいると思われる」と書いています(22)。

そして歌人の岡麓の「思出の記」を読むと、島崎藤村が辛口の批評にも関わらず画家・中村不折の紹介で子規と会って新聞『日本』への入社についての相談をし、当時『新小説』に発表された『花枕』をあれは翻訳ですか」と尋ねていたことが分かるのです(23)。

島崎藤村が自分の詩集『若菜集』を厳しく批判した子規と会っていたことは、子規の批判を認めたことをある程度意味していると思われるので、それは藤村の詩歌から小説への移行にも関わっている可能性があるでしょう。

なぜならば、透谷は「罪と罰（内田不知庵訳）」において、長編小説『レ・ミゼラブル』のジャン・ヴァルジャンが銀器を盗む個所の描写の精緻さに驚かされたと記していましたが、正岡子規もこの個所の部分訳を全集で四頁ほどを行っていたからです[24]。

よく知られているように、緊迫したこの場面を描く前にユゴーは、「法律の具体化であり、『刑罰』と呼ばれるもの」であった断頭台に、死刑囚とともに立ったミリエル司教の人柄や「良心」の重要性について語った彼の言動を、革命期の社会情勢を背景に詳しく描いていました[25]。

そのあとでユゴーは、飢えた姉の子供たちを救うために一本のパンを盗んで捕らえられ、「はたらき手である彼に仕事がなく、勤勉な彼にパンがなかったのは、重大なことではないのか」と感じ、何度も脱走を重ねていた「前科者」である主人公のそれまでの生き方も描いていたのです。

それゆえ、「自分の受けた運命を社会の責任にし、いつかは容赦なくその責任を問いつめてやろう」と考えていたジャン・ヴァルジャンは銀の食器などを盗む前にミリエル司教を殺害しようとしたのです。その彼が月の光に照らされた司教の安らかな寝顔を見て止めた理由をユゴーは、「良心」との関係で次のように描写していました[26]。

「額には、なんとも説明しがたい、見えない光明の反射があった。眠っている正しい人びとの

# SEIBUNSHA

# 出版案内
# 2019

モスクワ近郊ドゥーニノ村のプリーシヴィン文学記念館（『プリーシヴィンの日記　1914-1917』カバーより）

## 成文社

〒240-0003　横浜市保土ヶ谷区天王町 2-42-2
Tel. 045-332-6515　Fax. 045-336-2064　URL http://www.seibunsha.net/
価格はすべて本体価格です。末尾が◎の書籍は電子媒体（PDF）となります。

歴史

栗生沢猛夫著

## 『ロシア原初年代記』を読む

キエフ・ルーシとヨーロッパ、あるいは「ロシアとヨーロッパ」についての覚書

A5判上製貼函入
1056頁
16000円
978-4-86520-011-9

キエフ・ルーシの歴史は、スカンディナヴィアからギリシアに至る南北の道を中心として描かれてきた。本書は従来見過ごされがちであった西方ヨーロッパとの関係（東西の道）に重点をおいて見直し、ロシアがヨーロッパの一員として歴史的歩みを始めたことを示していく。　2015

歴史

栗生沢猛夫著

## イヴァン雷帝の『絵入り年代記集成』

モスクワ国家の公式的大図解年代記研究序説

A5判上製
396頁
6000円
978-4-86520-030-0

「天地創造」からの「世界史」とそれに続く16世紀までのロシア史を極彩色細密画で描き出す『絵入り年代記集成』。21世紀に初めて出版された『集成』はなぜこれまで日の目を見なかったのか。謎の解明を目指すと同時に、全体構成と内容、歴史史料としての意義について考察する。　2019

歴史

R・G・スクルィンニコフ著　栗生沢猛夫訳

## イヴァン雷帝

四六判上製
400頁
3690円
978-4-915730-07-8

テロルは権力の弱さから発し一度始められた強制と暴力の支配はやがて権力の統制から外れそれ自体の論理で動きだす――イヴァン雷帝とその時代は、今日のロシアを知るうえでも貴重な示唆を与え続ける。朝日、読売、日経、産経など各紙誌絶賛のロングセラー。　1994 ◎

歴史

長縄光男著

## 評伝ゲルツェン

A5判上製
560頁
6800円
978-4-915730-88-7

トム・ストッパード「コースト・オブ・ユートピア」の主人公の本邦初の本格的評伝。十九世紀半ばという世界史の転換期に「人間の自由と尊厳」の旗印を掲げ、ロシアとヨーロッパを駆け抜けたロシア最大の知識人の壮絶な生涯を鮮烈に描く。　2012

歴史

大野哲弥著

## 国際通信史でみる明治日本

A5判上製
304頁
3400円
978-4-915730-95-5

明治初頭の国際海底ケーブルの敷設状況、それを利用した岩倉使節団と留守政府の交信、台湾出兵時の交信、樺太千島交換交渉に関わる日露間の交信、また日露戦争時の新技術無線電信の利用状況等の史実を明らかにしつつ、政治、外交、経済の面から、明治の日本を見直す。　2012

歴史

稲葉千晴著

## バルチック艦隊ヲ捕捉セヨ

海軍情報部の日露戦争

四六判上製
312頁
3000円
978-4-86520-016-4

新発見の史料を用い、日本がいかにしてバルチック艦隊の情報を入手したかを明らかにし、当時の海軍の情報戦略を解明していく。さらに世界各地の情報収集の現場を訪れ、集められた情報の信憑性を確認。日本海軍がどれほどの勝算を有していたか、を導き出していく。　2016

歴史

沢田和彦著

## 日露交流都市物語

A5判上製
424頁
4200円
978-4-86520-003-4

江戸時代から昭和時代前半までの日露交流史上の事象と人物を取り上げ、関係する都市別に紹介。国内外の基本文献はもとより、日本正教会機関誌の記事、外事警察の記録、各地の郷土資料、ロシア語雑誌の記事、全国・地方紙の記事を利用し、多くの新事実を発掘していく。2014

歴史

沢田和彦著

## 白系ロシア人と日本文化

A5判上製
392頁
3800円
978-4-915730-58-0

ロシア革命後に故国を離れた人びとの多くは自国の風俗、習慣を保持しつつ、長い年月をかけて世界各地に定着、同化、それぞれの国や地域の政治・経済・文化の領域において多様な貢献をなしてきた。日本にやってきたかれらが残した足跡を精緻に検証する。2007 ◎

歴史

長縄光男著

## ニコライ堂遺聞

四六判上製
416頁
3800円
978-4-915730-57-3

明治という新しい時代の息吹を胸に、その時代の形成に何ほどかの寄与をなさんとした人々。祖国を離れ新生日本の誕生に己の人生をかけたロシア人たちと、その姿に胸打たれ後を追った日本人たち。ニコライ堂に集った人々の栄光、挫折、そして再生が描かれる。2007

歴史

ポダルコ・ピョートル著

## 白系ロシア人とニッポン

A5判上製
224頁
2400円
978-4-915730-81-8

来日した外国人のなかで、ロシア人が最も多かった時代があった。一九一七年の十月革命後に革命軍に抗して戦い、敗れて亡命した白系ロシア人たちだ。ソ連時代には顧みられなかった彼らを、日露関係史を専門とするロシア人研究者が入念に掘り起こして紹介する。2010 ◎

歴史

生田美智子編

## 満洲の中のロシア

境界の流動性と人的ネットワーク

A5判上製
304頁
3400円
978-4-915730-92-4

満洲は、白系ロシアとソヴィエトロシアが拮抗して共存する世界でも類を見ない空間であった。本書は、その空間における境界の流動性や人的ネットワークに着目、生き残りをかけたダイナミズムを持つものとして、様々な角度から照射していく。2012

歴史・思想

森岡真史著

## ボリス・ブルツクスの生涯と思想

民衆の自由主義を求めて

A5判上製
456頁
4400円
978-4-915730-94-8

ソ連社会主義の同時代における透徹した批判者ボリス・ブルツクスの本邦初の本格的研究。ブルツクスがネップ下のロシアで、また国外追放後に亡命地で展開したソヴェト経済の分析と批判の全体像を、民衆に根ざした独自の自由主義経済思想とともに明らかにする。 2012

歴史

近藤喜重郎著

## 在外ロシア正教会の成立

移民のための教会から亡命教会へ

A5判上製
280頁
3200円
978-4-915730-83-2

革命によって離散を余儀なくされたロシア正教会の信徒たち。国内外で起きたさまざまな出来事が正教会の分裂と統合を促していく。その歴史を辿るなかで、在外ロシア正教会の指導者たちがいかにして信徒たちを統率しようとしていったのかを追う。 2010

歴史

V・クラスコーワ編　太田正一訳

## クレムリンの子どもたち

A5判上製
446頁
5000円
978-4-915730-24-5

「子どもたちこそ輝く未来!」――だが、この国の未来はそら恐ろしいものになってしまった。秘密警察長官ジェルジーンスキイから大統領ゴルバチョフまで、歴代の赤い貴族の子どもたちを通して、その「家族の記録」すなわち「悲劇に満ちたソ連邦史」を描き尽くす。 1998

歴史

モーリーン・ペリー著　栗生沢猛夫訳

## スターリンとイヴァン雷帝

スターリン時代のロシアにおけるイヴァン雷帝崇拝

四六判上製
432頁
4200円
978-4-915730-71-9

国家建設と防衛、圧制とテロル。矛盾に満ちたイヴァン雷帝の評価は、その時代の民衆と為政者によって、微妙に、そして大胆に変容を迫られてきた。スターリン時代に、その跡を辿る。国家、歴史、そしてロシアを考えるうえで、示唆に満ちた一冊。 2009

歴史

J・ロッシ著　外川継男訳　内村剛介解題

## さまざまな生の断片

ソ連強制収容所の20年

四六判上製
208頁
1942円
978-4-915730-16-0

フランスに生まれ、若くしてコミュニストとなり、スパイ容疑でソ連で逮捕。以降二十四年の歳月を収容所で送った著者が、その経験した出来事を赤裸々に、淡々と述べた好編。スターリン獄の実態、そしてソ連邦とは何だったのかを考えるうえでも示唆的な書。 1996 ◎

歴史・思想

外川継男著

## サビタの花

ロシア史における私の歩み

四六判上製
416頁
3800円
978-4-915730-62-7

若き日にロシア史研究を志した著者は、まずアメリカ、そしてフランスに留学。ロシアのみならずさまざまな地域を訪問することで、ロシア・ソ連邦史、日露関係史に関する独自の考えを形成していく。訪れた地域、文明、文化、そして接した人びとの姿が生き生きと描かれる。 2007

歴史

太田丈太郎著

## 「ロシア・モダニズム」を生きる

日本とロシア、コトバとヒトのネットワーク

A5判上製
424頁
5000円
978-4-86520-009-6

一九〇〇年代から三〇年代まで、日本とロシアで交わされた、そのネットワークに迫る。個々のヒトの、作品やコトバの関わり、その彩りゆたかなネットワーク。それらを本邦初公開の資料を使って鮮やかに蘇らせる。掘り起こされる日露交流新史。　2014

歴史

神長英輔著

## 「北洋」の誕生

場と人と物語

A5判上製
280頁
3500円
978-4-86520-008-9

北洋とは何か、北洋漁業とは何か。十九世紀半ば以降のその通史（＝場）を概観し、そこに関わった人物たちの生涯（＝人）を辿りながら、北洋（漁業）の歴史の語り方そのもの（＝物語）を問うていく。いまなお形を変えながら語り継がれている物語に迫る。　2014

歴史

N・ヴィシネフスキー著　小山内道子訳

## トナカイ王

北方先住民のサハリン史

四六判上製
224頁
2000円
978-4-915730-52-8

サハリン・ポロナイスク（敷香）の先住民集落「オタス」で「トナカイ王」と呼ばれたヤクート人ドミートリー・ヴィノクーロフ。かれは故郷ヤクーチア（現・サハ共和国）の独立に向け、日本の支援を求めて活動した。戦前、日本とソ連に翻弄された北方先住民たちの貴重な記録。　2006

歴史・文学

リディア・ヤーストレボヴァ著　小山内道子訳

## 始まったのは大連だった

リュドミーラの恋の物語

四六判上製
240頁
2000円
978-4-915730-91-7

大連で白系ロシア人の裕福な家庭に育ったミーラ。日本降伏後に進攻してきたソ連軍の将校サーシャ。その出会い、別離、そして永い時を経ての再会。物語は、日本人の知らなかった満州、オーストラリア、ソ連を舞台に繰り広げられる。　2012

歴史

エレーナ・サヴェーリエヴァ著　小山内道子訳　サハリン・樺太史研究会監修

## 日本領樺太・千島からソ連領サハリン州へ

一九四五年―一九四七年

A5判上製
192頁
2200円
978-4-86520-014-0

日本領樺太・千島がソ連領サハリン州へ移行する過程は、ソ連時代には半ばタブーであった。公文書館に保存されていた「極秘」文書が一九九二年に公開され、ようやくその全容が知られることになる。民政局によって指導された混乱の一年半を各方面において再現、検証する。　2015

現代・ビジネス

中尾ちゑこ著

## ロシアの躁と鬱

ビジネス体験から覗いたロシア

四六判上製
200頁
1600円
978-4-86520-028-7

ソ連崩壊後に「気まぐれな好奇心」からモスクワのビジネススクールで短期講師に就任。それ以来、ロシアに特化したビジネスを展開する著者の目に映ったロシア、ロシア人、彼らとのビジネスを赤裸々に描く。48歳でロシアビジネスに踏み込んでいった女性の型破りの記録。　2018

歴史

長縄光男、沢田和彦編

**異郷に生きる**

来日ロシア人の足跡

A5判上製
274頁
2800円
978-4-915730-29-0

日本にやって来たロシア人たち――その消息の多くは知られていない。かれらは、文学、思想、芸術の分野だけでなく、日常生活の次元において、いかなる痕跡をとどめているのか。数奇な運命を辿った人びとの足跡を追うとともに、かれらが見た日本を浮かび上がらせる。　2001

歴史

中村喜和、長縄光男、長與進編

**異郷に生きるII**

来日ロシア人の足跡

A5判上製
274頁
2800円
978-4-915730-38-2

数奇な運命を辿ったロシアの人びとの足跡。それは、時代に翻弄されながらも、人としてしたたかに、そして豊かに生きた記録でもある。日本とロシアの草の根における人と人との交流の跡を辿ることで、異郷としての日本をも浮かび上がらせる。好評の第二弾――　2003

歴史

中村喜和、安井亮平、長縄光男、長與進編

**遥かなり、わが故郷**

異郷に生きるIII

A5判上製
294頁
3000円
978-4-915730-48-1

鎖国時代の日本にやってきたロシアの人や文化。開国後に赴任したペテルブルクで榎本武揚が見たもの。大陸や半島、島嶼で出会うことになる日露の人々と文化の交流。日本とロシアのあいだで交わされた跡を辿ることで、日露交流を多面的に描き出す、好評の第三弾――　2005

歴史

中村喜和、長縄光男、ポダルコ・ピョートル編

**異郷に生きるIV**

来日ロシア人の足跡

A5判上製
250頁
2600円
978-4-915730-69-6

ポーランド、東シベリア、ウラジヴォストーク、北朝鮮、南米、北米。ロシア、函館、東京、ソ連、そしてキューバ。時代に翻弄され、数奇な運命を辿ることになったロシアの人びと。さまざまな地域、時代における日露交流の記録を掘り起こして好評のシリーズ第四弾――　2008

歴史

中村喜和、長縄光男、ポダルコ・ピョートル編

**異郷に生きるV**

来日ロシア人の足跡

A5判上製
360頁
3600円
978-4-915730-80-1

幕末の開港とともにやって来て発展したロシア正教会。日露戦争、日露協商、ロシア革命、大陸での日ソの対峙、そして戦後。その間にも多様な形で続けられてきた交流の歴史。さまざまな地域、時期における日露交流の記録を掘り起こして好評のシリーズ第五弾――　2010

歴史

中村喜和、長縄光男、沢田和彦、ポダルコ・ピョートル編

**異郷に生きるVI**

来日ロシア人の足跡

A5判上製
368頁
3600円
978-4-86520-022-5

近代の歴史の中で、ともすれば反目しがちであった日本とロシア。時代の激浪に流され苦難の道を辿ることになったロシアの人々を暖かく迎え入れた日本の人々。さまざまな地域、さまざまな時期における日露交流の記憶を掘り起こす好評のシリーズ、最新の論集――　2016

歴史

# ハプスブルクとハンガリー

H・バラージュ・エーヴァ著　渡邊昭子、岩崎周一訳

四六判上製
416頁
4000円
978-4-915730-39-9

中央ヨーロッパに巨大な版図を誇ったハプスブルク君主国。本書は、その啓蒙絶対主義期について、幅広い見地から詳細かつ精緻に叙述する。君主国内最大の領域を有し、王国という地位を保ち続けたハンガリーから眺めることで、より生き生きと具体的にその実像を描く。　2003

歴史

# オーストリアの歴史

R・リケット著　青山孝徳訳

四六判並製
208頁
1942円
978-4-915730-12-2

中欧の核であり、それゆえに幾多の民族の葛藤、類のない統治を経てきたオーストリア。そのケルト人たちが居住した古代から、ハプスブルク帝国の勃興、繁栄、終焉、そして一次、二次共和国を経て現代までを描いた、今まで日本に類書がなかった通史。　1995

歴史

# カール・レンナー

1870—1950

ジークフリート・ナスコ著　青山孝徳訳

四六判上製
208頁
2000円
978-4-86520-013-3

オーストリア＝ハンガリー帝国に生まれ、両大戦間には労働運動、政治の場で生き、そして大戦後のオーストリアを国父として率いたレンナー。本書は、その八十年にわたる生涯を、その時々に国家が直面した問題と、それに対するかれの対応とに言及しながら記述していく。　2015

歴史

松家仁著

**統制経済と食糧問題**

第一次大戦期におけるポズナン市食糧政策

A5判上製
304頁
3200円
978-4-915730-32-0

十八世紀末葉のポーランド分割でドイツに併合されたポズナン。本書は、第一次大戦下、そこで行われた戦時統制経済を具体的に描き出し、分析していく。そこには、民族、階級の問題など、それ以降の統制経済に付き纏うさまざまな負の遺産の萌芽がある——。　2001

歴史

亀田真澄著

**国家建設のイコノグラフィー**

ソ連とユーゴの五カ年計画プロパガンダ

A5判上製
184頁
2200円
978-4-86520-004-1

ユーゴスラヴィア第一次五カ年計画のプロパガンダは、ソ連の第一次・第二次五カ年計画とはいかに異なる想像力のうえになされていたのか。それぞれのメディアで創りだされる視覚表象を通し、国家が国民をどのようにデザインしていったのかを解明していく。　2014

歴史

ヤーン・ユリーチェク著　長與進訳

**彗星と飛行機と幻の祖国と**

ミラン・ラスチスラウ・シチェファーニクの生涯

A5判上製
336頁
4000円
978-4-86520-012-6

スロヴァキアの小さな村に生まれ、天文学の道へ。パリ—アルプス—南米—タヒチと世界を巡り、第一次大戦時にはフランス軍でパイロットとして活躍。そして、マサリク、ベネシュとともにチェコスロヴァキア建国に専念していく。その数奇な生涯をたどる。　2015

社会思想

黒滝正昭著

**私の社会思想史**

マルクス、ゴットシャルヒ、宇野弘蔵等との学問的対話

A5判上製
488頁
4800円
978-4-915730-75-7

「初期マルクス」の思想形成過程から入って、宇野弘蔵、ヒルファーディング等現代社会思想の森林の迷路を旅する。服部文男・ゴットシャルヒの導きで学問的対話の域に達した著者四十五年間の、研究の軌跡と問いかけ。　2009

歴史・思想

小沼堅司著

**ユートピアの鎖**

全体主義の歴史経験

四六判上製
296頁
2500円
978-4-915730-41-2

マルクス=レーニン主義のドグマと「万世一党」支配の下で起っていた多くの悲劇。本書は、スターリンとその後の体制がもったメカニズムを明らかにするとともに、ドストエフスキー、ジイド、オーウェルなどいち早くそこに潜む悲劇性を看取した人びとの思想を紹介する。　2003

歴史・思想

A・シュタイン著　倉田稔訳

## ヒルファディング伝

ナチズムとボルシェヴィズムに抗して

B6変並製
112頁
1200円
978-4-915730-00-9

名著『金融資本論』の著者としてだけでなく、社会民主主義を実践し大戦間の大蔵大臣を務めるなど党指導者・政治家として幅広く活躍したヒルファディング。ナチズムによる非業の死で終った彼の生涯を、個人的な思い出とともに盟友が鮮やかに描き尽くす。　1988

歴史・思想

倉田稔著

## マルクス『資本論』ドイツ語初版

B6判変形
36頁
300円
978-4-915730-18-4

小樽商科大学図書館には、世界でも珍しいリーナ・シェーラー宛マルクス自署献呈本がある。この本が、シェーラーに献呈された経緯と背景、また日本の図書館に入って来ることになった数奇な経緯をエピソードとともに辿る。不朽の名著に関する簡便な説明を付す。　1997

歴史

倉田稔著

## ハプスブルク・オーストリア・ウィーン

四六判上製
192頁
1500円
978-4-915730-31-3

中央ヨーロッパに永らく君臨したハプスブルク帝国。その居城であったウィーンは、いまでも多くの文化遺産を遺した、歴史に彩られた都である。その地に三年居住した著者が、歴史にとどまらず、多方面から独自の視点でオーストリア、ウィーンを描きだす。　2001

歴史・思想

倉田稔著

## ルードルフ・ヒルファディング研究

四六判上製
240頁
2400円
978-4-915730-85-6

二十世紀前半の激動の時代に、ヒルファディングは初めマルクスに従いながら創造的な研究をし、そしてマルクスを超える視点を見出した。『金融資本論』の著者は、新しい現実をユニークに分析し、とりわけナチズムとソ連体制を冷静に観察し、批判した人物でもある。　2011

歴史・思想

倉田稔著

## ヨーロッパ社会思想　小樽

私のなかの歴史

四六判上製
256頁
2000円
978-4-915730-99-3

学問への目覚めから、ヨーロッパを中心とする社会思想史、そして小林多喜二論、日本社会論へと続く、著者の学問的足跡をたどる。『北海道新聞』に連載された記事（2011年）に大きく加筆して再構成。また、留学したヨーロッパでの経験を、著者独自の眼差しで描く。　2013

歴史・思想

倉田稔著

## マルクス主義

四六判並製
160頁
1200円
978-4-86520-002-7

マルクス主義とは何か。その成り立ちから発展、変遷を、歴史上の思想、人物、事象を浮き彫りにしながら辿る。かつ、現代の世界情勢について、マルクス主義の視座から、グローバルにそして歴史を踏まえつつ分け入っていく。今日的課題を考えるときの一つの大きな視点。　2014

現代・思想

倉田稔著

## 日本社会をよくするために

Ｂ６変形判並製　３２頁　３００円
978-4-86520-026-3

金権政治、選挙、行政、労働それに教育とテーマは幅広く深い。それにも関わらず、平易な文章なので、日本語を母国語としない学習者向け教材にも活用できる程。何よりも著者が自身の考えや知識で教え導くのではなく、読者に寄り添い共に考えてくれる意義深い書物。　２０１８

歴史・思想

Ｎ・Ｋ・ミハイロフスキー著　石川郁男訳

## 進歩とは何か

Ａ５判上製　２５６頁　４８５４円
978-4-915730-06-1

個人を神聖不可侵とし、個人と人民を労働を媒介として結び付け、社会主義を「共同体的原理による個人的原理の勝利」とする。この思想の出発点が本書でありナロードニキ主義の古典である。その本邦初訳に加え、訳者「生涯と著作」所収。待望の本格的研究。　１９９４

歴史・思想

高野雅之著

## ロシア「保守反動」の美学

レオンチエフの生涯と思想

四六判上製　２４０頁　２４００円
978-4-915730-60-3

十九世紀ロシアの特異な人物であり、今日のロシアでブームを呼び起こしているレオンチエフの波乱にみちた生涯を追う。そして思想家としてのかれのなかに、すなわちその政論と歴史哲学のなかに、「美こそすべての基準」という独自の美学的世界観を跡づけていく。　２００７

歴史・思想

浜由樹子著

## ユーラシア主義とは何か

四六判上製　３０４頁　３０００円
978-4-915730-78-8

ロシアはヨーロッパでもアジアでもないユーラシアである。ソ連邦崩壊後にロシア内外で注目を集めたこの主張は、一九二〇年代のロシア人亡命者の中から生まれた思想潮流に源を発している。その歴史的起源を解明し、戦間期国際関係史の中への位置づけを図る。　２０１０

歴史・思想

デイヴィド・シンメルペンニンク＝ファン＝デル＝オイェ著　浜由樹子訳

## ロシアのオリエンタリズム

ロシアのアジア・イメージ、ピョートル大帝から亡命者まで

Ａ５判上製　３５２頁　４０００円
978-4-86520-000-3

敵か味方か、危険か運命か、他者か自己か。ロシアにとってアジアとは。他のヨーロッパ人よりもはるかに東方に通じていたロシア人が、オリエントをいかに多様な色相で眺めてきたかを検証。ユーラシア史、さらには世界史を考えようとする人には必読の書（杉山正明氏）。　２０１３

歴史・思想

## ロシア社会思想史 上巻
インテリゲンツィヤによる個人主義のための闘い
イヴァーノフ＝ラズームニク著　佐野努・佐野洋子訳

Ａ５判上製
６１６頁
７４００円
978-4-915730-97-9

ロシア社会思想史はインテリゲンツィヤによる人格と人間の解放運動史である。ラヂーシェフ、デカブリストから、西欧主義とスラヴ主義を総合してロシア社会主義を創始するゲルツェンを経て、革命的民主主義者チェルヌイシェフスキーへとその旗は受け継がれていく。　２０１３

歴史・思想

## ロシア社会思想史 下巻
インテリゲンツィヤによる個人主義のための闘い
イヴァーノフ＝ラズームニク著　佐野努・佐野洋子訳

Ａ５判上製
５８４頁
７０００円
978-4-915730-98-6

人間人格の解放をめざす個人主義のための闘い。倫理的個人主義を高唱したトルストイとドストエフスキー、社会学的個人主義を論証したミハイローフスキー。「大なる社会性」と「絶対なる個人主義」の結合というロシア社会主義の尊い遺訓は次世代の者へと託される。　２０１３

歴史・文学

## 監獄と流刑
イヴァーノフ＝ラズームニク回想記
松原広志訳

Ａ５変上製
３８０頁
５０００円
978-4-86520-017-1

帝政ロシアの若き日に逮捕、投獄された著者は、物理学徒からナロードニキ主義の作家・思想家の途へ転じ、その著作で頭角を現す。革命後のロシアでは反革命の嫌疑をかけ続けられ、革命と戦争の激動の時代に三度の投獄・流刑の日々を繰り返した。その壮絶な記録。　２０１６

歴史・思想

## ロシアとヨーロッパⅠ
ロシアにおける精神潮流の研究
Ｔ・Ｇ・マサリク著　石川達夫訳

Ａ５判上製
３７６頁
４８００円
978-4-915730-34-4

第１部「ロシアの歴史哲学と宗教哲学の諸問題」では、ロシア精神を理解するために、ロシア国家の起源から第一次革命に至るまでのロシア史を概観する。第２部「ロシアの歴史哲学と宗教哲学の概略」では、チャアダーエフからゲルツェンまでの思想家たちを検討する。　２００２

歴史・思想

## ロシアとヨーロッパⅡ
ロシアにおける精神潮流の研究
Ｔ・Ｇ・マサリク著　石川達夫・長與進訳

Ａ５判上製
５１２頁
６９００円
978-4-915730-35-1

第２部「ロシアの歴史哲学と宗教哲学の概略」（続き）では、バクーニンからミハイローフスキーまでの思想家、反動家、新しい思想潮流を検討。第３部第１編「神権政治対民主主義」では、西欧哲学と比較したロシア哲学の特徴を析出し、ロシアの歴史哲学的分析を行う。　２００４

歴史・思想

## ロシアとヨーロッパⅢ
ロシアにおける精神潮流の研究
Ｔ・Ｇ・マサリク著　石川達夫・長與進訳

Ａ５判上製
４８０頁
６４００円
978-4-915730-36-8

第３部第２編「神をめぐる闘い。ドストエフスキー」は、本書全体の核となるドストエフスキー論であり、ドストエフスキーの思想を批判的に分析する。第３編「巨人主義かヒューマニズムか。プーシキンからゴーリキーへ」では、ドストエフスキー以外の作家たちを論じる。　２００５

歴史・思想

A・F・ローセフ著　大須賀史和訳

## 神話学序説

表現・存在・生活をめぐる哲学

四六判上製
322頁
3000円
978-4-915730-54-2

スターリン体制が確立しようとする一九二〇年代後半、ソ連に現れた哲学の巨人ローセフ。革命前「銀の時代」の精神をバックグラウンドに、ギリシア哲学、ロシア正教、宗教哲学、西欧哲学に通暁した著者が、革命の時代に抗いながら提起した哲学的構想の一つ。

2006

歴史・思想

御子柴道夫著

## ロシア宗教思想史

四六判上製
304頁
2500円
978-4-915730-37-5

神を論じることは人間を論じること、神を信じることは人間を信じること。ロシア正教一千年の歴史のなかで伝統として蓄積され、今なおその底流に生き続ける思想とはなにか。ビザンチン、ヨーロッパ、ロシアの原資料を渉猟し、対話することで、その思想の本質に迫る。

2003

歴史・思想

御子柴道夫編

## ロシア革命と亡命思想家

1900―1946

A5判上製
432頁
4000円
978-4-915730-53-5

革命と戦争の時代を生きたロシアの思想家たちが、その雰囲気を語り、その社会に訴えかけた諸論文を紹介する。その背後には、激しい時代の奔流の中で何かを求めて耳傾けている切迫した顔の聴衆が見える。時代を概観できる詳細な年表、各論文の丁寧な解題を付す。

2006

歴史・文学

川崎隆司著

## 原典によるロシア文学への招待

古代からゴーゴリまで

四六判上製
336頁
3200円
978-4-915730-70-2

古代から近代までのロシア文学・思想を、その特異な歴史的背景を解説しながら、それぞれの代表的作品の原典を通して紹介。文学を理解するために一番大切なことはなによりも原典を読むことであるとする著者が、独自の視点で描く。

2008

歴史・文学

白倉克文著

## 近代ロシア文学の成立と西欧

四六判上製
256頁
3000円
978-4-915730-28-3

カラムジン、ジュコフスキー、プーシキン、ゴーゴリ。ロシア文学の基礎をなし、世界的現象にまで高めたかれらは、いかにして西欧と接し、どのようなものを享受したのか。西欧世界の摂取を通じ、近代の相克そのものを体験せねばならなかったロシアを微細に描きだす。　2001

---

歴史・文学

白倉克文著

## ラジーシチェフからチェーホフへ

ロシア文化の人間性

四六判上製
400頁
4000円
978-4-915730-84-9

十八世紀から二十世紀にかけてのロシア文化が、思想・文学を中心に据えて、絵画や音楽も絡めながら、複合的・重層的に紹介される。そこに通底する身近な者への愛、弱者との共感という感情、そうした人間への眼差しを検証していく。　2011

---

歴史・文学

ゲーリー・マーカー著　白倉克文訳

## ロシア出版文化史

十八世紀の印刷業と知識人

A5判上製
400頁
4800円
978-4-86520-007-2

近代ロシアの出版業はピョートル大帝の主導で端緒が開かれ、十八世紀末には全盛期を迎えた。この百年間で出版業の担い手は次々に移り変わったが、著者はその紆余曲折を、政治・宗教・教育との関係のなかに丹念に検証していく。特異で興味深いロシア社会史。　2014

---

歴史・文学

M・プリーシヴィン著　太田正一訳

## 森と水と日の照る夜

セーヴェル民俗紀行

A5変上製
320頁
3107円
978-4-915730-14-6

知られざる大地セーヴェル。その魂の水辺に暮らすのは、泣き女、呪術師、隠者、分離派、世捨て人、そして多くの名もなき人びと…。実存の人、ロシアの自然の歌い手が白夜に記す「愕かざる鳥たちの国」の民俗誌。一九〇六年夏、それは北の原郷への旅から始まった。　1996

---

自然・文学

M・プリーシヴィン著　太田正一編訳

## プリーシヴィンの森の手帖

四六判上製
208頁
2000円
978-4-915730-73-3

ロシアの自然のただ中にいた！　生きとし生けるものをひたすら観察し洞察し表現し、そのなかに自らと同根同種の血を感受する歓び、優しさ、またその厳しさ。生の個性の面白さをとことん愉しみ、また生の孤独の豊かさを味わい尽くす珠玉の掌編。　2009

---

歴史・文学

太田正一編訳

## プリーシヴィンの日記

1914—1917

A5判上製
536頁
6400円
978-4-86520-025-6

本書は、プリーシヴィンが長年に渡って書き続けた詳細かつ厖大な日記のなかで、第一次世界大戦からロシア革命に至る四年間を選び出し編訳したものである。メディアや人びとのうわさ、眼前に見る光景などが描かれ、時代の様相と透徹した眼差しが伝わってくる。　2018

歴史・民俗

# ロシア民衆挽歌

セーヴェルの葬礼泣き歌

中堀正洋著

四六判上製
288頁
2800円
978-4-915730-77-1

世界的に見られる葬礼泣き歌を十九世紀ロシアに検証する。天才的泣き女と謳われたフェドソーヴァの泣き歌を中心に、時代とセーヴェル（ロシア北部地方）という特殊な地域の民間伝承、民俗資料を用い、当時の民衆の諸観念と泣き歌との関連を考察していく。　2010

歴史・文学

# イワンのくらし いまむかし

ロシア民衆の世界

中村喜和編

四六判上製
272頁
2718円
978-4-915730-09-2

ロシアで「ナロード」と呼ばれる一般の民衆＝イワンたちはどんな生活をしているだろうか？「昔ばなし」「日々のくらし」「人ともの」「植物誌」「旅の記録」。五つの日常生活の視点によってまとめられた記録、論稿が、ロシア民衆の世界を浮かび上がらせる。　1994

文学

# 村の生きものたち

V・ベローフ著　中村喜和訳

B6判上製
160頁
1500円
978-4-915730-19-1

ひとりで郵便配達をした馬、もらわれていった仔犬に乳をやりにいく母犬、屋根に登ったヤギのこと……。「魚釣りがとりもつ縁」で北ロシアの農村に暮らす動物好きのフェージャと知り合った「私」が、村のさまざまな動物たちの姿を見つめて描く詩情豊かなスケッチ集。　1997

文学

# 時空間を打破する ミハイル・ブルガーコフ論

大森雅子著

A5判上製
448頁
7500円
978-4-86520-010-2

二十世紀ロシア文学を代表する作家の新たな像の構築を試みる。代表作に共通するモチーフやテーマが、当時のソ連の社会、文化の中でどのように形成され、初期作品から生涯最後の長篇小説『巨匠とマルガリータ』にいかに結実していったのかを明らかにする。　2014

文学

# わが家の人びと

ドヴラートフ家年代記

S・ドヴラートフ著　沼野充義訳

四六判上製
224頁
2200円
978-4-915730-20-7

祖父達の逸話に始まり、ドヴラートフ家の多彩な人々の姿を鮮やかに描きながら、アメリカに亡命した作者に息子が生まれるまで、四代にわたる年代記が繰り広げられる。その語りは軽やかで、ユーモアに満ち、どこまで本当か分からないホラ話の呼吸で進んでいく。　1997

文学

# かばん

S・ドヴラートフ著　ペトロフ＝守屋愛訳　沼野充義解説

四六判上製
224頁
2200円
978-4-915730-27-6

ソ連からアメリカへ旅行鞄一つで亡命したドヴラートフ。彼がそのかばんをニューヨークで開いたとき、そこに見出したのは、底の抜けた陽気さと温かさ、それでいてちょっぴり悲しいソビエトでの思い出の数々だった。独特のユーモアとアイロニーの作家、本邦第二弾。　2000

文学

竹内恵子著

**廃墟のテクスト**

亡命詩人ヨシフ・ブロツキイと現代

四六判上製
336頁
3400円
978-4-915730-96-2

ソ連とアメリカ、東西陣営の両端から現代社会をアイロニカルに観察するという経験こそ、戦後の文化的廃墟から出発した彼を世界的詩人へと押し上げていく。ノーベル賞詩人の遺したテクストを読み解く本邦初の本格的研究。「極上の講義を受けている気分」（管啓次郎氏）。

2013

歴史・文学

高橋誠一郎著

**ロシアの近代化と若きドストエフスキー**

「祖国戦争」からクリミア戦争へ

四六判上製
272頁
2600円
978-4-915730-59-7

祖国戦争から十数年をへて始まりクリミア戦争の時期まで続いたニコライ一世（在位一八二五—五五年）の「暗黒の三〇年」。父親との確執、そして初期作品を詳しく分析することで、ドストエフスキーが「人間の謎」にどのように迫ったのかを明らかにする。

2007

歴史・文学

高橋誠一郎著

**黒澤明で「白痴」を読み解く**

四六判上製
352頁
2800円
978-4-915730-86-3

「白痴」の方法や意義を深く理解していた黒澤映画を通し、登場人物の関係に注目しつつ「白痴」を具体的に読み直す—。ロシアの「キリスト公爵」とされる主人公ムィシキンの謎に迫るだけでなく、その現代的な意義をも明らかにしていく。

2011

歴史・文学

高橋誠一郎著

**黒澤明と小林秀雄**

「罪と罰」をめぐる静かなる決闘

四六判上製
304頁
2500円
978-4-86520-005-8

一九五六年十二月、黒澤明と小林秀雄は対談を行ったが、残念ながらその記事が掲載されなかったため、詳細は分かっていない。共にドストエフスキーにこだわり続けた両雄の思考遍歴をたどり、その時代背景を探ることで「対談」の謎に迫る。

2014

文学

## ドストエフスキーとは何か

長瀬隆著

四六判上製
448頁
4200円
978-4-915730-67-2

全作品を解明する鍵ドヴォイニーク（二重人、分身）は両義性を有する非合理的な言葉である。唯一絶対神を有りとする非合理な精神はこの一語の存在と深く結びついている。ドストエフスキーの偉大さはこの問題にこだわり、それを究極まで追及したことにある。　2008

文学

## 近代日本文学とドストエフスキー

夢と自意識のドラマ

木下豊房著

四六判上製
336頁
3301円
978-4-915730-05-4

二×二が四は死の始まりだ。近代合理主義への抵抗と、夢想、空想、自意識のはざまでの葛藤。ポリフォニックに乱舞し、苦悩するドストエフスキーの子供たち。近代日本の作家、詩人に潜在する「ドストエフスキー的問題」に光を当て、創作意識と方法の本質に迫る。　1993

文学

## ドストエフスキー その対話的世界

木下豊房著

四六判上製
368頁
3600円
978-4-915730-33-7

現代に生きるドストエフスキー文学の本質を作家の対話的人間観と創作方法の接点から論じる。ロシアと日本の研究史の水脈を踏まえ、創作理念の独創性とその深さに光をあてる。国際化する研究のなかでの成果。他に、興味深いエッセイ多数。　2002

文学

## ロシアの冠毛

木下宣子著

A5判上製
112頁
1800円
978-4-915730-43-6

著者は二十世紀末の転換期のロシアを三度にわたって訪問。日本人として、日本の女性として、ロシアをうたった。そこに一貫して流れるのは、混迷する現代ロシアの身近な現実を通して、その行く末を温かく見つめようとする詩人の魂である。精霊に導かれた幻景の旅の詩。　2003

歴史・芸術

# イメージのポルカ
## スラヴの視覚芸術

近藤昌夫、渡辺聡子、角伸明、大平美智代、加藤純子著

978-4-915730-68-9
A5判上製
272頁
2800円

聖像画イコン、シャガール、カンディンスキーの絵画、ノルシュテイン、シュヴァンクマイエルのアニメ、ペトルーシュカやカシュパーレクなどの喜劇人形――聖と俗の様々な視覚芸術を触媒に、スラヴ世界の共通性とともに民族の個性を追い求める六編を収録。

2008

文学

# 新編 ヴィーナスの腕

J・サイフェルト詩集　飯島周訳

978-4-915730-26-9
四六変上製
160頁
1600円

詩人の全作品を通じて流れるのは『この世の美しきものすべて』、特に女性の美しさと自由に対するあこがれ、愛と死の織りなす人世模様や不条理を、日常的な言葉で表現しようとする努力である。ノーベル文学賞を受賞したチェコの国民的詩人の本領を伝える新編選集。

2000

文学

# チェスワフ・ミウォシュ詩集

関口時正・沼野充義編

978-4-915730-87-0
四六判上製
208頁
2000円

ポーランドで自主管理労組《連帯》の活動が盛り上がりを見せる一九八〇年、亡命先のアメリカでノーベル文学賞を受賞し、一躍世界に名を知られることとなったチェスワフ・ミウォシュ。かれの生誕百年を記念して編まれた訳詩集。

2011

文学

# ポケットのなかの東欧文学
## ルネッサンスから現代まで

飯島周、小原雅俊編

978-4-915730-56-6
四六判上製
560頁
5000円

隠れた原石が放つもうひとつのヨーロッパの息吹。四十九人の著者による詩、小説、エッセイを一堂に集めたアンソロジー。目を閉じてページをめくると、そこは、どこか懐かしい、それでいて新しい世界。ポケットから語りかける、知られざる名作がここにある。

2006

芸術・文学

# ブルーノ・シュルツの世界

加藤有子編

978-4-86520-001-0
A5判上製
252頁
3000円

シュルツの小説は、現在四十ちかくの言語に訳され、世界各地で作家や芸術家にインスピレーションを与えている。そのかれは画業も残した。かれのガラス版画、油彩を収録するほか、作品の翻案と翻訳、作品が各所に与えた影響を論じるエッセイ、論考を集める。

2013

歴史・文学

# バッカナリア 酒と文学の饗宴

沓掛良彦・阿部賢一編

978-4-915730-90-0
四六判上製
384頁
3000円

「酒」を愛し、世界の「文学」に通じた十二名の論考による「饗宴」。世界各地の文学作品で言及される酒を、縦横に読解していく。盃を片手に、さらなる読書へと誘うブックガイドも収録。酒を愛し、詩と小説を愛するすべての人に捧げる。

2012

歴史・文学

## 暗黒 上巻

18世紀、イエズス会とチェコ・バロックの世界

アロイス・イラーセク著　浦井康男訳

A5判上製
408頁
5400円
978-4-86520-019-5

フスによる宗教改革の後いったんは民族文化の大輪の花を咲かせたものの独立を失い、ハプスブルク家の専制とイエズス会による再カトリック化の中で言語と民族文化が衰退していったチェコ史の暗黒時代。史実を基に周到に創作された、本格的な長編歴史小説。　2016

歴史・文学

## 暗黒 下巻

18世紀、イエズス会とチェコ・バロックの世界

アロイス・イラーセク著　浦井康男訳

A5判上製
368頁
4600円
978-4-86520-020-1

物語は推理小説並みの面白さや恋愛小説の要素も盛り込みつつ、いよいよ佳境を迎える。隠れフス派への弾圧が最高潮に達した18世紀前半の宗教・文化・社会の渾然一体となった状況が、立場を描き分けられた登場人物たちの交錯により、詳細に描写されていく。　2016

文学

## プラハ

ペトル・クラール著　阿部賢一訳

四六判上製
208頁
2000円
978-4-915730-55-9

パリへ亡命した詩人が、故郷プラハを追憶するとき、かつてない都市の姿が浮かび上がってくる。さりげない街の光景に、詩人は、いにしえの都市が発するメッセージを読み取っていく。夢想と現実を行き来しながら、百塔の都プラハの魅力を伝えてくれる珠玉のエッセイ。　2006

歴史・文学

## プラハ　カフカの街

エマヌエル・フリンタ著　ヤン・ルカス写真　阿部賢一訳

菊判上製
192頁
2400円
978-4-915730-64-1

プラハ生まれのドイツ語作家フランツ・カフカ。彼のテクストに刻印された都市を、世紀末プラハを知悉する批評家エマヌエル・フリンタが解読していく。世紀転換期における都市の社会・文化的位相の解読を試みる画期的論考。写真家ヤン・ルカスによる写真を多数収録。　2008

芸術・文学

## イジー・コラージュの詩学

阿部賢一著

A5判上製
452頁
8400円
978-4-915730-51-1

チェコに生まれたイジー・コラーシュは「コラージュ」の詩人である。かれはコラージュという芸術手法を造形芸術のみならず、言語芸術においても考察し、体系的に検討した。ファシズムとスターリニズムの時代を生きねばならなかった芸術家の詩学の全貌。　2006

文学

## 古いシルクハットから出た話

アヴィグドル・ダガン著　阿部賢一他訳

四六判上製
176頁
1600円
978-4-915730-63-4

世界各地を転々とした外交官が〈古いシルクハット〉を回すとき、都市の記憶が数々の逸話とともに想い起こされる。様々な都市と様々な人間模様――。プラハに育ち、イスラエルの外交官として活躍したチェコ語作家アヴィグドル・ダガンが綴る晩年の代表的な短編集。　2008

文学

## ミラン・クンデラにおけるナルシスの悲喜劇

ローベル柊子著

四六判上製
264頁
2600円
978-4-86520-027-0

クンデラは、自らのどの小説においてもナルシス的な登場人物の物語を描き、人間全般にかかわる根幹的な事柄として、現代のメディア社会が抱える問題の特殊性にも着目しつつ、考察している。本書はクンデラの小説をこのナルシシズムのテーマに沿って読み解いていく。

2018

文学

## アレクサンドレ・カズベギ作品選

三輪智惠子訳　ダヴィド・ゴギナシュヴィリ解説

四六判上製
288頁
3000円
978-4-86520-023-2

ジョージア（旧グルジア）の古典的著名作家の本邦初訳作品選。グルジア出身のスターリンもよく読んでいたことが知られている。ジョージア人の慣習や気質に触れつつ、ロシアに併合された時代の民衆の苦しい生活を描いた作品が多い。四つの代表的短編を訳出。

2017

文学

## イヴァン・ツァンカル作品選

イヴァン・ゴドレール、佐々木とも子訳　鈴木啓世画

四六判上製
176頁
1600円
978-4-915730-65-8

四十年間働き続けたあなたの物語——労働と刻苦の末、いまや安らかな老後を迎えるばかりのひとりの農夫。しかし彼の目の前に突き出されたのはあまりにも意外な報酬だった。スロヴェニア文学の巨匠が描く豊かな抒情性と鋭い批判精神に満ちた代表作他一編。

2008

文学

## 慈悲の聖母病棟

イヴァン・ツァンカル著　佐々木とも子、イヴァン・ゴドレール訳　鈴木啓世画

四六判上製
208頁
2000円
978-4-915730-89-4

町を見下ろす丘の上に佇む慈悲の聖母会修道院——その附属病棟の一室に十四人の少女たちがベッドを並べている。丘の下の俗世を逃れたアルカディアのような世界で四季は夢見るように移り変わり、少女たちの静謐な日々が流れていくが……。

2011

文学

工藤左千夫著

## 新版 ファンタジー文学の世界へ

主観の哲学のために

四六判上製
160頁
1600円
978-4-915730-42-9

ファンタジーは現代への警鐘の文学であるとする著者が、J・R・R・トールキン、C・S・ルイス、フィリパ・ピアス、神沢利子、M・エンデ、ブロイスラー、宮沢賢治、ル・グウィンなどの東西の著名な作品を読み解き、そのなかで、主観の哲学獲得のための糸口を探る。　2003

文学

工藤左千夫著

## すてきな絵本にであえたら

絵本児童文学基礎講座Ⅰ

四六判並製
192頁
1600円
978-4-915730-46-7

小樽の絵本・児童文学研究センターで長年にわたって開講され、好評を得ている基礎講座の待望の活字化。第一巻の本巻は、就学前の児童にどのような絵本を、どのように読み聞かせたらよいのかを解説する。母親が子どもと一緒に学んでいくための必携、必読の書。　2004

文学

工藤左千夫著

## 本とすてきにであえたら

絵本児童文学基礎講座Ⅱ

四六判並製
200頁
1600円
978-4-915730-66-5

絵本・児童文学研究センター基礎講座の第二弾。本巻は、就学後の児童にどのような本を与えたらよいのかを解説する。情操の必要性、第二次反抗期と秘密、社会性の意味、自尊の必要性など、子どもの成長に合わせ、そして自己実現へ向けた本との出会いを考えていく。　2008

文学

工藤直子、斎藤惇夫、藤田のぼる、工藤左千夫、中澤千磨夫著

## だから子どもの本が好き

四六判上製
176頁
1600円
978-4-915730-61-0

私は何故子どもの本が好きか、何故子どもと子どもの本にかかわるのか、子どもの本とは何か——。五人の著者たちが、多くの聴衆を前に、この難問に悪戦苦闘し、それぞれの立場、それぞれの方法で、だから子どもの本が好き！、と答えようとした記録。　2007

文学

南裕介著

## シベリアから還ってきたスパイ

四六判上製
３４０頁
１６００円
978-4-915730-50-4

敗戦後シベリアに抑留され、ソ連によってスパイに仕立てられた日本人。帰国したかれらを追う米進駐軍の諜報機関、その諜報機関の爆破を企む反米過激派組織。戦後まもなく日本で起きたスパイ事件をもとに、敗戦後の日本の挫折と復活というテーマを独自のタッチで描く。　２００５

---

国際理解

横浜国立大学留学生センター編

## 国際日本学入門

トランスナショナルへの12章

四六判上製
２３２頁
２２００円
978-4-915730-72-6

横浜国立大学で六十数カ国の留学生と日本人学生がともに受講することのできる「国際理解」科目の人気講義をもとに執筆された論文集。対峙する複数の目＝「鏡」に映り、照らし合う認識。それが相互に作用し合う形で、「日本」を考える。　２００９

---

哲学

佐藤正衞著

## 素朴に生きる

大森荘蔵の哲学と人類の道

四六判上製
２５６頁
２４００円
978-4-915730-74-0

大森哲学の地平から生を問う！　戦後わが国の最高の知性の一人である大森荘蔵と正面からとり組んだ初めての書。大森が哲学的に明らかにした人間経験の根本的事実を、人類の発生とともに古い歴史をもつ狩猟採集文化の時代にまでさかのぼって検証する。　２００９

---

芸術

マイヤ・コバヒゼ著　鍋谷真理子訳

## ロシアの演劇教育

Ａ５判上製
２２８頁
２０００円
978-4-86520-021-8

ロシアの演劇、演劇教育は、ロシア文化と切っても切り離せない重要な要素であり、独自の貢献をしている。ロシアの舞台芸術に長く関わってきた著者が、劇場、演劇教育機関、その俳優教育メソッドを紹介し、ロシアの演劇教育の真髄に迫る。　２０１６

---

語学

宮崎千穂、エルムロドフ・エルドルジョン著

## 調査・実務・旅行のためのウズベク語会話

ロシア語付き

Ａ５判並製
１９６頁
２０００円
978-4-86520-029-4

勤務先の大学で学外活動をウズベキスタンにおいて実施する科目を担当する著者が、現地での調査や講義、学生交流、ホームステイ時に学生たちの意思疎通の助けとなるよう、本書を企画。初学者から上級者まで、実際の会話の中で使えるウズベク語会話集。　２０１８

歴史・思想

石川達夫著

## マサリクとチェコの精神

アイデンティティと自律性を求めて

A5判上製　310頁　3800円

978-4-915730-10-8

マサリクの思想が養分を吸い取り、根を下ろす土壌となったチェコの精神史とはいかなるものであり、彼はそれをいかに見て何を汲み取ったのか？　宗教改革から現代までのチェコ精神史をマサリクの思想を織糸として読み解く。サントリー学芸賞・木村彰一賞同時受賞。　1995

歴史・文学

カレル・チャペック著　石川達夫訳

## マサリクとの対話

哲人大統領の生涯と思想

A5判上製　344頁　3800円

978-4-915730-03-0

チェコスロヴァキアを建国させ、両大戦間の時代に奇跡的な繁栄と民主主義を現出させた哲人大統領の生涯と思想を、「ロボット」の造語で知られるチャペックが描いた大ベストセラー。伝記文学の傑作として名高い原著に、詳細な訳注をつけ初訳。各紙誌絶賛。　1993

# チャペック小説選集

珠玉の作品を選んで編んだ本邦初の小説集

【全6巻】

**子どもの頃に出会って、生涯忘れることのない作家。今なお世界中で読み継がれている、チェコが生んだ最高の才人。そして「ロボット」の造語で知られるカレル・チャペック。文学史上名高い哲学三部作を含む珠玉の作品を選んで、作家の本領を伝える。**

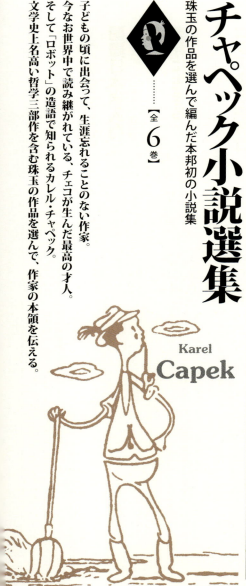

文学

## ①受難像

K・チャペック著　石川達夫訳

四六判上製
２００頁
１９４２円
978-4-915730-13-9

人間が出会う、謎めいた現実。その前に立たされた人間の当惑、真実を探りつつもつかめない人間の苦悩を描いた１３編の哲学的・幻想的短編集。真実とは何か、人間はいかにして真実に至りうるかというテーマを追求した、実験的な傑作。

１９９５

文学

## ②苦悩に満ちた物語

K・チャペック著　石川達夫訳

四六判上製
１８４頁
１９４２円
978-4-915730-17-7

妻の不貞の結果生まれた娘を心底愛していた父は笑われるべきか？　外的な状況からはつかめない人間の内的な真実や、ジレンマに立たされ、相対的な真実の中で決定的な決断を下せない人間の苦悩などを描いた９編の中短編集。

１９９６

文学

## ③ホルドゥバル

K・チャペック著　飯島周訳

四六判上製
２１６頁
２１３６円
978-4-915730-11-5

アメリカでの出稼ぎから帰ってくると、家には若い男が住み込んでいて、妻も娘もよそよそしい……。献身的な愛に生きて悲劇的な最期を遂げた男の運命を描きながら、真実の測り難さと認識の多様性というテーマを展開した３部作の第１作。

１９９５

文学

## ④流れ星

K・チャペック著　飯島周訳

四六判上製
２２８頁
２２３３円
978-4-915730-15-3

飛行機事故のために瀕死の状態で病院に運び込まれた身元不明の患者X。看護婦、超能力者、詩人それぞれがこの男の人生を推理し、様々な展開をもつ物語とする。一人の人間の運命を多角的に捉えようとした作品であり、３部作の第２作。

１９９６

文学

## ⑤平凡な人生

K・チャペック著　飯島周訳

四六判上製
２２４頁
２３００円
978-4-915730-21-4

「平凡な人間の一生も記録されるべきだ」と考えた一人の男の自伝。その記録をもとに試みられる人生の様々な岐路での選択の可能性の検証。３部作の最後の作品であり、哲学的な相対性と、それに基づく人間理解の可能性の認知に至る。

１９９７

文学

## ⑥外典

K・チャペック著　石川達夫訳

四六判上製
２４０頁
２４００円
978-4-915730-22-1

聖書、神話、古典文学、史実などに題材をとり、見逃されていた現実を明るみに出そうとするアイロニーとウィットに満ちた２９編の短編集。絶対的な真実の強制と現実の一面的な理解に対して、各人の真実の相対性と現実の多面性を示す。

１９９７

# 書名索引

＊は現在品切れです。

魂は、神秘な天をながめているものである。／その天の反映が、司教の上にあった。／それは同時に光の透明体だった。この天は、彼の内部にあるものだからである。その天とは彼の良心であった」。

この個所を訳したとき正岡子規は、虚構という手法によって登場人物の人物体系を構築し、主人公と他者との対話などをとおして、社会の問題だけでなく主人公の成長も浮かび上がらすことができる長編小説という形式に強い魅力を感じていたのだと思われます。

実際、明治三〇年に子規と会った作家の佐藤紅緑《こうろく》は、この逸話に強い関心を示していた子規が、物騒であるとは感じつつもミリエル司教にならって、「裏木戸の通行を禁止」せずに、人が入ってくることができるようにしていたことを証言しています[27]。この記述を重視するならば、子規による『レ・ミゼラブル』の短い箇所の訳出は、明治三〇年前後の可能性が高いでしょう。

さらに、ドストエフスキー論もある評論家の寺田透が、子規が従軍する前に書いた「明治二十七年の句を通読して驚嘆させられるのは、（……）子規の好奇心に満ちた多様性といふことである」と『子規全集』第二巻の「解説」に書いていることにも注意を払いたいと思います[28]。

たとえば、子規が独身であるにも関わらず、〈古妻のいきたなしとや初鴉〉という「虚構」を記した句も書いていることを注目した寺田は、〈あちら向き古足袋さして居る妻よ〉という句を評して、「この明るさは、現実に縛られず、その上に別種の世界をくりひろげる空想のそれだということである」とも書いていました。

「歌は事実をよまなければならない」との持論を展開した子規には、「虚構」をも許容する「多様性」があったという寺田の指摘は、『レ・ミゼラブル』を高く評価した子規の文学観を知る上でも非常に重要だと思えます。

ことに注目したいのは、子規には藤村が強い関心を示した「花枕」や「月の都」だけでなく、主人公と蛇遣いの子で「穢多《えた》」と差別された花売り娘と富豪の長男との悲劇的な恋を描いていた小説「曼珠沙華」があることです。

この小説の「夢による展開の見事なところ」を指摘した作家の野間宏は、花売りの娘を「此方を向いて莞爾と笑んで居た姿はどうしても神様とより思はれぬ」と書く一方で子規が、「今日の四民平等の世の中」に、「苦患《くげん》の中から救うてやりたいと思うけれど、習慣という障礙《しょうげ》が横たわっている」と続けるような「主人公の差別観」がきちんと問題とされていないことを批判しています。[29]

子規が明治三四年の春に「墨汁一滴」に記した「鶴の巣や　場所もあろうに　穢多の家」という句も、「差別用語を用いているのみならず、著しい部落差別の意識を前提として成立している」と酷評されてきました。

しかし、文芸評論家の久保田正文は小説「曼珠沙華」について、「叔父加藤拓川の人間的な部落解放運動との関係などもかんがえられるようにおもう」と記していますが、[30]亀田順一も「鶴の巣や」の句からはむしろ、「差別と貧困に苦しむ部落の家に『瑞祥』である鶴が巣をつくったよ」

という「子規の温かい気持ちを素直に読み取るべき」ではないかと解釈しています。(31)
その理由として亀田は子規が明治二六年から毎年のように「穢多の子や　窓からのぞく　夏書《なつげ》哉」、「穢多村や　犬の皮剥ぐ　盆の月」、「穢多村の　ともし火もなき　夜寒かな」などの句を詠んでいたことを指摘しています。子規は明治三三年の春にも小説「曼珠沙華」の題名と同じ単語を用いた「穢多村の　仏うつくし　曼寿沙華」という句も作っていたのです。

子規が小説「曼珠沙華」で「穢多」の花売りの娘との恋を描いていたことについても留意するならば、部落民出身であることを隠して生きる青年教師の苦悩を描いた長編小説『破戒』は、子規の俳句における「差別」のテーマを受け継いでいるといえるでしょう。そして詩人・島崎藤村から長編小説作家への移行も、小説家としての子規からも影響を受けている可能性があると思われます。

## 五、日露戦争の時代と言論統制

島崎藤村が小学校の教員となった穢多《えた》と呼ばれる被差別部落出身の主人公の苦悩と新たな出発を描いた長編小説『破戒』を自費出版したのは、日露戦争直後の明治三九年のことでした。

藤村は後に「人生は大きな戦場だ、自分もまたその従軍記者だ」と言って「自分を慰め励ましながら」机に向かって原稿を書き続けていた頃を回想でこう記しています。

「二年と続いたあの長い日露戦争の中で『破戒』の稿を続けたことも忘れがたい。わたしには、あの大きな戦争の記憶と、最初の長編に筆を執っていた頃のことと、それを引き離しては考えられないことだ。田山花袋君が従軍記者として出掛けたのも、わたしがあれを書きはじめる頃であったと思う。わたしはあの友人が戦地の方へ出発する前によこしてくれた別れの手紙を読んで、自分もまた従軍したいという心を動かさないではなかった」（「奥書」）。

長編小説『破戒』では戦争についてはほとんど記していませんが、それは樋口一葉の場合と同じように、どうしても扇情的になりがちな、戦争への言及を意図的に避けているためだったと思われます。この長編小説で差別だけでなく、「教育勅語」における「忠孝」の問題を直視していることの意義は、この時代の言論の状況を見ることで明白になるでしょう。

たとえば、木下尚江はすでに明治三三年五月に書いた新聞記事「『忠君愛国』の疑問」で、透谷の遺志を受け継ぐかのように「教育勅語」渙発以降の流れを「立憲政治」の視点から厳しく批判していました[32]。

すなわち木下は、論文「神道は祭典ノ古俗」を書いた久米邦武や、「教育勅語」奉読の後で最敬礼をしなかった内村鑑三が「不忠国賊」と非難されたのに反し、元老院の政治家が「憲法中止を企てながら」も称賛されていることをまず指摘しています。

その後で「天皇主権」説を唱えた帝国大学教授・穂積八束の憲法論を取り上げた木下は、「我皇室は即ち族長なり」などとしたその論を「古色蒼然たる過去的忠君愛国の呼号」であると論駁したのです。第六章で見るように、徳富蘇峰は明治末期に穂積八束の弟子・上杉慎吉の憲法論によりながら、明治憲法における「立憲主義」の意義を認めていた美濃部達吉を厳しく批判することになります。そのことに留意するならば、穂積八束の憲法論の矛盾を指摘していた木下の記事は先見の明があり、、昭和初期の「天皇機関説」論争をも先取りしていたと言えるでしょう。

日露戦争の直前の雰囲気をよく伝えている作品に、伊藤首相や御用商人の大倉喜八郎、さらに幸徳秋水など実在の人物をモデルとして書いた木下尚江の長編小説『火の柱』（明治三七年一月～三月）があります。[33]『同胞新聞』で非戦論を展開したためにロシアの「間諜」、「露犬」などと新聞紙上で非難されながらも意思を貫く、キリスト教社会主義者・篠田長二の活躍と苦悩を描き、「日露断交」が報じられた日に主人公が逮捕されるところで終わる作品は、「政治の堕落、社会の腐敗、軍隊の跋扈、黄金の全能」を厳しく批判して読者の共感を呼びました。

注目したいのは、ここで「非戦論」を訴えた篠田が「ロシアの探偵」と非難されたと記していた木下が、「流行の毒語『露探』」という新聞記事では日清戦争後の三国干渉によって「臥薪嘗胆」が叫ばれるようになると「露探《ロタン》」と非難されるようになった日本の正教会の窮状にも言及していることです。[34]

実際、函館では信徒が「各自の住まいから追い出され」、東海では神父が暴徒に襲われる事例が報告され、さらに「学校や遊びの場でも子供たちがいじめられ」、「仲間から『ロタン、ロタン』」と嘲られたばかりでなく、「ニコライを殺そうという結社」さえできて、単独で暗殺を企てて逮捕される者も出ていました。[35]

一方、日露戦争が起きるとトルストイはイギリスの『ロンドン・タイムズ』に「悔い改めよ」と題する論文を発表し、「戦争は又もや起これり、何人にも無用無益なる疾苦此に再びし」と記して、殺生を禁じている仏教国と「四海兄弟と愛を公言している」キリスト教国との間の戦争を厳しく批判しました。[36]

この論文は『万朝報《よろずちょうほう》』を退社して『平民新聞』を発行し日露戦争に反対していた幸徳秋水と堺利彦によってさっそく翻訳され、明治三七年八月に『平民新聞』に掲載されて、多くの文学者に強い感銘を与えました。[37] ことに与謝野晶子は詩「君死にたまふこと勿《なか》れ（旅順口包囲軍の中に在る弟を歎きて）」で結婚したばかりで年若い新妻を残して戦場に向かった弟を想いやり、「この世ひとりの君ならで／あゝまた誰をたのむべき／君死にたまふことなかれ」と最後の第五連で記してこの詩をむすんでいました。

しかし、この詩が明治三七年の『明星』九月号に発表されると、「当時、文芸批評や評論などで名を知られていた大町桂月」は雑誌上で、前年に発表された木下尚江の反戦小説『火の柱』などを意識しながら、社会主義者には「戦争を非とするもの」がいたが、晶子は韻文で戦争を批判したとし、「『義勇公に奉ずべし』とのたまへる教育勅語、さては宣戦詔勅を非議」したと晶子を激しく非難したのです。[38]

これに対して晶子は「無事で帰れ、気を附けよ」と、「まことの心をまことの声に出だし」たのであると反論しましたが、桂月はこれをも「日本国民として、許すべからざる悪口也、毒舌也、不敬なり、危険也」とし、「もしわれ皇室中心主義の眼を以て、晶子の詩を検すれば、乱臣なり、賊子なり、国家の刑罰を加うべき罪人なりと絶叫せざるを得ざるべきもの也」とより厳しく批判していました。

北村透谷が深く危惧していたように「教育勅語」に記された理念は、日露戦争時には国民に戦死の覚悟を促すものとなっており、島崎藤村の長編小説『破戒』はこの時期に書かれていたのです。

北村透谷の文学観からの影響も強く感じられるこの長編小説を読み解くことは、日中戦争から太平洋戦争へと突入することになる数年前の昭和九年に書かれた小林秀雄の『罪と罰』論の問題点を明らかにすることにもつながるでしょう。

# 第五章　『罪と罰』で『破戒』を読み解く

## ——差別と「良心」の考察

## はじめに　『罪と罰』の構造と『破戒』

島崎藤村が長編小説『破戒』を自費出版したのは、日露戦争直後の明治三九年のことでした。[1] 穢多という身分を隠して、出世しようとした若き主人公の苦悩を描いたこの作品について、ドストエフスキー研究者の新谷敬三郎が論文「『破戒』の方法」の冒頭でその全体像を簡潔に記しています。[2]「一篇の主人公は瀬川丑松という二十四歳の青年である。彼は信州飯山町の小学校に在職三年の主任教員で、小説は彼が蓮華寺という寺に下宿をかえるところから始まる。それは十月末のことで、それから十二月初めまでのほぼ一月あまりのあいだに丑松の身に起った出来事を物語ったのが、その内容である」。

評論家の平野謙が記しているようにこの長編小説がドストエフスキーの『罪と罰』から強い影

響を受けていることは発表当初から指摘されていましたが、『破戒』の愛読者だった評論家の木村毅はその類似性についてこう指摘しました。(3)「この英訳『罪と罰』を半ばも読み進まぬうちに、重大な発見をした。かつて愛読した藤村の『破戒』は、この作の換骨奪胎というよりも、むしろ結構は、『罪と罰』のしき写しと云っていいほど、酷似している」。

実際、主人公の瀬川丑松はラスコーリニコフと対応していますし、飲酒が原因で退職となる教員・風間敬之進とその妻の描写は、マルメラードフ夫妻を連想させます。また、敬之進の前妻の娘で蓮華寺の養女に出されるお志保もソーニャを思い起こさせるだけでなく、彼女にセクハラを仕掛ける蓮華寺住職とその妻の関係は、スヴィドリガイロフと妻マルファに似ています。丑松の同僚で師範学校の同窓生の土屋銀之助もラズミーヒンと同じような役割を果たしているなど多くの人物造型が『罪と罰』に依拠しているように思われます。

方法としての「告白」に注目した新谷敬三郎も、この作品では冒頭から「告白の衝動を自分の置かれている社会的立場への顧慮から抑圧している丑松と、告白を武器として社会あるいは世の中と対決していく蓮太郎」の「告白に対する態度の負と正と、二つの対極的な動機《モチーフ》」が明確に示されていることを指摘しています。(4)

ただ『罪と罰』との酷似を指摘した木村毅は先の文章に続けて「『破戒』が日露戦争後の文壇を近代的に、自然主義の方向へと大きく旋回させた功は否めず、それはつまり、ドストイエフスキイの『罪と罰』の価値の大きさを今更のように見直すことになった」と記していました。

実際、『罪と罰』では『レ・ミゼラブル』とほぼ同一の人物システムを使っていることを指摘した研究者ブラウンの論文を紹介した比較文学者の井桁貞義は、同じようなことが長編小説『破戒』の場合にも当てはまると指摘し、長編小説における「告白」の構造だけでなく、「追う者」と「追われる者」の構造の類似にも注意を促し『罪と罰』も「当時のロシアが突き当たっていた社会的な問題点と、さらに精神的な問題を摘出している」と指摘しています(5)。

藤村はこの長編小説を書く中でドストエフスキーの長編小説『罪と罰』の筋と人物構造を深く研究し、それに依拠しつつも『破戒』において日本の社会構造をも踏まえた人物の造形を行い、そのことによって当時の教育制度の問題点に鋭く迫っていたのです(6)。

そのことが第一章で見たように暗い昭和初期の時代に、三代にわたる父と息子との関係や、幕末から明治初期に至る激動の時期の歴史を大作『夜明け前』で描くことを可能にしたのだと思えます。

それゆえ本章では『罪と罰』の人物体系との類似と相違を分析することにより、穢多《えた》と呼ばれた被差別部落出身の教員を主人公とした島崎藤村の長編小説『破戒』が、日露戦争の時代における教育制度を扱いながら「事実」の告白と隠蔽の問題に鋭く迫っていたことを明らかにします。

さらに、植物学を目指していた土屋銀之助の人物造形に注目することにより、「良心」という単語の用法やロシアの「植物学の父」と呼ばれるベケートフとドストエフスキーとの関係に注意を払いながら、「非凡人の理論」を支える「弱肉強食の理論」を批判的に考察していたドストエフスキーの試みを藤村が受け継いでいることを示したいと思います。

## 一、「事実」の告白と隠蔽

『罪と罰』は主人公の不安定な状況や不安が伝わってくる次のような有名な文章で始まっています。

「七月はじめ、めっぽう暑いさかりのある日暮れどき、ひとりの青年が、S横丁にまた借りしている狭くるしい小部屋からおもてに出て、のろくさと、どこかためらいがちに、K橋のほうへ歩きだした」。

『破戒』も「蓮華寺《れんげじ》では下宿を兼ねた。瀬川丑松《せがわうしまつ》が急に転宿《やどがえ》を思い立って、借りることにした部屋というのは、その蔵裏《くり》つづきにある二階の角のところ」という、その後の物語の展開を予想させるような文章で始まっています。

主人公の丑松は前の下宿で大金持ちが穢多《えた》であるとの噂が広がると「不浄だ、不浄だ」と罵詈《ばり》雑言を投げかけられたのを見て急に引っ越しを決意していたのです。

注目したいのは、こうして自分の出自が暴露されることを恐れて引っ越しの手続きをした丑松が、帰り道で同じ穢多出身の先輩・猪子蓮太郎の『懺悔録《ざんげろく》』の書名が本屋に貼り出してあるのを見て、躊躇しながらも尊敬していた著者の本を買い求めることが描かれていることです。

なぜならば、『罪と罰』で下宿を出た後でラスコーリニコフが「父親の形見」の時計を質草として渡す場面を描いたドストエフスキーは、「高利貸しの老婆」から奪った金品の隠し場所を探すエピソードで主人公の心理的な動揺を見事に描いたように、『破戒』でも後に買い求めた猪子の著書をどのように隠すかが主人公を悩ますことになるからです。

一方、『罪と罰』においてはすでに亡くなっている父親については、母親のプリヘーリヤが、ラスコーリニコフの父が最初は詩を次に小説を雑誌に投稿したが、採用されなかったというエピソードを語るくらいで（六・三）、その性質や行動についてはあまり語られてはいません。しかし、ラスコーリニコフは自分が質草にした「父の銀時計」について、それは「全部で五ルーブリくらいの値打ちしかないんですが、ぼくにとっちゃ、それをくれた人の記念になるもので、とくべつに大切なんです」（三・五）と述べています。

夫の年金で息子に学費を送金していた母親も、娘の婚約を伝えた手紙ではアヴドーチヤ（愛称はドゥーニャ）について「あの子が、おまえをかぎりもなく、自分自身よりも愛していることを知ってください」と書いた後で、「おまえは私たちにとってすべてです」と続けていました。

しかし、その手紙を読み終えたラスコーリニコフは「息子のために娘を犠牲にすることを承知したんで、ひそかな**良心の呵責**に責められているわけかな」と感じ、兄のために愛してもいない人物との結婚を承諾した妹のドゥーニャをこう批判していたのです。「ああ、人間というやつは、こういう場合になると、自分の道義心さえおし殺して、自由も、安らぎも、**良心**さえも、いっさいがっさい、古着市場へ持ちこむものなんだ」（太字は引用者）。

つまりドストエフスキーは、法学部の学生だったラスコーリニコフと司法取調官ポルフィーリイとの息詰まるような激しい議論に先立って、母親と妹の「良心」観をラスコーリニコフ自身に批判させていたのです。

そして、『罪と罰』ではさまざまな人物の発言と行動を通して「良心」についての精緻な分析がなされ、ラスコーリニコフの自己本位な「良心」理解が厳しく批判されていました。(7)

一方、「共―知」を意味するギリシャ語から入った単語で「恥」よりも強い語感を持つ「良心」は、日本ではまだ日常語として定着していなかったことや主人公が小学校の教員ということもあり、『破戒』ではそれほど頻繁には用いられていません。しかし、後に見るように重要な場面では、主人公が社会にたいして自分が誠実に行動したいと考える際にこの単語が用いられているのです。

蓮華寺から戻った丑松は人々がいずれも聞えよがしに穢多の大尽を罵倒したばかりでなく、追い出した後も「塩を掴んで庭に蒔散《まきち》らす弥次馬」もあらわれ、下宿の主婦が「燧石《ひうちいし》を取出して、清浄《きよめ》の火と言って、かちかち音をさせて騒いだ」のを見ます。

それを見た丑松は、「隠者のような寂しい生涯《しょうがい》を送っている」父親が、「世に出て身を立てる穢多の子の秘訣」は「身の素性を隠すより外に無い」、「たとえいかなる目を見ようと、いかなる人に邂逅《めぐりあ》おうと決してそれとは自白《うちあ》けるな」という父親の「戒《いましめ》」を思い出し、それを固く守ろうと思ったのです（一・三）。

しかし、自分の部屋で『懺悔録』を読み始めると、「新しい思想家でもあり戦士でもある猪子蓮太郎という人物が穢多の中から産れたという**事実**」（太字は引用者）から丑松は深い感動を受けます。彼は「蓮太郎の著述といえば必ず買って」読み、読めば読む程、「この先輩に手を引かれて、新しい世界の方へ連れて行かれるような気が」していたのです。

「『我は穢多なり』といふ文句」で始まる新著からも丑松は、「長野の師範校に心理学の講師」として教えていた蓮太郎が、「一部の教師仲間の嫉妬」から「講師の中に賤民の子がある」との噂が全校に拡がって放逐された経緯を知り、「七つ八つの頃まで、よく他の小供に調戯《からか》われたり、石を投げられたりした」ことを思い出します。「『懺悔録』を読んで、反って丑松はせつない苦痛《くるしみ》を感ずるようになった」と結んでいます。

こうして、『破戒』ではその冒頭から猪子蓮太郎の新しい考えに共感しつつも、自分の素性を隠して古い価値観に基づいて生徒を教えていることに苦しむ丑松の心理が描かれており、藤村はこの長編小説の後半ではそれを「良心の詰責《とがめ》」という言葉で明確に示すようになるのです。

しかも藤村は大正一四年に発行した『春を待ちつつ』に収めたエッセーでは、「思うに、ドストイエフスキイは憐みに終始した人であったろう。あれほど人間を憐んだ人も少なかろう。その憐みの心があの宗教観ともなり、忍苦の生涯ともなり、貧しく虐げられたものの描写ともなり、『民衆の良心』への最後の道ともなったのだろう」と記しています(8)。

この「民衆の良心」という用語に注目しながら『破戒』を読み直すとき、この長編小説が、表面的なレベルだけでなく、深い内面的なレベルでも『罪と罰』の内容を深く理解し受け継いでいることが感じられます。

さらに藤村は、父親から穢多の「血統は古《むかし》の武士の落人《おちうど》から伝《つたわ》ったもの、貧苦こそすれ、罪悪の為に穢れたような家族ではない」と教えられていた丑松が、「人種の偏執ということが無いものなら、『キシネフ』で殺される猶太人《ユダヤじん》もなかろうし、西洋で言囃《いひはや》す黄禍の説もなかろう」と感じたとも書いています。この文章からは、『夜明け前』でも重要な役割を与えられている藤村の師・栗本鋤雲にも通じるような藤村の広い視野も伝わってきます。

## 二、郡視学と校長の教育観――「忠孝」についての演説と差別

『破戒』の第二章では郡視学が二、三の町会議員とともに校長の案内で、授業を観たことが描かれています。この役職は明治二三年一〇月の「教育勅語」の渙発と同時に行われた「小学令改正」により小学校が郡視学の監督下に置かれたときに設置されたもので、藤村はここで大きく変わった小学校の教育体制について師範学校の卒業生を主人公とした『破戒』で激しい差別と教育制度との関係を深く考察しているのです。

すなわち、郡視学が授業などを視察した後で職員の監督や教案の整理、衛生法や児童教育の形式に関した件を注意したと記した藤村は「教育は則ち規則である」と考えていた校長の教育方針をこう記しているのです（二・一）。

「郡視学の命令は上官の命令であるのだ。もともと軍隊風に児童を薫陶《くんとう》したいと言うのがこの人の主義で、日々《にちにち》の挙動も生活も凡《すべ》てそれから割出してあつた。時計のように正確に――これが座右の銘でもあり、生徒に説いて聞かせる教訓でもあり、また職員一同を指揮《さしず》する時の精神でもある」。

この記述は日本の教育制度の変化をよく物語っているでしょう。たとえば、内田魯庵は明治一〇年前後の小学校における体育の授業ついて、「武技を偏重した封建の反動から肉体の鍛錬が全く閑却され、体操や運動はどこの学校でも軽視されるというより無用視されていた」と書いていました。(9)

しかし、明治一九年四月に発布された師範学校令によって師範学校と高等師範学校が設置されると、「師範学校では全寮制をとり、軍隊内務班にならって隊伍を編制し、兵式体操を重視し、生活のすべてをラッパによって規制するなど兵営生活と同じような軍隊式教育を実施」するようになりました。

それに対して夏目漱石は、師範学校令の発布から二年後の明治二一年に書いた英作文「討論――軍事教練は肉体錬成の目的に最善か？」で、「軍事教練において、われわれは、形こそ人間でも、鈍感な動物か、機械的な道具のごとく遇されるのであります。われわれは、奴隷か犬のように扱われるのであります」と厳しく批判していました。(10)

それにもかかわらず『破戒』で描かれているように日露戦争の頃になると、「軍隊風に児童を薫陶したい」と言い、「この主義で押通して来た」校長が、「功績表彰の文字を彫刻した名誉の金牌《きんぱい》を授与」されるようになっていたのです。そして、そのことを「信州教育界の名誉」と見なした町会議員たちから、何度も頼まれた校長が、郡視学とともに料亭の三浦屋で接待を受けることになったと記した藤村はこう続けています。「賢いと言はれる教育者は、いずれも町会議員なぞに結托して、位置の堅固を計るのが普通だ」（二・一）。

その後で二人きりになった際に郡視学から「吾党の中から受賞者を出したのは名誉さ。君の御喜悦《およろこび》も御察し申す」と語りかけられたと描いた藤村は、校長が「新しく赴任して来た正教員」で郡視学の甥の勝野文平を「引立てて、自分の味方に附けようとした」と説明しているのです。

その一方で校長はあと半年勤めれば年金をもらえることになる「老朽な小学教員」の風間敬之進を小学校令の施行規則をたてに厳しく退職を命じたのです。藤村は敬之進について「飲めば窮《こま》るということは知りつつ、どうしても持った病《やまい》には勝てないらしい」と書き、「あの不幸《ふしあわせ》な父親の為には、どんなにかお志保も泣いているとのことであった」と続けています（三・四）。

このような記述からは『罪と罰』のマルメラードフとソーニャとの関係が連想させられますが、それだけでなく敬之進は「我輩の家《うち》と言うのはね、もと飯山の藩士で、少年の時分から君侯の御側《おそば》に勤めて」いたが、「士族といふ士族は皆《みん》な零落して了った」と丑松に打ち明けています（四・四）。

つまり、戸籍には士族の呼称が残るなど優遇されていたように見える士族も実態は苦しく、さらに丑松の教え子の風間省吾が語っているように「飯山の藩士の娘」であった前妻との間にできた長男が戦死していたことを考えると敬之進が維新後の政治に絶望感を抱いていたのだと思えます。

それゆえ、校長と郡視学を接待するために料亭の二階で繰り広げられている宴会の歓声は、それを屋外で聞いた風間と丑松の「二人の心に一層の不愉快と寂寥《さびしさ》とを添えた」のでした。

明治六年に国の祝日とされた天長節（天皇の誕生日）の式典が描かれている第五章で藤村はまず、「猪子蓮太郎の病気が重くなった」という新聞記事を読んで丑松が深い悲しみを感じたことを記した後で、郡視学と一緒にこの飯山へ転任して来た校長にとっては、以前からいた丑松と土屋銀之助が「校長の小舅《こじうと》にあたる」と説明し、現在の教頭ともいえる地位にあった主座教員の瀬川丑松と校長の関係を次のように描いています（五・二）。

「主座教員としての丑松は反《かえ》って校長よりも男女の少年に慕われていた。丑松が『最敬礼』の一声は言うに言われぬ震動を幼いものの胸に伝えるのであった」。

宗教学者の島薗進氏は「教育勅語が発布された後は、学校での行事や集会を通じて、国家神道が国民自身の思想や生活に強く組み込まれていきました。いわば、『皇道』というものが、国民の心とからだの一部になっていったのです」と語っています。(11) 次のような描写もその実態に鋭く迫っているでしょう。

「やがて、『君が代』の歌の中に、校長は御影《みえい》（引用者註――明治天皇、皇后の肖像写真）を奉開して、それから勅語（引用者註――「教育勅語」のこと）を朗読した。万歳、万歳と人々の唱える声は雷《らい》のように響き渡る。その日校長の演説は忠孝を題に取ったもので、例の金牌《きんぱい》は胸の上に懸って、一層《ひとしお》その風采を教育者らしくして見せた。『天長節』の歌が済む、来賓を代表した高柳の挨拶もあった」。

内田魯庵は明治一〇年代には唱歌は小学児童に教えられていなかったので、「我々年代のものは君が代すら満足に歌えるものは甚だまれである」と記し、「軍歌が流行して雪の進軍が到る所に口ずさまれた」のは日清戦争からだと説明しています。(12)

この記述からは小学校の唱歌も学校行事に深く組み込まれていたことが分かりますが、注目したいのは、天長節の式典の後で校長から「忠孝」についての演説の感想を聞かれた郡視学の甥・勝野文平が、「今まで私が拝聴《うかが》った中《うち》では、先《ま》ず第一等の出来でしたろう」と答えると、校長は「実はあの演説をするために、昨夜《ゆうべ》一晩かかって準備《したく》しましたよ。忠孝という字義の解釈はどう聞えました。我輩《わがはい》の積りでは、あれでも余程頭脳《あたま》を痛めたのさ。種々《いろいろ》な字典を参考するやら、何やら――そりゃあもう、君」と続けたと描かれていることです（五・三）。

ここでは校長の「忠孝」について演説は具体的には記されていませんが、「軍隊風に児童を薫陶」したいと語っていたことに注目するならば、「教育勅語」の視点から「君死にたもうこと勿れ」を書いた与謝野晶子を「乱臣なり、賊子なり、国家の刑罰を加うべき罪人なり」と厳しく批判していた評論家の大町桂月の発言からその内容は想像できるでしょう。このころになると戦争を批判する者は「乱臣」「賊子」とののしられるようになっていたのです。

それとともに式典で政治家の高柳が「来賓を代表して挨拶した」と記されていることも、その後の筋の展開を考えると重要でしょう。選挙に立候補した高柳は壮士を雇って猪子蓮太郎に対するテロを行わせることになるのです。

一方、校長が郡視学の甥・文平を呼び止めたのは、単に演説についての感想を聞くためだけではなく、「どうかして丑松を退ける工夫は無いか、それを相談したい下心であった」と藤村は説明しています。瀬川と土屋を「異分子」と呼んだ校長は、近く土屋が農科大学の助手になるので、「瀬川君さえ居なくなって了《しま》えば、後は君、もう吾儕《われわれ》の天下さ」と続け、郡視学も同じ意見なので「瀬川君のことに就いて何か聞込むような場合でも有ったら、是非それを我輩に知らせて呉れたまへ」と文平に頼み込んでいたのです。

## 三、丑松の父と猪子蓮太郎の価値観

こうして丑松への監視が次第に強くなっていくのですが、土屋銀之助と二人で宿直の当番にあたっていた丑松は、「烏帽子《えぼし》ケ嶽《だけ》の麓《ふもと》」で牛を飼っている父が、「皺枯《しやが》れた中にも威厳のある」声で、自分を呼ぶのを聞くという不思議な体験をします（六・二）。

銀之助は「どうしてもそんなことは理窟《りくつ》に合わん。必定《きっと》神経の故《せい》だ」と諭すのですが、父親の声から「一生の戒《いましめ》」のことを思い出した丑松は、「父と先輩とのことを考へて、寝られなかった」のです。

それゆえ、丑松は夜更けてから起き出して、蓮太郎への病気見舞いの手紙を書き始めるのですが、自分も同じ穢多であることを打ち明けられなかったために、書き終わった時には「深くふかく良心《こころ》を偽《いつわ》るような気がした」のです（六・三）。

ここで初めて「良心」という単語を用いた藤村は、この後で何回かこの単語を用いて丑松の「良心の呵責」の深まりを描いています。独裁的な藩閥政府から「憲法」を獲得した時代に青春を過ごした彼は「良心」の意味を理解していたといえるでしょう。

父が死去したという電報が叔父から届いたのはその翌朝のことでした。甥の帰村を待ち受けていた叔父は、丑松に彼の父が逃げた種牛の角で突かれた傷で亡くなったことを告げるとともに、息子の立身出世を願っていた父が「戒」を「忘れるな」と伝えていただけでなく、葬式は寺でしないようにとの遺言を残していたことを知ります（七・四）。当時の習慣では「穢多は普通の墓地に葬《ほうむ》る権利が無い」とされていたために、父は軋轢が起きて息子の出自が明らかになることを死ぬ間際まで用心していたのです。

「丑松は父を畏《おそ》れたのである」と書いた藤村は丑松の父についてこう記しています。「功名を夢見る心は一生火のように燃えた人であった（……）自分が夢見ることは、どうか子孫に行わせたい。よしや日は西から出て東へ入る時があろうとも、この志ばかりは堅く執《と》って変るな。行け、戦え、身を立てよ——父の精神はそこに在った」（七・六）。

虐げられている自分と同じ被差別部落の人々のことについては無視して、自分一人の「立身出世」を目指せと命じた父親の「戒」からは、自己を絶対化したラスコーリニコフの「非凡人の理論」との類似性さえも感じられます。

その一方で丑松は、選挙で弁護士の市村を応援するために病気を押して出掛けてきた猪子蓮太郎と出会います。山道を歩きながら丑松と蓮太郎が会話を交わす場面で藤村は、蓮太郎にも「こういう山の風景に無感覚な時代があった」が、「不思議にもこの思想《かんがえ》は今度の旅行で破壊《ぶちこわ》されてしまって、始めて山というものを見る目が開《あ》いた。新しい自然は別に彼の眼前《めのまえ》に展けて来た」と書いています（八・三）。そして、信州の山脈を二人で見た時の感動をこう記しています。

「ああ、無言にして聳《そび》え立つ飛騨の山脈の姿、長久《とこしえ》に荘厳《おごそか》な自然の殿堂――見れば見る程、蓮太郎も、丑松も、高い気象を感ぜずにはいられなかったのである」。

この場面はドストエフスキーが犯行の前日にペテルブルクの郊外をさまよったラスコーリニコフについて、「とりわけ彼の興味をひいたのは草花だった。彼は他の何よりも長い時間、それに見とれていた」と書いていたことを思い起こさせます。大都市サンクト・ペテルブルクを舞台にした長編小説『罪と罰』においては自然の描写はきわめて少ないのですが、この描写はラスコーリニコフがシベリアの流刑地で「鬱蒼たる森」の意味を認識することが描かれているエピローグへと直結していると思えます。

注目したいのは、「ああ、無言にして聳《そび》え立つ飛騨の山脈の姿」という文章が、長編小説『春』

において藤村が引用している北村透谷の「人生に相渉るとは何の謂ぞ」に記された次のような文章と深く対応していることです。

「天下に極《きわ》めて無言なる者あり、山岳これなり、然れども彼は絶大の雄弁家なり、もし言の有無を以て弁の有無を争わば、すべての自然は極めて憫《あわ》れむべき唖児《あじ》なるべし。然《さ》れども常に無言にして常に雄弁なるは、自然に加うるものなきなり」（六一）。

こうして、蓮太郎と透谷との関連を示唆した藤村は、この場面の後で猪子に「僕は仲間のことを考える度に、実に情《なさけ》ないという心地《こころもち》を起さずには居られない」と打ち明けさせ、こう続けさせています。「まあ、後日新平民のなかに面白い人物でも生れて来て、ああ猪子《いのこ》といふ男はこんなものを書いたかと、見てくれるような時が有ったら、それでもう僕なぞは満足するんだねえ。むむ、その踏台さ――それが僕の生涯でもあり、又希望《のぞみ》でもあるのだから」（九・二）。

すると丑松は彼がすでに大作『現代の思潮と下層社会』を読んだだけでなく、『貧しきものの慰め』、『労働』、『平凡なる人』を「面白く味《あじわ》ったこと」を話し、「『懺悔録』の広告を見つけた時の喜悦《よろこび》」や「読み耽《ふけ》って心に深い感動を受けた」ことなどを語ったのです。ここで挙げられている猪子の著書の『貧しきものの慰め』という題名からはドストエフスキーの『貧しき人々』が連想されますが、『平凡なる人』という題名もラスコーリニコフの「非凡人の理論」を強く意識して名付けられているように感じます。

丑松の話を聞いてたいへん喜んだ蓮太郎は、「借財に借財を重ね、高利貸には責められる」ような状態だった高柳が、選挙資金を得るために大金持ちの穢多の娘と結婚したことを伝えた後で、こう厳しく批判しました（九・三）。

「階級を打破してまでも、気に入った女を貰う位の心意気が有るなら、又面白い」が、それをこそこそと隠しているのは「紳士《しんし》の面を冠《かぶ》った小人の遺方だ」。

この批判は打算的な考えから貧しい境遇のドゥーニャと結婚しようとしていた弁護士ルージンを厳しく批判したラスコーリニコフの激しい怒りにも通じると思えます。

こうして、蓮太郎の率直な批判を聞いた丑松の思いを藤村は、自分の素性を「蓮太郎にまで隠しているということは、実は丑松の**良心**が許さなかったのである」と記しているのです（太字は引用者、九・四）。

この意味で注目したいのが、『罪と罰』においてもラスコーリニコフの「良心」の葛藤が詳しく描かれていることです。裁判制度の改革に関連して創設された司法取調官のポルフィーリイは、ラスコーリニコフの「非凡人の理論」の危険性を見破って、「悪人」と見なした者を殺した「非凡人」の「良心はどうなりますか」と問い質していました。

すると「あなたには関係のないことでしょう」といらだたしげに返事をしていたラスコーリニコフも、最後は「良心を持っている人間は、誤りを悟ったら、苦しめばいい。これがその男への罰ですよ」と答えざるを得なかったのです（三・五）。

この返事に留意しながら読んでいくと本編の終わり近くには、「弱肉強食の思想」などの近代科学に影響されたラスコーリニコフの誤った「良心」理解を示唆するかのような、「良心の呵責が突然うずきだしたような具合だった」（六・一）と書かれている文章と出会うのです。そして、ラスコーリニコフは「人類滅亡の悪夢」を見た後で、ようやく自分の理論の危険性を実感することになるのです。

一方、自分の新婚の妻が穢多の出身であるという「事実」を隠蔽している高柳に対する批判を聞いた丑松は、「ああ、告白《うちあ》けるなら、今だ」と感じたのですが、そのときにも銀之助との宿直の晩と同じように、「『隠せ。』／といふ厳粛な声は、其時、心の底の方で聞え」てきました（一〇・一）。「父を畏《おそ》れ」ていた丑松には、素性は「隠せ」と命じた父親の封建的な「戒」をまだ破ることはできなかったのですが、父を殺した種牛の屠殺の場面が描かれているのはこの後のことなのです。その場面の描写はラスコーリニコフが子供の頃に父と見た「老いたやせ馬が殺される夢」との強い関連を指摘することができるでしょう。

なぜならば、研究者の芦川進一が指摘しているようにラスコーリニコフの夢でも、少年の頃の彼が馭者に向かって馬を殺すのをやめさせようとした際に、世間の人々の価値観に従おうとした父親によって止められていたからです(13)。

ラスコーリニコフは犯行後に妹のドゥーニャと話した後で「もしおれがひとりぼっちで、だれからも愛されることがなかったら、おれだってけっしてだれも愛しはしなかっただろうに！　こんなことは何もなかったろうに！」（六・七）と考えています。夫の思いを受け継いで息子が「立身出世」することを望んでいた母の願いはラスコーリニコフを強く束縛していました。

一方、種牛が屠手たちによって殺され解体されていく様子を見ながら丑松は、「世の無情を憤《いきどお》る先輩の心地《こころもち》と、世に随えと教える父の心地と――その二人の相違はどんなであろう」と考えて、「自分の行く道路《みち》に迷った」のです（一〇・四）。

しかも、屠牛場《とぎゅうば》に連れて来られた種牛は、「丁度死刑を宣告された罪人が牢獄《ひとや》の内に押籠《おしこ》められたと同じように」と描かれていますが、丑松が穢多の出身であるという情報を得た校長は、それは「死刑を宣告されるも同じだ」と語るのです。

注目したいのは、その後で猪子蓮太郎が死ぬ夢を見た細君との会話が描かれていることです（一一・一）。すなわち、細君が「そう貴方のように言ったものでも有《あり》ませんよ。未来《さき》の事を夢に見るという話は克《よ》く有ますよ。どうも私は気に成って仕様が無い」と語ると、蓮太郎は「夢なぞが宛《あて》に成るものじゃ無し」と答えていたのです。

この会話を聞きながら「まあ、あの夢という奴《やつ》は児童《こども》の世界のようなもので、時と場所の差別も無く、実に途方も無いことを眼前《めのまえ》に浮べて見せる」と考えた丑松は、「感じ易《やす》い異性の情緒《こころ》を考えつつお志保のことを思い出していました（一一・二）。

なぜならば、この記述の直前には「ともかくも普通の良い家庭に育った人が種族の違う先輩に嫁《かたづ》くまでのその二人の歴史を想像して見た」と記されているように、猪子夫人は根強い差別観を克服していたからです。猪子夫妻の結婚は丑松にもお志保との結婚の可能性を示すものだったといえるでしょう。

## 四、「鬱蒼たる森林」の謎と植物学——ラズミーヒンと土屋銀之助の働き

『罪と罰』において翻訳のアルバイトの世話をしていたばかりでなく、ラスコーリニコフが病気で倒れると金銭の工面や衣食住に関する配慮、さらに医者の世話などもしたラズミーヒンについてロシア文学者の金沢美知子は、彼が「ラスコーリニコフが知人・肉親等、様々な人物と対面する場に立ち合うこと」により、主人公の「内的営みにまで立ち入ろうと」していることを指摘しています(14)。

実際、ラズミーヒンは弁護士ルージンの新自由主義的な経済理論を激しく批判するだけでなく、「良心に照らして流血を認める」というラスコーリニコフの誤った良心理解を、「法律でもって流血を許可するより、もっと恐ろしい」と指摘していました。

しかもラズミーヒンはラスコーリニコフとドゥーニャに三人で出版業の可能性を説明していましたが(四・三)、彼の考えは若い頃にドストエフスキーも参加していた「博愛主義的なコスモポリタン」のサークルのリーダー的な存在であり、後に植物学者となるアンドレイ・ベケートフの考えも反映されていると思えます(15)。

一方、『破戒』では瀬川丑松の学友・土屋銀之助は葬儀のために故郷に戻った丑松に宛てた手紙で、校長の噂や郡視学と甥の文平の関係を厳しく批判して、「到底今日の教育界は心ある青年

の踏み留《とど》まるべきところでは無い」と記しました（一一・三）。

師範学校で学んでいた頃には丑松は歴史に関心を持っていたのに対し、植物に関心を持っていたと記されていた銀之助は、この手紙の最後で「長野の師範校に居る博物科の講師の周旋」で、「農科大学の助手として行くことに確定したから、いずれ遠からず植物研究に身を委《ゆだ》ねることが出来るであろう」とも書いていました。

『罪と罰』のエピローグではラスコーリニコフがシベリアの流刑地で「鬱蒼たる森」の意味を認識することが示唆されていることに留意するならば、この記述はきわめて重要でしょう。なぜならば、ロシアの「植物学の父」と呼ばれることになるアンドレイ・ベケートフとドストエフスキーは、青年のころからの知り合いであり、しかもドストエフスキー兄弟の雑誌のためにベケートフの妻がギャスケルの小説『メアリー・バートン』を翻訳しているように、シベリアに流刑された以降も彼らの交流は続いていたのです。

たとえばベケートフは、『罪と罰』が発表されることになる『ロシア通報』に、「ヨーロッパ・ロシアの気候」（一八五八）という論文を発表し、ドストエフスキーも一八六一年に大学改革に関連してベケートフの論文に言及しているのです。(16)

ベケートフのことは当時の日本では知られていなかったので、銀之助との比較は少し強引にも思えますが、藤村が柳田国男から遠くの異国から日本の浜に流れ着いた「椰子の実」の話を聞いて書いた詩を詩集「落梅集」（明治三四）に収録していたことや、柳田が植物学にも詳しい南方熊楠とも親しい交友があったことを考えるとそれほど無理な比較ではないと思えます。現代の生態学にも通じるベケートフの考えを少し詳しく紹介しておきます。

『ロシアの博物学者たち』の著者トーデスによれば、ベケートフは一八六五年に『ビーグル号航海記』を訳出するなどダーウィンの紹介にも努めていましたが、その一方で『種の起原』がロシアに届くよりも何ヵ月も前に「自然界の調和」(一八六〇)という論文を書いており、そこで「自然界の調和は普遍的必然性の法則の表明」であるとも主張していたのです。[17] ことに一八六四年に出版された彼の『地球とそこにすむ生物についての対話』は版を重ねて五万部近くも販売されたので、ドストエフスキーも彼の「自然界の調和」という考えをある程度知っていたと考えても間違いではないでしょう。

社会ダーウィニストたちはダーウィンの進化論を人間の社会にも応用して「強い生物が栄え、弱い生物が死滅するといった側面に全ての強調を置くことによって、勝者と敗者以外に何もない」、影絵のような単色の世界として提示しました。

一方、ベケートフはこのような理解に対し「自然界の調和」の考えを深めていきます。すなわち、彼は「破局的な戦争」をも肯定したマルサスを、彼の「愚行は危険な果実を実らせた」と厳しく弾劾するとともに、彼の「生存闘争」という用語を厳密な考察をせずに借用したダーウィンをも批判し、「生物の競合は果てることのない殺伐よりもむしろ平衡をもたらす」として、むしろ「生活競争」という概念のほうがよいと主張したのでした。[18]

このようなベケートフの考えは一見、理想主義的でいたるところで闘争が繰り返されている現実への説得力には欠けるように思えるかも知れません。しかし、自然界には厳しい競争だけでなく、蝶や鳥と草木の関係のように助け合うシステムをも作りだしています。しかも、獰猛《どうもう》といわれる狼のような種でさえ、同じ種同士では相手が負けを認める動作をさえすれば、それ以上は攻撃しないような知恵を身につけているのです。

さらに、翻訳者の垂水雄二氏はベケートフの考えが「今日の生態学のいう動的平衡にきわめて近い概念を提出して」いたとあとがきで記しています。[19] 実際、現代の科学研究は、「調和」という考えが新しい示唆に富んでいることをようやく明らかにし始めていると言えるでしょう。

つまり、社会ダーウィニズムが生み出した「弱肉強食」という思想も、微生物までも視野に入れた食物連鎖のことを想起すれば分かるように、すでに破綻した思想と思えます。ベケートフについての直接的な言及は『罪と罰』にはありませんが、ソーニャの助言に従って「大地に接吻」した後で自首をしたものの最初は、「ただ一条の太陽の光、鬱蒼《うっそう》たる森、どこともしれぬ奥まった場所に、湧きでる冷たい泉」の意味を理解できなかったラスコーリニコフの変化には、「弱肉強食の思想」を否定するベケートフの「生態学」的な見方が反映されていると思えます。

## 五、「内部の生命」——政治家・高柳と瀬川丑松

穢多の大金持ちの娘と結婚して新妻から丑松の素性を聞いた高柳は、選挙に言及しながら、猪

子とは反対に「事実」の隠蔽を丑松に迫りました。

すなわち、「どうしても此際《ここ》のところでは貴方に助けて頂かなければならない。もし私の言うことを聞いて下さらないとすれば、私は今、ここで貴方と刺しちがえて死にます」と丑松を脅したのです(一三・二)。

彼が丑松に「生存競争の社会《よのなか》に立つ」ためには、「常道を踏んではいられなくなる」とも語っていたことに留意するならば、高柳には「弱肉強食の理論」を認める社会ダーウィニズム的な思想が感じられます。

しかし、高柳から猪子蓮太郎との関係について詳しく尋ねられた丑松は、「懇意でも有《あり》ません、関係は有ません、何にも私は知りません」と否定しました。ここでは「良心」という単語は用いられていませんが、三度も否定したことは、イエスの弟子ペテロが、イエスが捕らえられたあとで、三度もイエスを知らないと否定したという「マタイによる福音書」を踏まえており、先の記述は丑松の苦悩をくっきりと浮かび上がらせているでしょう。

実際、「三度までも心を偽って、師とも頼み恩人とも思う彼の蓮太郎と自分とは、全く、赤の他人のように言消《いいけ》してしまった」ことを後に思い出した丑松は、「先生、許して下さい」と深く恥じ入ったのです(一四・四)。

しかも、丑松の苦悩が描かれているシーンの後では、猪子蓮太郎の記事が載っている新聞を読んでいる丑松のところに近づいた校長が「何を君は御読みですか」と尋ねているのです。このシーンはレストランで老婆殺しの犯罪について記事が載っているかを知ろうとして新聞を読んでいたラスコーリニコフに、ポルフィーリイの助手のような役を果たしているザメートフが「きみは新聞を読んでいるんですか？」と尋ねる『罪と罰』の緊迫感あふれるシーンを踏まえていることはたしかでしょう（一四・四）。

自分と猪子との関係の発覚を怖れた丑松が、「押入の隅のところに隠して置いた」猪子蓮太郎のすべての本を、英語の本などとともに売り払うエピソードが描かれているのは、その後なのです。このシーンからは警察の家宅捜索を怖れたラスコーリニコフが、盗んだ金品を隠しに行く場面で作者が犯人になりきったかのような迫真の心理描写で記されている個所が連想されます。

英語の本に値が付いただけで、「あの先輩が心血と精力とを注ぎ尽した」本がただ同然で古本屋に買い叩かれた後で、「こうして置きさえすれば大丈夫」と思った丑松が、高柳に語った言葉を思い出したことに注意を促した藤村は、「良心」という単語を用いながら、こう描いています。「鋭い良心の詰責《とがめ》は、身を衛《まも》る余儀なさの弁解《いいわけ》と闘って、胸には刺されるような深い深い悲痛《いたみ》を感ずる」（一六・四）。

一方、丑松から「事実」の「隠蔽」に協力することを断られた高柳は情報源について固く口止めをしながら、郡視学の甥の勝野文平に丑松の出自についての情報を伝えます。その情報を文平から知らされた校長は、それは丑松にとっては「死刑を宣告されるも同じだ」と語ります。実際、高柳がもらした丑松の素性についての情報は噂好きの町会議員などによって、現代風に言うとヘイトスピーチに当たるような差別用語を用いながら急速に広められていくのです。その過程を藤村は克明に描写しています。

すなわち、高柳と会った際に確かな筋から聞いた話だが黙っていてくれと念を押して「あの教員は君、調里《ちょうり》（穢多の異名）だって言うじゃ有ませんか」と吹聴した町会議員は、次に出会った青年には「四足《しそく》」という侮蔑語を用いて丑松を誹謗し、その話しを聞いた青年も早速、通りかかった準教員にその噂を伝えていました（一八・四）。

校長から丑松の追放を相談されていた勝野文平も、「ある処から猪子先生の書いたものを借りて来て、僕も読んで見た」が、「僕に言わせると、空想家だ、夢想家だ——まあ、一種の狂人《きちがい》だ」と嘲《あざけ》ったように言って丑松を挑発したのです（一八・四）。

これに対して丑松が猪子は自分の職業を奪い取った「その社会の為に涙を流して、満腔《まんこう》の熱情を注いだ著述をしたり、演説をしたりして」いると応じると、文平は「あんな下等人種の中から碌《ろく》なものの出よう筈が無いさ」と断言します。

すると、丑松は「金牌を胸に掛ける積りで、教育事業なぞに従事している」校長と比較しながら、「文士は」「必死を期し、原頭の露となるを覚悟して家を出《いづ》るなり」という「人生に相渉るとは何の謂ぞ」に記された文章を思わせる言葉で、猪子先生は「はじめから野末の露と消える覚悟だ。死を決して人生の戦場に上っているのだ」と蓮太郎の心意気を讃えたのです。

注目したいのは、それまでは「そんな議論を為《し》たって、つまらんじゃないか」と止めに入ろうとしていた銀之助が、「憤怒と苦痛とで紅くなった」友人の粗野で沈欝な容貌を見ながら、「久し振で若く剛《つよ》く活々とした丑松の**内部の生命**《なかのいのち》に触れるような心地《こころもち》がした」（太字は引用者）と書かかれていることです。

この用語と記述も透谷が愛山や蘇峰との論争の中で文学の意義を記した「内部生命論」を想起させるような内容であり、藤村は透谷の論文の核心をこの長編小説で分かり易く伝えようとしていたとさえ思えます。

実際、最初に登場する場面では丑松が猪子蓮太郎の著作を愛読していることを、「まあ君のは愛読を通り越して崇拝の方だ」などとからかうなど、丑松の蓮太郎に対する傾倒には距離を置いていた銀之助は、丑松の「内部の生命」を感じさせる言葉を聞いた後では「友達として、力に成るということも有ろうじゃないか」と話しかけているのです。

『破戒』においては銀之助が自分の「生態学」的な理論を展開することはありませんが、北村透谷は妻となる石坂ミナに宛てた明治二〇年の手紙で「一個の大哲学家となりて、欧洲に流行する優勝劣敗の新哲派を破砕《はさい》すべしと考えたり」と記していました。[20]そのことを考慮するならば、銀之助が「弱肉強食」を当然とするような社会ダーウィニズム的な思想の持主である高柳と対置されていることはたしかでしょう。

ロシア文学者の江川卓は、ドゥーニャの婚約者となった弁護士のルージンがラズミーヒンのことを「ラススードキン氏」と呼び間違えていることにも注意を促しています。[21]「ラススードキン」

という苗字の語源となっている「悟性《ラスースードク》」が自己の利害にも係わる一般的な判断力を意味することに留意するならばルージンの言い間違いは、彼の利己的な世界観を暗示していると言えるでしょう。それに対しラズミーヒンという通称が「理性《ラズウム》」という「悟性」を越えたより高度で総合的な判断力を示す言葉を語源にしているのです。

一方、文平との議論で校長たちの功利主義的な考えを鋭く批判した丑松は、自分が「放逐」されるよりは「死」を選ぼうとするのですが、飯山へ乗込んできた猪子の演説会が開かれることを思い出して、死ぬ前に先輩と会って「事実」を「告白」しようと考えます。

しかし、「大雪を衝《つ》いて」、市村弁護士の選挙応援に蓮太郎が来るという噂が届くと、高柳派が「有権者の訪問、推薦状の配付、さては秘密の勧誘」などをしきりに行い、高柳に雇われた壮士の一群も町へ入り込んできていました。

演説会場から戻ってくる町の人々の感想から丑松は、「不真面目な政事家が社会を過《あやま》り人道を侮辱する実例として、烈しく高柳の急所を衝《つ》いた」蓮太郎の演説が、深い感動を伝えたことを知りますが、その後で会場となった法福寺の門前で先輩が壮士に襲われて亡くなったことを知ります（二〇・二）。

東京にいる細君に蓮太郎の死を知らせる電報を打った後で、先輩の「男らしい生涯」と自分を比較して、「思えば今までの生涯は虚偽《いつわり》の生涯であつた」ことに気が付いたと書いた藤村はこう続けています。

「見れば見るほど、聞けば聞くほど、丑松は死んだ先輩に手を引かれて、新しい世界の方へ連れて行かれるような心地がした。告白――それは同じ新平民の先輩にすら躊躇《ちゅうちょ》したことで、まして社会の人に自分の素性を暴露《さらけだ》そうなぞとは、今日《こんにち》まで思いもよらなかつた思想《かんがえ》なのである。急に丑松は新しい勇気を掴《つか》んだ」（二〇・四）。

文学作品の人物体系に注目したブラウンは、「『レ・ミゼラブル』は法の過酷さと不当さに向けられた社会的批判の小説であるから、主人公の精神的復活は冒頭に置かれているのに対して、『罪と罰』は罪と良心の問題が扱われているので、主人公の精神的復活は小説の最後に置かれているのだ」と指摘していました。(22) 同じことは丑松の復活が描かれている『破戒』の結末についても当てはまるでしょう。

## 六、『罪と罰』と『破戒』の結末

「破戒――何という悲しい、壮《いさま》しい思想《かんがえ》だろう」と思った丑松は、生徒たちに自分の素性を告白し、これまで嘘をついてきたことを詫びますが、この場面をめぐっては『罪と罰』の場面ともかかわる激しい議論があります。

評論家の平野謙は、「すでに『破戒』が出版された当時、これを木下尚江的な社会小説とうけとる意見と、それに対立する意見とにひきさかれていた」と指摘し、この長編小説が「日本の軍国主義、天皇制に鋭くせまって行く」ものとした野間宏の見解に異議を唱えて、「丑松が自己告白を決意した朝、桃太郎の歌をうたう幼いものの声をきいて」思わず泣くことに注意を促して、「この流涕に天皇制や軍国主義などの入りこむ余地はない」と批判し、次のように反論しています。「底辺としての部落民、頂点としてのヒエラルキーを、丑松も作者も全然知らないのである。だからこそ、丑松は教え子の前に土下座するようなみじめなすがたでしか、その自己告白もよく遂行し得ないのだ[23]」。

さらに作家の正宗白鳥も『自然主義文学盛衰史』で、「『破戒』と『罪と罰』とは表面に似ているところがあるだけで、本質は似ても似つかぬものである」と断言し、丑松が土下座する場面とラスコーリニコフが「大地に接吻」する場面を比較してこう記しています[24]。

「丑松が、板敷の塵埃のなかに額を埋めて許しを乞うようなみじめな自己告白振は（……）ラスコルニコツフが愛人ソーニヤの言った言葉（……）を思出して、広場の真ん中に膝を突いて、土の面に頭を屈めて、歓喜と幸福を感じながら、その汚い土に接吻したというドストエフスキーの空想振りとは、読者に与える印象が著しく異っている」。

たしかに彼らが指摘しているように生徒たちに詫びる丑松の言葉は自己を卑下し過ぎているようにも感じます。しかし、社会の改革を目指していた自分の父親の狂死や先輩・北村透谷の憤死とも呼べるような自殺を体験していたばかりでなく、木下尚江や与謝野晶子に対する激しい批判を見聞きしていた島崎藤村は、とりわけ強く批判や検閲を意識していたと思われます。

さらに、このような表現は厳しい検閲を逃れるためにドストエフスキーがことに初期作品で描いた主人公たちの道化師的な身振りや言語表現と似ているようにも思われます。ドストエフスキーが主人公たちに自己を卑下したような身振りをさせる一方で、彼らの言葉をとおして帝政ロシアにおける問題点も暴いていたのと同じように、藤村も丑松のみじめな言動を描くことで、「美しいスローガン」を掲げる裏では、自分たちの利益になるような策謀をめぐらす校長たちの卑劣さを暴くとともに、「教育勅語」に基づく教育制度の危険性も示唆し得ていたと言えるでしょう。

最後に、教員・風間敬之進の前妻の娘で蓮華寺に養女に出されていたお志保の描かれ方にも注意を払いたいと思います。彼女にはソーニャのような大きな役割は与えられていませんが、丑松のことを心配して彼女の元を訪れた銀之助が「友達を助けて頂きたい」と頼むと、瞳を輝かせて「私の力に出来ますことなら、どんなことでも致します」と語り、一生添い遂げるつもりであることも、「耳の根元までも紅《あか》く」なりながら伝えていました（二二・三）。別れ際にもお志保は銀之助に丑松が熱心に読んでいた猪子蓮太郎の『懺悔録』を「貸して頂く訳にはまいりますまいか」と頼んでいたのです。

しかも、学校で宿直をしていた晩に丑松は、彼に会いに来たお志保を無理やりに連れて行こうとした郡視学の甥の勝野文平が、丑松の秘密を告げるような態度を示したのを止めようとして夢から覚めていました（一九・二）。しかし、彼女は文平から丑松の素性を知らされていたにもかかわらず、銀之助から瀬川への気持ちを尋ねられると文平と比較しながら、こう語っていました

（二二・二）。

「新平民だって何だって毅然《しっかり》した方《かた》の方《ほう》が、あんな口先ばかりの方よりは余程《よっぽど》いいじゃ御座ませんか」。

そして、彼女の身の上を聞いた蓮太郎の未亡人も「行く行くは東京へ引取って一緒に暮したい。丑松の身が極《きま》った暁《あかつき》には自分の妹にして結婚《めあわ》せるようにしたい」と語ったことも記されています（二二・五）。

出発の日にはお志保や銀之助ばかりでなく、丑松を慕っていた生徒たちも「その日の出発を聞伝《ききつた》えて」見送りにやってきたことなども記した藤村は、丑松が感じた「蘇生の思」を「海上の長旅を終って、陸《おか》に上った時の水夫の心地は、土に接吻《くちづけ》する程の可懐《なつか》しさ」と描いています（二三・二）。

井桁貞義は「土に接吻する」という表現に、ソーニャの語った「まず、あなたが汚した大地に接吻なさい」という言葉との関連を見ています。(25) ドストエフスキーは『罪と罰』を「ここにはすでに新しい物語がはじまっている」という言葉で始まる印象的な文章で結んでいましたが、この言葉は瀬川丑松を主人公とした『破戒』の最後に置かれても全く違和感はないでしょう。

# 第六章　『罪と罰』の新解釈とよみがえる「神国思想」
## ――徳富蘇峰から小林秀雄へ

### はじめに　蘇峰の戦争観と文学観

日露戦争は米国のポーツマスで講和条約が調印されましたが、勝利した側の日本でも戦争の影響はきわめて甚大で、日露戦争の戦闘死者数は日清戦争の「実に四二・四倍」に達しており、戦争の最後の時点では大本営でさえも、「これ以上、戦争がつづけば日本は破産するだろう」と考えるようになっていました[1]。

司馬遼太郎は『坂の上の雲』の奉天の会戦を描いた章で、新聞が正しい情報を知らせずに「国民を煽っているうちに、煽られた国民から逆に煽られるはめになり」、「のちには太平洋戦争にまで日本をもちこんでゆく」ことになったと当時の報道のあり方を厳しく批判しています（第七巻・「退却」）。

日露戦争の実態をほとんど知らされていなかったために、日本各地で日本政府の弱腰を責めたてる国民大会が次々に開かれ、日比谷騒動では徳富蘇峰の『国民新聞』も襲われたのです。

それゆえ、弟の蘆花が「そうなら国民に事情を知らせて諒解させれば、あんな騒ぎはなしにすんだでしょうに」と問い質すと、「非公式に桂内閣の『情報局総裁』の職務」についていた蘇峰はこう答えていたのです[2]。

「お前、そこが策戦《ママ》だよ。あのくらい騒がせておいて、平気な顔で談判するのも立派な方法じゃないか」。

一方、近代戦争としての日露戦争の悲惨さやジャーナリズムの問題に気づいた蘆花は終戦の翌年にロシアを訪れて、トルストイのもとで五日間を共にし、宗教・教育・哲学など様々な問題を論じました。本書の視点から興味深いのは、ロシアの作家のうち誰を評価するかとの蘆花の問いに対して、ドストエフスキーであると答えたトルストイが、さらに『罪と罰』についての評価を問われると、「甚佳甚佳《はなはだよし、はなはだよし》」と語っていたことです[3]。

トルストイが主人公の「良心の呵責」をとおして「殺すこと」の問題を根源的に考察していた『罪と罰』を高く評価したのは、そこに「憲法」がなく権力者の横暴が看過されていた帝政ロシアの現実に絶望した主人公たちの苦悩だけでなく、制度や文明の問題も鋭く描き出す骨太の「文学」を見ていたからでしょう。

帰国後に書いた「勝利の悲哀」で蘆花はトルストイの反戦論「悔い改めよ」を強く意識しつ

つ、日本の独立が「十何師団の陸軍と幾十万噸《トン》の海軍と云々《うんぬん》の同盟とによって維持せらるる」ならば、それは「実に慫《あわ》れなる独立」であると批判し、言葉をついで「一歩を誤らば、なんじが戦勝は即ち亡国の始とならん、しこうして世界未曾有の人種的大戦乱の原とならん」と強い危機感を表明し、「日本国民、悔改めよ」と結びました。(4)

このとき蘆花は、雑誌『平和』創刊号の「発行之辞《ことば》」において、「今や往年の拿翁《ナポレオン》なしといえども、武器の進歩日々に新《あらた》にして」いることに注意を促し、これからは「人種の戦争」がより増えて、「都市を荒野に変ずる」ようになる危険性を指摘していた北村透谷と同じような認識に到達していたと言えるでしょう。

一方蘇峰は、日露戦争後の明治四一年に松陰の叔父・玉木文之進の弟子であった乃木希典の「要請と校閲」に従って改訂版の『吉田松陰』を発行します。そこで「松陰と国体論」、「松陰と帝国主義」、「松陰と武士道」などの章を書き加えた蘇峰は、松陰を「国権的な思想家」と捉え直したのです。(5)

そして第一次世界大戦中に発行した『大正の青年と帝国の前途』において蘇峰は、「白閥を打破し、黄種を興起」することが「我が日本帝国の使命にして、大和民族の天職」であると強調して、「世界的大戦争」への覚悟を求めるようになります。(6)

しかも、「人生相渉論争」で透谷を批判して明治の『文学界』の同人たちを「高踏派」と揶揄し、北村透谷の自殺を非難していた蘇峰は、ここで「蟻や蜂の世界には、彼の非国家文学なき

を、むしろ幸福として、羨《うらや》まずんばあらず」とも書いていたのです。(7)

本書の視点から注目したいのは、治安維持法が強化された暗く不安な昭和初期に批評家としてデビューし、ドストエフスキーの『罪と罰についてI』などの評論を書くことになる文芸評論家・小林秀雄が、日本文学報国会を設立してみずから会長に就任することになる蘇峰の歴史観や論争の手法を受け継いでいると思えることです。

それゆえ、本章では最初に夏目漱石と森鷗外の文学観と蘇峰の思想を対比することにします。その後で小林秀雄の『罪と罰』論と彼の『破戒』論や『夜明け前』論、さらには書評『我が闘争』の問題を明らかにします。そのことにより、「憲法」をめぐる「天皇機関説」事件によって「立憲主義」が崩壊する頃に、なぜ小林秀雄が『レ・ミゼラブル』の影響を排除して『罪と罰』を考察したかを明らかにすることができるでしょう。

最後に島崎藤村の文学観と堀田善衞の『若き日の詩人たちの肖像』をとおして、「神国思想」の危険性と危機の時代における文学の意義を確認することにします。

## 一、漱石と鷗外の文学観と蘇峰の歴史観――『大正の青年と帝国の前途』

島崎藤村の『春』の後で『東京朝日新聞』に連載された『三四郎』の第一一章で夏目漱石は自分と同世代の広田先生に、「憲法発布は明治二十二年だったね。その時森文部大臣が殺された。君は覚えていまい」と語らせていました。

そのことは序章で見ましたが、冒頭の汽車のシーンで日露戦争に勝ったことで、「これからは日本も段々発展するでしょう」という三四郎の言葉を否定した広田先生に、「いくら日露戦争に勝って、一等国になっても駄目ですね」と語らせ、「然しこれからは日本も段々発展するでしょう」と反論した学生の三四郎にたいして「亡びるね」と断言させていたのです[8]。

しかも夏目漱石は、『三四郎』で広田先生の言葉を描く前に、一人息子を日露戦争で失った老人の「一体戦争は何のためにするものだか解らない。後で景気でも好くなればだが、大事な子は殺される、物価は高くなる。こんな馬鹿気たものはない」という嘆きを描いていました。

「明治の日本というものの文明論的な本質を、これほど鋭くおもしろく描いた小説はない」と『三四郎』を高く評価した司馬は、「爺さんの議論は、漱石その人の感想でもあったのだろう」と書き、日本が「外債返しに四苦八苦していた」ために、「製艦費ということで、官吏は月給の一割を天引きされて」いたことに注意を向けています[9]。

そして広田の言葉を受けて、この「予言が、わずか三十八年後の昭和二十年（一九四五）に的中する」と書き、日露戦争に「勝ったあとに、日本がおかしくなった」ことを指摘して、「日本では軍部が擡頭し、やがて軍を中心に、アジア侵略によって恐慌から脱出する道をとり、破滅にむかう」と続けているのです。

なお、すでに前著でふれたのでここでは詳しい説明は省きますが[10]、このような漱石の戦争についての深い認識は、従軍記者となってすぐに日清戦争後の異国の風景を詩人の目で見て、「歌は事実をよまなければならない」と主張するようになる盟友・正岡子規とも一致していたと思われます。

漱石は「亡びるね」という広田の激しい言葉に驚いた三四郎が、最初は「熊本でこんなことを口に出せば、すぐ擲《な》ぐられる。わるくすると国賊取扱にされる」と思ったと続けていました。しかし、「囚《とら》われちゃ駄目だ。いくら日本のためを思っても贔屓《ひいき》の引倒しになるばかりだ」という広田の言葉を聞いたときに、三四郎は「真実に熊本を出たような心持ちがした。同時に熊本にいた時の自分は非常に卑怯であったと悟った」と書いています。

漱石が熊本の高等学校教授を務めていたことや、彼が後に民権論者の前田案山子の小天《おあま》温泉の別邸を舞台とした小説『草枕』を書いたことを考慮するならば、漱石がその別邸でルソーの講義をしていた中江兆民や徳富蘇峰のことを強く意識しながら、熊本出身の三四郎を主人公とすることの小説を書いていたことは十分にありえるだろうと思います。

森鷗外の長編小説『青年』（明治四三年三月〜四四年八月）が夏目漱石の『三四郎』に触発されて書かれていることはよく知られていますが、ここで鷗外は漱石をモデルにした平田拊石にこう語らせていました。(11)

「なんでも日本へ持って来ると小さくなる。ニイチェも小さくなる。トルストイも小さくなる。（……）何も山鹿素行や、四十七士や、水戸浪士を地下に起して、その小さくなったイプセンやトルストイに対抗させるには及ばないのです」。

この講演の個所が明治四三年の六月一日発行の『スバル』に掲載されていることを指摘した須田清代次は、このようなエピソードを書き込む鷗外の「同時代を見る作家としての目の確かさには注目しておいていい」と書いています[12]。

この年の四月にはトルストイの影響が強い雑誌『白樺』が学習院高等学科出身の武者小路実篤や志賀直哉などによって創刊されたのですが、その翌月に大逆事件が起きていたのです。

この意味で注目したいのは、比較文学者の平川祐弘が「鷗外には乃木将軍の教育方針に批判的である面が無論ある」とし、学習院で教えていた乃木が「白樺派に代表されるような若い世代が、外国思想にかぶれて忠君の念を失うことを嘆き、山鹿素行の著書を対抗的に引き出そうとする」のを間接的に批判していたと説明しています[13]。

ここで軍学者の山鹿素行という名前が出てくる理由を司馬遼太郎は、乃木希典の思想を考察した『殉死』において分かり易くこう説明しています[14]。「極端な国粋主義者」となった山鹿素行が、「日本は神国なるがゆえに尊し」という感動をもって書いたのが、『中朝事実』でした。この書を師の玉木文之進から「聖典」のごとくに習っていた乃木希典は、ドイツ留学から戻った後でこれを読みなおすことで、「ついにはその教徒のごとくになった」。

一方、「大逆事件」では数百人の社会主義者・無政府主義者が逮捕されて二六人が明治天皇暗殺計画容疑として起訴され、翌年の一月には幸徳秋水など一二名の処刑が行われ、発禁処分となった幸徳秋水の著作は「大東亜戦争」が終わるまでは読むことが困難な状況となり、『火の柱』

などの社会主義的な傾向を持つ書物も発売禁止とされました。

森鷗外は小説『沈黙の塔』において、大逆事件の後では処刑された人達の略伝とともに、社会主義関係の文書だけではなく、トルストイやイプセン、バーナード・ショーなどの本とともにドストエフスキーの『罪と罰』も「危険なる洋書」として挙げられたと書いています。そして鷗外はここで「どこの国、いつの世でも、新しい道を歩いて行く人の背後には、必ず**反動者の群**がいて隙を窺っている。そして或る機会に起って迫害を加える」（太字は引用者）と続けていました。[15]この「反動者の群」という用語からは、徳富蘇峰の『国民之友』に掲載された評論家・山路愛山の史論を「今や愛山生は反動を載せて走らんとす」と激しく批判していた透谷の洞察力が浮かび上がってきます。

大逆事件の頃は修善寺で大病を患っていた夏目漱石は、このとき言論の自由、裁判制度の改革などを求めて捕らえられ、「刑壇の上に」立たされて死刑の瞬間を待つドストエフスキーの「姿を根気よく描き去り描き来ってやまなかった」と記して、「立憲主義」が失われることへの強い危惧の念を記していました。[16]

この事件に対して最も激しい怒りを表明したのが、徳富蘇峰の弟の蘆花でした。幸徳秋水たちが非公開裁判ですぐさま死刑に処せられたことを知ると第一高等学校において「謀叛論」の講演を行った蘆花は、「新思想を導いた蘭学者」や「勤王攘夷の志士」は、みな「時の権力から言えば謀叛人であった」ことに注意を促しました。[17]そして、「もし政府が神経質で依怙地《えこぢ》になって社会主義者を堰《せ》かなかったならば、今度の事件も無かったであろう」と激しく糾弾しました。

しかし、明治四五年に美濃部達吉の『憲法講話』が公刊された際には、蘇峰は『国民新聞』に「美濃部説は全教育家を誤らせるもの」で「帝国の国体と相容れざるもの多々なり」とした記事だけでなく、その説が「遂に国家を破壊せざれば、已まざるなり」と決めつけて職を去ることを求める社説も掲載したのです(18)。

さらに、第一次世界大戦中の大正五年に公刊した『大正の青年と帝国の前途』で「教育勅語」を「国体教育主義を経典化した」ものと規定した蘇峰は、大正の青年に見られる精神のたるみは「全国皆兵の精神」が、「我が大正の青年に徹底」していないためだとし、「尚武の気象を長養するには、各学校を通して、兵式操練も必要なり」とし、「必要なるは、学校をして兵営の気分を帯ばしめ、兵営をして学校の情趣を兼ねしむる事なり」と記したのです(19)。

そして、「忠君愛国は、宗教以上の宗教也、哲学以上の哲学也」とした蘇峰は、やむを得ない場合は「兵器を以て、人間の臆病を補わんよりも、人間の勇気を以て、兵器の不足に打克つ覚悟を専一と信ずる」と記し、集団のためには自分の生命をもかえりみない白蟻の勇敢さを讃えて、「我が旅順の攻撃も、蟻群の此の振舞に対しては、顔色なきが如し」と記していたのです(20)。

『破戒』では校長が「軍隊風に児童を薫陶」したいと語っていたと描かれていましたが、「日本魂」を「忠君愛国の精神」と定義した蘇峰は、青年に「白蟻」となることを求めるようになっていたのです。

こうして、神話的な歴史観で「皇軍無敵」や「神国不滅」を唱えるとともに「鬼畜米英」のスローガンを掲げて無謀な戦争へと突入した日本は、兵士に「白蟻」になることを強要した徳富蘇峰の道徳観の影響もあり、日本人だけに絞っても兵士だけでなく国民も多数亡くなるような悲惨な結果を招いたのです。

しかし、「英雄」の「事業」を讃美した徳富蘇峰の歴史認識は戦後も受け継がれ、ことに平成八年に司馬遼太郎が亡くなった後で起きた平成の「史観」論争では、再び脚光を浴びるようになりました。

たとえば、「新しい歴史教科書をつくる会」理事の坂本多加雄は『大正の青年と帝国の前途』で明治末期の「『英雄』観念の退潮」を指摘していた蘇峰を「巧みな『物語』制作者」であるとし、「そうした『物語』によって提示される『事実』が、今日なお、われわれに様々なことを語りかけてくる」としてこの書の意義を強調していました[21]。

蘇峰がこの書で明治元勲たちを「無差別的な欧化主義を宣伝」したとし、それを「自屈的外交」と呼んだことも、「日本会議」系の論客たちが客観的な歴史認識を「自虐史観」と蘇峰的な用語で呼んで非難することにつながっていると思われます[22]。

問題は『夜明け前』の連載が開始された昭和四年に『様々なる意匠』でデビューした文芸評論家の小林秀雄が、このような「日本会議」系の論客たちに先駆けて蘇峰の英雄観や論争の手法を受け継いでおり、しかも読み手の主観を強調した彼の批評方法が蘇峰の再評価にも大きく寄与していたと思えることです。

## 二、小林秀雄の『破戒』論と『罪と罰』論――「排除」という手法

上海事変が勃発して満州国が成立した昭和七年の「現代文学の不安」で小林秀雄は、「ぼんやりした不安」を記して自殺した芥川龍之介について、「この絶望した詩人たちの最も傷ましい典型は芥川龍之介であった。多くの批評家が、芥川氏を近代知識人の宿命を体現した人物として論じている。私は誤りであると思う」と書き、芥川を「人間一人描き得なかつたエッセイスト」と断定していました。

その一方で小林はドストエフスキーについては「だが今、こん度こそは本当に彼を理解しなければならぬ時が来たらしい」と記し、その理由を『憑かれた人々』は私達を取り巻いている。少くとも群小性格破産者の行列は、作家の頭から出て往来を歩いている。ここに小説典型を発見するのが今日新作家の一つの義務である」と説明していました。[23]

この文章を読んだときには、芥川がドストエフスキーの宣伝の出汁《だし》に使われていると感じるとともに、なぜ小林がこれほどひどく芥川を侮辱しているのかが不思議でした。しかし、昭和一六年に書かれた評論「歴史と文学」で小林が芥川の『将軍』について「これも、やはり大正十年頃発表され、当時なかなか評判を呼んだ作で、僕は、学生時代に読んで、大変面白かった記憶がありります」と書いている文章に出会いました。[24] つまり、青年時代にこの小説を読んだときに小林は

この作品を評価していたのです。

では、芥川への評価が激変した理由はなぜでしょうか。その理由もその結論部分で、「僕は、日本人の書いた歴史のうちで、『神皇正統記』が一番立派な歴史だと思っています」と強調したこの評論の構造が示唆しています。すなわち、この評論の第一節で「史観」という単語を用いながら歴史について考察した小林は、蘇峰と同じように歴史教育の重要性を説き、建武の中興や明治維新のような「歴史の急所に、はっきり重点を定めて」そこをできるだけ詳しく教えるべきだと書いていました。

そして第二節で徳富蘇峰による訳書推薦の序文が掲載されていた日露戦争の際の従軍記者ウォッシュバンの『ＮＯＧＩ』の邦訳『乃木大将と日本人』の邦訳について「思い出話でまとまった伝記ではないのですが、乃木将軍という人間の面目は躍如と描かれているという風に僕は感じました」と書いた小林は、こう称賛していたのです。

「乃木将軍という異常な精神力を持った人間が演じねばならなかった異常な悲劇というものを洞察し、この洞察の上にたって凡ての事柄を見ている」。

その後でこの伝記と比較しながら小林は芥川の『将軍』について、「今度、ついでにそれを読み返してみたのだが、何んの興味も起こらなかった」と書き、「ポンチ絵染みた文学青年」が乃木将軍を批判した言葉を紹介した後で、「作者にしてみれば、これはまあ辛辣な皮肉とでもいう積りなのでありましょう」と揶揄していたのです。

小林は「どうして二十年前の自分には、こういうものが面白く思われたのか、僕は、そんな事を、あれこれと考えました」とも書いていますが、「あれこれと」考える必要もなくその理由は明らかでしょう。

明治三五年生まれの小林は二〇年前にはまだ青年で徴兵されて戦場へと派兵される危険性がありました。しかし、この評論を書いた翌年に大東亜文学者会議評議員に選出され、青年たちを戦場へと送り出す役割を担うことになる小林にはすでにそのような危険性は無くなっていたのです。

少し先を急ぎましたが注目したいのは、美濃部達吉が天皇主権論者たちから激しい攻撃を受けて辞職して「立憲主義」が崩壊した昭和一〇年に小林秀雄が「私小説論」で島崎藤村の『破戒』にも言及していたことです。

ここでジイドやプルーストなどに言及しながら「作者等の頭には個人と自然や社会との確然たる対決が存したのである」と強調した小林は、「鷗外と漱石とは、私小説運動と運命をともにしなかった。彼等の抜群の教養は、恐らくわが国の自然主義小説の不具を洞察していたのである」と書きました。

その後で日本の自然主義作家における「充分に社会化した『私』」の欠如を指摘した小林は、「社会との烈しい対決なしで事をすませた文学者の、自足した藤村の『破戒』における革命も、秋声の『あらくれ』における爛熟も、主観的にはどのようなものだったにせよ、技法上の革命であり爛熟であったと形容するのが正しいのだ」と書いたのです[25]。

ごく短い批評なので完全に趣旨を把握することは難しいのですが、この記述から判断するならば『破戒』にも「技法上の革命」は見られるが、「自然や社会との確然たる対決」を避けた軟弱な作品であると断定しているように見えます。

後に見るように『夜明け前』については比較的長い批評を書いている小林が、『罪と罰』を深く研究して書かれたと思われる『破戒』に対してはこのように冷淡で批判的な書評しか書いていないのはなぜでしょうか。

その理由は「私小説論」の前年に書かれた「『罪と罰』についてⅠ」にあるようです。ドストエフスキー研究者・新谷敬三郎は、文学作品を正確に論じるためには登場人物や筋を正確に伝えることが必要であると指摘していましたが、「告白」を重視した小林秀雄の『罪と罰』論では、主人公の自意識の問題や苦悩は浮き彫りにされるのですが、主人公と他の登場人物との関係がほとんど考察されていないのです。

つまり、『破戒』についての詳しい評論を書くことが、自分の『罪と罰』論の問題点を暴露することになることを、小林はよく理解していたのだと思えます。ドストエフスキーが『罪と罰』を書くうえでも重視したと思えるユゴーの『レ・ミゼラブル』についての考察が、「『罪と罰』についてⅠ」において全くなされていないのも同じ理由からでしょう。

実は、昭和五年に彼が訳したランボーの『地獄の季節』でも、この詩で重要な役割を演じている「徒刑囚」の語と、ランボーが少年時代に熱狂した『レ・ミゼラブル』の元徒刑囚ジャン・ヴァルジャンとの関連が全く排除されていたのです

『怪帝ナポレオン三世――第二帝政全史』の著書もある文芸評論家・鹿島茂は、このことを篠沢秀夫訳の『地獄の季節』との詳しい比較と考察をとおして明らかにしています[26]。そして、小林が「ランボーを誤訳する前に誤読し、いわば、ランボーの翻訳というかたちを借りて『創作』を行った」ことを指摘した鹿島は、「この意味で、「他人を借りて自己を語る」という小林秀雄の批評態度はすでにランボーの段階から『確立』されていたことになる」と続けていました。

それは小林の『罪と罰』論にも当てはまるでしょう。小林は、『レ・ミゼラブル』と『罪と罰』との関係だけでなく、『罪と罰』の中心的なテーマである「良心」の問題などは無視して、「罪の意識も罰の意識も遂に彼には現れぬ」とし、エピローグは「半分は読者の為に書かれた」と解釈していたのです[27]。

確かに、自首の決意をした後もラスコーリニコフは、「兄さんは、血を流したんじゃない！」と語った妹のドゥーニャに対して、「殺してやれば四十もの罪障がつぐなわれるような、貧乏人の生き血をすっていた婆ァを殺したことが、それが罪なのかい？」と問い、さらに自分が犯した殺人と比較しながら、「なぜ爆弾や、包囲攻撃で人を殺すほうがより高級な形式なんだい」と反駁もしていました（六・七）。

これらの言葉からも知られるように、ラスコーリニコフは自首の直前にはまだ犯行を悔いては

おらず、エピローグにはラスコーリニコフが「きびしく自分を裁きはしたが、彼の激した良心は、だれにでもありがちなただの失敗以外、自分の過去にとりたてて恐ろしい罪をひとつとして見出さなかった」と書かれ、さらに「おれの良心は安らかだ」という彼の独り言も記されているのです。

これらの記述のみを重視するならば、「非凡人」は暴力的な言動を行っても、それを「自分の良心に許す権利」を持っていると主張していたラスコーリニコフは、最後まで自分の考えを変えなかったことになります。

しかし、ドストエフスキーはエピローグで、「ただ一条の太陽の光、鬱蒼《うっそう》たる森、どこともしれぬ奥まった場所に、湧きでる冷たい泉が」、なぜ囚人たちにとってそれほど重要な意味を持つのかがラスコーリニコフには分からなかったと記しています（エピローグ・二）。

シベリアの流刑地でのラスコーリニコフの生活については詳しくは記されていませんが、犯行の前日にペテルブルクの郊外をさまよったラスコーリニコフについて、「とりわけ彼の興味をひいたのは草花だった。彼は他の何よりも長い時間、それに見とれていた」と書かれていたことを思い起こすならば、彼が「鬱蒼たる森」の謎について考え続けたと思えます。

しかも、厳しい検閲を意識しながら『死の家の記録』で監獄の異常な状態だけでなく、彼自身が演出家としてかかわり降誕祭の時期に行われた芝居における民衆の才能について詳しく描写していたドストエフスキーは、「病院」の章では「囚人」を支配できる「刑吏」の心理を分析して、

「血と権力は人を酔わせる」と書いていたのです[28]。

ラスコーリニコフが「人類滅亡の悪夢」を見たのは「大斎期と復活祭の一週間」を監獄の病院で入院していた時だったのです。夢の中で彼は「知力と意志を授けられた」「旋毛虫」に冒されて自分だけが真理を知っていると思いこんだ人々が互いに自分の真理を主張して「憎悪にかられて」、互いに殺し合いを始め、ついには地球上に数名の者しか残らなかったという光景を見るのです（エピローグ・二）。

それは、感覚的・身体的なレベルでの殺人への嫌悪感を現していた「やせ馬が殺される夢」や、法律を悪用することも厭わなかった弁護士のルージンや、司法取締官のポルフィーリイとの激しい論争を反映していた「殺した老婆が笑っている夢」など、彼の「良心」論の問題点を示唆していた夢の深まりと言えるでしょう。

しかも、ドストエフスキーはポルフィーリイに「あの婆さんを殺しただけですんで、まだよかったですよ。もし別の理論を考えついておられたら、幾億倍も醜悪なことをしておられたかもしれないんだし」と語らせていたのです（六・二）。

さらに、自分の欲望を満足させるような行動を可能とする独自の「良心」論を語っていたスヴィドリガイロフにもドストエフスキーは、自殺の前に醜悪な夢を見させていました。

それらのことにも注意を払うならば、ラスコーリニコフが見た「人類滅亡の悪夢」が、彼の「良心」論の破綻を視覚的な形で示していたことは明白でしょう。

この夢の後で自分の犯した間違いに気づいたラスコーリニコフは、「復活」の朝を迎えることになるのです。つまり、「罪の意識も罰の意識も遂に彼には現れぬ」という小林秀雄の新解釈は、ドストエフスキーが『罪と罰』で精緻に展開した「良心」に関する記述や対話を無視した結果だったのです。

## 三、小林秀雄の『夜明け前』論とよみがえる「神国思想」

自分の主張に合わないテキストの記述は無視して、作者の意図には反しても自分の心情に沿った形で解釈するという文学論の手法の問題点は、小林秀雄の『夜明け前』論を考察することによっていっそう明確になります。

昭和四年から断続的に連載されて昭和一〇年一〇月に完結した島崎藤村の長編小説『夜明け前』については、古代の日本を美化して「古代復古」を讃美する視点から捉えた解釈と、現代的な視点から主人公と社会との関係の描写に注目して読む二種類の読みが発表当初からありました。

それゆえ、ここではまず長編小説が完結した翌年の五月に村山知義、島木健作、舟橋聖一、阿部知二、林房雄、小林秀雄、河上徹太郎、武田麟太郎などが参加して行われた昭和の『文学界』の合評会における林房雄と小林秀雄の解釈を考察し、その後で後者の『夜明け前』論を考察することにします。(29)

合評会で舟橋は「藤村の自然主義的古神道」は、「本居宣長たちの古神道とちがう」と興味深い発言をしていますが、林房雄は武士が政権を握った「中世以来は濁って来ている」と考えた平田篤胤が亡くなった後に門人となった主人公の青山半蔵と島崎藤村の思想を同一視しながら、「国学者を仮りて現われている藤村の社会認識ともいうべきものは中世《なかつよ》の否定だ」と発言し、こう続けていました。

「明治維新によって『新しき古』がひらけると思ったらひらけなかった。『新しき古』への憧れは現代まで持ち越されている。そこに藤村の美しく強い日本的ユートピズムがある」。

この林房雄の発言からは「昭和維新」への強い憧れが感じられますが[30]、政治学者の中島岳志は「幕末期になると、古代日本のあり方に立ち戻れば日本はうまくいくはずだというユートピア主義」は「封建社会への反発」もあり広まっていっただけでなく、それが同時に「右翼思想の源泉になっていった」と指摘しています[31]。

一方、合評会では沈黙していた小林秀雄も合評会の「後記」では、『夜明け前』第一部の第九章から第一一章で描かれている「天狗党の乱」について「最も印象に残ったところは、武田耕雲斎一党が和田峠で戦って越前で処刑されるまで、あそこの筆力にはただ感服の他はなかった」と書いていました。

実際、中山道の宿場も巻き込まれた「天狗党の乱」の顛末を馬籠宿の庄屋であり、国学者でもあった青山半蔵の視点から描いた「文章の力」はきわめて強く説得力があります。

たとえば、藤村は生き残った水戸浪士のうち「三百五十三名が前後五日にわたって敦賀郡松原村の刑場で斬られた。耕雲斎ら四人の首級は首桶に納められ、塩詰めとされたが、その他のものは三間四方の五つの土穴の中へ投げ込まれ」、幼い遺児も殺されるという厳しい処分を受けたことを知って、「こんな罪もない幼いものまで極刑を加えるなんて、あさましくなる」と天狗党に一夜の宿を提供していた半歳が言ったと描いているのです（一一・三）。

それゆえ、この事件を強調した小林は『夜明け前』では「成る程全編を通じて平田篤胤の思想が強く支配しているという事は言える」とし、「この小説に思想を見るというよりも、僕は寧ろ気質を見ると言いたい」と記し、主人公と作品に存在する人物体系や構造に対する分析を行わずに「日本人の血」を強調しながらこう続けていたのです。

「個性とか性格とかいう近代小説家が戦って来た、また藤村も戦って来たもののもっと奥に、作者が発見し、確信した日本人の血というものが、この小説を支配している」。

少し先回りすることになりますが、このような小林の論に感化された「日本会議」系の論客・新保祐司は、小林秀雄の「モオツァルト」にも言及しながら、二〇一八年が「明治維新」一五〇年になることにも言及して、皇紀二六〇〇年の奉祝曲として作られたカンタータ（交声曲）「海道東征」を賛美するとともに、『夜明け前』について記した小林の次のような言葉を紹介しています[32]。

「この小説の持つ静かな味わいは、到底翻訳できぬものである。これを書いたものは日本人だという、ある絶対的な性格がこの小説にはある」。

しかし、この長編小説を書いた島崎藤村は昭和五年に『破戒』をロシア語に翻訳したフェーリドマンに宛てた直筆の手紙で、翻訳の労に深く感謝しつつこう書いていました[33]。

「言語の性質と、その組織の相異から言っても、私達の文学が外国に紹介されることは、従来望みがたいことのように思われていました。しかし、この孤立は私達に取って、決して好ましいことではありません」。

日本語と日本文学の絶対化を否定する姿勢を示していた藤村のこの手紙は、小林秀雄の情緒的な解釈を厳しく否定していると言えるでしょう。

このことは小林秀雄が、『夜明け前』論でも『罪と罰』論と同じように、この長編小説の人物体系や構造を分析することなく、自分の心情に引き寄せて彼が共感した主人公の心理と行動に焦点をあてて解釈していたことをも物語っているでしょう。

実際、小林秀雄は「超人主義の破滅」や「キリスト教的愛への復帰」などの当時の一般的なラスコーリニコフ解釈では『罪と罰』には「謎」が残ると記しました。しかし、そのような彼の論拠を根底から覆すような、ラスコーリニコフの「非凡人の理論」の問題点を深く認識する上でも重要な司法取締官のポルフィーリイとの三回にわたる激しい論争の考察は省いていたのです。

『夜明け前』論でも同じように、小林は半蔵の考えを鋭く批判していた寿平次や強く半蔵を突き動かした二度にわたる「山林事件」には言及していません。

それゆえ、研究者の相馬正一は小林秀雄とは反対に、藤村が「この天狗党の乱を（賊徒）の反乱としてではなく、体制変革の信念を貫いた思想集団の義挙として好意的に描いている」のは、当時、「自ら改悪した治安維持法を濫用した」田中義一内閣によって、「藤村の周辺でも進歩的な学者、思想家、芸術家が次々に検挙投獄され、特高から（国賊）呼ばわりされて拷問を受けていた」からではないかと推測しています[34]。

研究者の太田哲男も藤村が第一部を書き終えた後で「今満洲事変の空気の中でこれを書き終ったところである」と記していたことを紹介した評論家・勝本清一郎が、「あの空気の中でもすでにこの作者は、その遠くを見る清澄な眼でかかる深い警告を考えていた訳である」と記していたことに注目しています[35]。

『夜明け前』の第一部を論じた評論家の青野季吉も、「作者をこういう過去の再認識へと追いやったものが何であるかは、むしろくどいほどに第一部で繰返し表現されている。それは現在の社会の動揺であり、胸を打つような変移の相であり、『内にも外にも』ある嵐の圧力であるのだ」と書いていました[36]。

そして、「『夜明け前』の第一部を読み味った何人も、その全体の感銘があたかも現在を材料にした世界のように受取れるのに驚くであろう」と青野は続けていました。この言葉を引用した太田は、「青野のいう『現在』がまた二一世紀の『現在』であるかのようにもみえてしまう」と記しています[37]。

日本がますます国際社会から隔絶していくことを危惧した島崎藤村は、この長編小説を書き終えたあとで、ロンドンの国際ペンクラブからの要請を受けて文学者たちが設立した「言論の自由を守る」日本ペン倶楽部の会長に就任したのです。(38)

さらに、「戦陣訓」が示達されたのと同じ時期に藤村は随想「回顧」で、「善悪二元論で割り切る世界観を否定し、とかく物ごとを対立的に考えたがる日本人の性急な気質を戒め」、朝日新聞に寄稿した年頭所感では、「大政翼賛会に煽《あお》られて戦時新体制へとなだれ込む時代風潮に警鐘」を鳴らしていました。(39)

亡くなる直前の昭和一八年には、『夜明け前』で描いた喜多村瑞賢のモデルで師の『栗本鋤雲遺稿』に長い序文を寄せて、「維新政府に招かれても固辞し、在野の言論人として国家権力を批判し続けて生きた鋤雲の実証的な評論の復刊を歓迎して」いたのです。

しかし、昭和一〇年の「天皇機関説」事件によって「立憲主義」が崩壊した後の昭和一二年に教学局から出版された『我が風土・國民性と文學』と題する小冊子では、「敬神・忠君・愛国の三精神が一になっていることは」、「日本の国体の精華であって、万国に類例が無いのである」と強調されるようになります。(40)

それはすでに見たように「ロシアにだけ属する原理を見いだすことが必要」と考えたニコライ一世の考えに従って一八三三年に出され、「正教・専制・国民性」の「三位一体」を強調していた「ウヴァーロフの通達」と酷似しているのです。そのことを考えるならば、このとき日本は帝政ロシア的な国家になったといわねばならないでしょう。

『夜明け前』の完結から五年後の皇紀二千六百年を祝った昭和一五年には、「内務省神社局」が「同省の外局神祇院」に昇格して、「神祇官の神祇省への格下げ後じつに七〇年ぶりの失地回復」を成し遂げ、「国家神道」は「名実ともに絶頂期を現出」しました。[41]

そのような状況で「教育勅語」は絶対化されて職員室や校長室に設けられた奉安所は、社や神殿のような荘厳な奉安殿となり、夏目漱石が厳しく批判した軍事教練も強化されて学生たちは配属将校のもとで敵を殺すための銃剣道などの訓練を繰り返させられるようになります。

宗教学者の島薗進が指摘しているように、「全体主義は昭和に突如として生まれたわけではなく、明治初期に構想された祭政教一致の国家を実現していく結果としてあらわれたものです。つまり、明治維新の国家デザインの延長上に生まれたもの」だったのです。[42]

こうして、司馬が『竜馬がゆく』で幕末と昭和初期との連続性に注意を促した次のような事態が生じました。

「(幕末の)神国思想は、明治になってからもなお脈々と生きつづけて熊本で神風連の騒ぎをおこし、国定教科書の史観となり、(……)その狂信的な流れは昭和になって、昭和維新を信ずる妄想グループにひきつがれ、ついに大東亜戦争をひきおこして、国を惨憺《さんたん》たる荒廃におとし入れた」。

## 四、書評『我が闘争』と『罪と罰』――「支配と服従」の考察

少し先を急ぎましたが、戦前から戦後への流れを考えるうえで重要なのは、昭和三五年に「ヒットラーと悪魔」を発表して『悪霊』にも言及することになる小林秀雄が、昭和一五年に書いた『我が闘争』の書評で、「抄訳であるから、合点の行かぬ箇所も多かったが、非常に面白かった」とし、ヒトラーの「方法」をこう賛美していたことです[43]。

「これは全く読者の先入観など許さぬ本だ。ヒットラー自身その事を書中で強調している。先入観によって、自己の関心事の凡てを検討するのを破滅の方法とさえ呼んでいる。／そして面白い事を言っている。そういう方法は、自己の教養に客観的に矛盾する凡てのものを主観的に考えるという能力を皆んな殺して了うからだと言うのである。彼はそう信じ、そう実行する。（……）これは**天才の方法**である。僕は、この驚くべき独断の書を二十頁ほど読んで、もう**天才のペン**を感じた。／僕には、ナチズムというものが、はっきり解った気がした。それは組織とか制度とかいう様なものではないのだ。寧ろ燃え上る欲望なのである。（……）ヒットラーといふ男の方法は、他人の模倣なぞ全く許さない」（太字は引用者）。

そして、『文学界』の一〇月号に掲載された作家・林房雄などとの鼎談「英雄を語る」では、ナポレオンを「英雄」としたばかりでなく、ヒトラーも「小英雄」と呼んで、「暴力の無い所に英雄は無いよ」と続けていました[44]。

一方、小林秀雄がランボーを「人生斫断家《しゃくだんか》」と定義していたことに注目した鹿島茂は、「斫断」というのは辞書にはないので「同じ意味の漢字を並べて意味を強調する」ための造語で、「いきなりぶった切る」という意味を出したかったのではないかと記しています。

そして鹿島は、「昭和維新」を熱心に論じあい、「斎藤実や高橋是清を惨殺した二・二六の将校」と、小林が「その深層心理ないしは無意識において」は、「それほどには違っていなかったのではあるまいか？」と推定しているのです。(45)

きわめて大胆な仮定ですが、「いきなりぶった切る」という意味の「斫断」という単語は、「一思いに打ちこわす、それだけの話さ」と語り、「いやなによりも権力だ！」と続けていたラスコーリニコフの言葉を想起させます。

つまり、ドストエフスキーはラスコーリニコフに「凡人」について、「服従するのが好きな人たちです。ぼくに言わせれば、彼らは服従するのが義務で」と規定させているばかりでなく（三・五）、「どうするって？　打ちこわすべきものを、**一思いに打ちこわす、それだけの話さ。**（……）自由と権力、**いやなによりも権力だ！**（……）ふるえおののくいっさいのやからと、この蟻塚《ありづか》の全体を支配することだ！」（太字は引用者、四・四）とも語らせていました。

しかも、この「おののく」という特徴的な言葉は、彼がナポレオンのことを想起しながら、大砲で「罪なき者も罪ある者も片端から射ち殺し」た際にも「言訳ひとつ言おう」としなかった者の処置こそ正しいと感じた時にも、「服従せよ、おののくやからよ、望むなかれ、それらはおまえらのわざではない」（三・六）と用いられていました。

創作ノートにはラスコーリニコフには「人間どもに対する深い侮蔑感があった」と書かれています。ドストエフスキーはラスコーリニコフに、自分の「権力志向」だけではなく、大衆の「服従志向」にも言及させることでラスコーリニコフのいらだちを見事に表現しえているのです。

そのことに留意するならば、「高利貸しの老婆」だけでなくリザヴェータをも殺害したラスコーリニコフには「罪の意識も罰の意識も遂に彼には現れぬ」という結論を出していた小林秀雄の『罪と罰』論がドストエフスキーの作品を分析した解釈ではなく、ヒトラーの方法や英雄を賛する自分の心情に沿った解釈であった可能性が強いと言えるでしょう。

鹿島茂は世代論と家族論的な視点を重視したエマニュエル・トッドの説を援用しながら、小林秀雄のランボー体験が「誤読と誤訳に基づく」ものでありながらも流行った理由を、当時の時代状況などにも注意を払いながら説明していました。[45] 同じことは小林の『罪と罰』論や英雄観にも当てはまるでしょう。

たとえば、ドストエフスキーの作品論をとおして「大東亜戦争を、西欧的近代の超克への聖戦」と主張した堀場正夫の著書『英雄と祭典　ドストエフスキイ論』（白馬書房、昭和一七年）からもそのことがうかがえると思えます。

西欧の「英雄」ナポレオンを打ち倒したロシアの「祖国戦争」を「祭典」と見なした堀場は、「序にかえて」で日中戦争の発端となった盧溝橋事件を賛美し、「今では隔世の感があるのだが、昭和十二年七月のあの歴史的な日を迎える直前の低調な散文的平和時代は、青年にとつて実に忌むべき悪夢時代であった」と記していたのです。[46]

一方、第一次世界大戦の後で経済的・精神的危機を迎えたドイツにおいてヒトラーがなぜ権力を握りえたのかに迫った『自由からの逃走』において、社会心理学者のエーリッヒ・フロムは、自分の分析の例証として『カラマーゾフの兄弟』からも引用しながら、自らを「非凡人」と見なしたヒトラーが「権力欲を合理化しよう」とつとめていたことに注意を促すとともに、「権威主義的な価値観」に盲従する大衆の心理にも迫っていました。[47]

すなわち、心理学の概念を用いながら人間の「服従と支配」のメカニズムを分析したフロムによれば、「権力欲」は単独のものではなく、他方で権威者に盲目的に従いたいとする「服従欲」に支えられており、自分では行うことが難しい時、人間は権力を持つ支配者に服従することによって、自分の隠された望みや欲望をかなえようともするのです。

そしてこれまで見てきたように、ラスコーリニコフに自分の「権力志向」と大衆の「服従志向」にも言及させることで「権威主義的な価値観」の危険性を見事に表現していたドストエフスキーも、「良心の呵責」に苦しんだラスコーリニコフがエピローグで見た「人類滅亡の悪夢」をとおして「自分」や「自民族」を「非凡」と見なして「絶対化」することが大規模な戦争を引き起こすことをすでに示唆していたのです。

## 五、小林秀雄と堀田善衛——危機の時代と文学

二度にわたる原爆投下の惨禍を踏まえて日本では、昭和二二年に「平和憲法」が採択されました。

しかし、『翔ぶが如く』第一〇巻の「書きおえて」で、「土地に関する中央官庁にいる官吏の人」から、「私ども役人は、明治政府が遺した物と考え方を守ってゆく立場です」という趣旨のことを言われたと書いた司馬遼太郎は、こう続けています。「よく考えてみると、敗戦でつぶされたのは陸海軍の諸機構と内務省だけで」、「内務省官吏は官にのこり」、「機構の思想も、官僚としての意識も、当然ながら残った」。

こうした流れの中で「評論の神様」として復権したのが、日独伊三国同盟が締結される直前に書いた書評『我が闘争』で、ドイツで政権を握ったヒトラーへの強い共感を記していた文芸評論家の小林秀雄でした。

むろん、当時の日本ではほとんどの人間がそのことに疑問を抱いていなかったので小林だけを批判することはできません。しかし、問題なのはこの書評でヒトラーの「政治の技術」を「天才の方法」と呼んだ小林が、戦後に全集に載せた文章だけでなく昭和三五年に発表した「ヒットラーと悪魔」でも「天才のペン」という単語の前に「一種の邪悪な」を追加する一方で、文章の隠蔽も行っていたことです(48)。

実は、先に引用した『我が闘争』の書評の「これは**天才の方法**である」という文章の前の（……）の個所には、下記のような文章が記されていました。

「彼は、彼の所謂主観的に考える能力のどん底まで行く。そしてその処に、具体的な問題に関しては**決して誤たぬ本能とも言うべき直覚**をしっかり掴んでいる。彼の感傷性の全くない政治の技術はみなその処から発している様に思われる」（太字は引用者）。

フランス文学者でドストエフスキーの研究者でもある寺田透は『文学界』に寄稿した記事で小林秀雄について、「男らしい、言訳けをしないひととする世評とは大分食いちがう観察だと自分でも承知しているが」と断った上で、「戦後一つ二つと全集が出、その中に昔読んで震撼を受けた文章が一部削除されて入って」いることを指摘して、小林の改竄と隠蔽という方法を示唆していました[49]。

しかし、彼が戦後に「批評の神様」と讃美されるようになり大学の入試問題にも彼の評論が出題されたことで、「改竄と隠蔽」という小林の手法は、文学や歴史だけでなく官僚の公文書のレベルにまで影響を与えていると思えます。

残念ながら、島崎藤村は戦後の日本で採択された「平和憲法」を知ることなく亡くなりましたが、藤村の文学観を継承していたと思われるのが、二・二六事件の前日に上京した若者を主人公とした自伝的な長編小説『若き日の詩人たちの肖像』を書いた作家の堀田善衛です。

彼は作家の司馬遼太郎やアニメ監督・宮崎駿との鼎談で次のように語って、藤村の客観的な視点に注意を促していたのです[50]。

「『この国』という言葉遣いは私は島崎藤村から学んだのですけど、藤村に一度だけ会ったことがある。あの人は、戦争をしている日本のことを『この国は、この国は』と言うんだ」。

しかも政府主催による「明治百年記念式典」が盛大に行われた昭和四三年に発行された長編小説『若き日の詩人たちの肖像』で堀田は、ドストエフスキーの『白夜』の冒頭の文章を第一章の題字に引用しただけでなく本文でも何度も引用するとともに、「異様な衝撃」を受けたナチスの宣伝相ゲッベルスの「野蛮な」演説にも言及していました[51]。

堀田善衛が戦時中に書いた卒論で「ランボオとドストエフスキー作『白痴』の主人公ムイシュキン公爵とを並べてこの世に於ける聖なるもの」を論じていたことを考慮するならば[52]、これらの記述は昭和三五年に発表された小林秀雄のエッセー「良心」や彼のドストエフスキー論を強く意識していたと思われます[53]。

さらに、平田篤胤の全集を読んだ『若き日の詩人たちの肖像』の主人公は、「洋学応用の復古神道——新渡来の洋学を応用して復古というのもまことに妙なはなしであったが——は、儒仏を排し、幕末にいたっては国粋攘夷思想ということになり、祭政一致、廃仏毀釈ということになり、あろうことか、恩になったキリスト教排撃の最前衛となる。それは溜息の出るようなものである」という感想を抱くのです。

そして堀田は登場人物の一人に「平田篤胤がヤソ教から何を採って何をとらなかったかが問題

なんだ、ナ」と語らせ、「復古神道はキリスト教にある、愛の思想ね、キリストの愛による救済、神の子であるキリストの犠牲による救済という思想が、この肝心なものがすっぽり抜けているんだ。汝、殺すなかれ、が、ね」と続けさせていました。(54)

この指摘は『夜明け前』について「全編を通じて平田篤胤の思想が強く支配しているという事は言える」と記した小林秀雄の批評方法に対する厳しい批判となっており、「立憲主義」を敵視して「憲法」の放棄を目指す復古主義的な傾向が再び強くなり始めていた執筆当時の日本に対する深い危惧の念をも示しているようにも思えます。

現代の日本も独裁的な藩閥政府のもとで大規模な汚職や横暴な行いが横行していた明治初期と似たような様相を示しています。しかし司馬遼太郎は「明治憲法は上からの憲法だ」といわれるが、「下からの盛りあがりが、太政官政権を土俵ぎわまで押しつけてできあがったものというべき」と記して明治憲法の発布にいたる過程を高く評価していました。(55) 欽定憲法の「明治憲法」には欠点もありましたが、治安維持法が発布されて「天皇機関説」事件が起きるまではある程度、権力を抑える機能も果たしていたのです。

そして、独裁的な「藩閥政府」との厳しい闘いをとおして「憲法」を獲得した時代に青春を過ごしていた明治の文学者たちも、『罪と罰』や『戦争と平和』などに対する深い理解を示していました。

グローバリズムの暴走への対抗からナショナリズムが世界に広がり、「自国第一主義」がはびこるようになる一方で、核兵器の危険性を忘却した政治家たちにより、第三次世界大戦の危険性さえも生まれています。

一方、堀田善衞の自伝的な長編小説『若き日の詩人たちの肖像』を高く評価していた鹿島茂は、「日本の文学の主流は、いわゆる私小説です。つまり、私《わたくし》とその周辺のことだけを考えて書いている。それが日本的な個人主義ですが、堀田さんの考える個人主義は、他の人とのつながりも書いている」と指摘しています。そして、堀田など戦争を体験した文学者たちについて、「グローバリズムによって格差がどんどん広がっていくと、いや、やはり彼らが言ったことは全く古びていないのではないか」と感じると記しているのです(56)。

危機の時代とも言える今こそ、自分の主観的な手法によるのではなく、「比較」という方法の重要性を踏まえて作者が構成した人物体系に沿って文学作品を読み解いた明治の文学者たちの手法とそれを受け継いだ堀田善衞などの骨太の文学が再認識されるべきでしょう。

# 注

## はじめに

（1）高野雅之『ロシア思想史——メシアニズムの系譜』早稲田大学出版会、一九八九年、一〇五頁。
（2）内田魯庵「『罪と罰』を読める最初の感銘」野村喬編『内田魯庵全集』第三巻、ゆまに書房、一九八三年、一七六頁。
（3）内田魯庵「二葉亭余談」野村喬編『内田魯庵全集』第三巻、ゆまに書房、一九八三年、三三二頁。
（4）北村透谷「罪と罰（内田不知庵訳）」『明治文學全集　二九　北村透谷集』筑摩書房、一九七六年、一九五頁。なお、国松夏紀「日本におけるロシア文学の影響」（『日本近代文学と西洋』駿河台出版社、一九八六年）では、巌本善治や高橋五郎などのキリスト教に近い人々の『罪と罰』訳への反響も紹介されている。
（5）北村透谷「『罪と罰』の殺人罪」『北村透谷選集』岩波文庫、一九七〇年、二一四頁。
（6）山本新著、神川正彦・吉澤五郎編『周辺文明論——欧化と土着』刀水書房、一九八五年、一七三頁。
（7）夏目漱石『三四郎』『漱石全集』第五巻、岩波書店、一九九四年、五七八頁。
（8）三好行雄編『漱石書簡集』岩波文庫、一九九〇年、一五八頁。

(9)夏目漱石「思い出す事など」『文鳥・夢十夜』新潮文庫、一九七六年、一八三頁。
(10)清水孝純「日本におけるドストエフスキー——大正初期に見る紹介・批評の状況——」『ロシア・西欧・日本』朝日出版社、一九七六年、四五二〜四五四頁参照。
(11)高橋誠一郎HP、「『様々な意匠』と『隠された意匠』」参照。

第一章

(1)井上ひさし・加賀乙彦他「島崎藤村『夜明け前』に見る日本の近代」(「座談会昭和文学史(一二)」)雑誌『すばる』一九九九年一〇月号参照。
(2)島崎藤村『夜明け前』の引用は岩波文庫、全四巻による。二〇一四年版。以下、本文中の括弧内に第一部の表記は略し、章と節を漢数字で記す。第二部は明記する。
(3)太田哲男「叙事詩としての『夜明け前』」『「断念」の系譜』影書房、二〇一四年、一七七頁。
(4)高橋『新聞への思い——正岡子規と「坂の上の雲」』人文書館、二〇一四年、六〜一〇頁、四八〜五〇頁。
(5)相馬正一『国家と個人　島崎藤村『夜明け前』と現代』人文書館、二〇〇六年、五九頁。
(6)司馬遼太郎『竜馬がゆく』第二巻、文藝春秋。高橋『竜馬という「日本人」——司馬遼太郎が描いたこと』人文書館、二〇〇九年、一七八〜一八〇頁。
(7)飛鳥井雅道『坂本龍馬』講談社学芸文庫、二〇〇二年、一〇九頁。
(8)平田篤胤、子安宣邦校注『霊の真柱』岩波文庫、二〇一〇年、一二八〜一三二頁。
(9)同右、一四頁。

(10) 島薗進『国家神道と日本人』岩波新書、二〇一〇年、四〇頁。
(11) 富田正文『考証福沢諭吉』上、岩波書店、一九九二年、三八四頁。
(12) 土肥恒之『ピョートル大帝とその時代――サンクト・ペテルブルク誕生』中公新書、一九九二年、六一頁。
(13) 司馬遼太郎『翔ぶが如く』文春文庫、第五巻、二〇〇二年新装版。以下、本文のかっこ内に巻数と章のみを記す。
(14) 司馬遼太郎『信州佐久平みち、潟のみちほか』(『街道をゆく』第九巻) 朝日文庫、一九七九年、三二頁。
(15) 高橋『新聞への思い――正岡子規と「坂の上の雲」』人文書館、二〇一五年、二六～三〇頁参照。
(16) 中村雄二郎『近代日本における制度と思想――明治法思想史研究序説』未来社、一九六七年、三〇九～三一七頁。
(17)『福沢諭吉選集』第四巻、岩波書店、一九八九年、三三五頁。
(18) 山住正己『教育勅語』朝日選書、一九八〇年、二三頁。
(19) 司馬遼太郎『本所深川散歩・神田界隈』(『街道をゆく』第三六巻) 朝日文芸文庫、一九九五年、三七〇～三七一頁。
(20) 平田篤胤、子安宣邦校注『霊の真柱』岩波文庫、一九九八年、五〇頁。

第二章

(1) 島崎藤村『桜の実の熟するとき』新潮文庫、第三章。

（2）高橋『ロシアの近代化と若きドストエフスキー――「祖国戦争」からクリミア戦争へ』成文社、二〇〇七年、七八～七九頁参照。

（3）ПСС,Т.28-1.С.63.

（4）高野雅之『ロシア思想史――メシアニズムの系譜』早稲田大学出版会、一九八九年、一〇五頁。

（5）佐藤清郎『ツルゲーネフの生涯』筑摩書房、一九七七年、四一頁。

（6）プーシキン、金子幸彦訳「村」『プーシキン詩集』岩波文庫、二九～三〇頁。

（7）小林秀雄、第六巻、二〇八頁。

（8）高橋『ロシアの近代化と若きドストエフスキー――「祖国戦争」からクリミア戦争へ』成文社、二〇〇七年、一〇二～一〇八頁。

（9）木村浩訳『貧しき人々』『ドストエフスキー全集』第一巻、新潮社、一九七八年参照。

（10）桜井哲男『「近代」の意味――制度としての学校・工場』ＮＨＫブックス、一九八四年、五八～九頁。

（11）劇作家の井上ひさしは雑誌「チャイカ」（第三号）のインタビューで、『貧しき人々』について、「あれは最高ですね、何ともいえないですね、あれはもう僕にとってですけど、世界の文学のトップですね、あんないい小説ないですね」と語っていた。

（12）この時期の作品については、高橋「『白夜』とペトラシェフスキー事件」『ロシアの近代化と若きドストエフスキー』成文社、二〇〇七年、第四章参照。

（13）『ドストエフスキー全集』第五巻、工藤精一郎訳、新潮社、一九七九年、八八頁。

（14）『小林秀雄全集』第五巻、、新潮社、一九六七年、八四頁。

(15)川端香男里『一〇〇分de名著、トルストイ「戦争と平和」』NHK出版、二〇一三年、一五頁。
(16)グロスマン、松浦健三訳編「年譜（伝記、日記と資料）」『ドストエフスキー全集』（別巻）新潮社、一九八〇年、四八三頁）。
(17)高橋『欧化と国粋――日露の「文明開化」とドストエフスキー』刀水書房、二〇〇二年、八二頁。
(18)Нечаева,В.С., Журнал М.М. и Ф.М.Достоевских «Время»(1861-1863),М.,Наука,1972, С.113.
(19)高橋一彦『帝政ロシア司法制度研究――司法改革とその時代』名古屋大学出版会、二〇〇一年参照。
(20)杉里直人は、このころの司法制度の改革に注目して、ポルフィーリイの役職は司法取調官と訳すべきであるとしており（『ドストエーフスキイ広場』第二六号、二〇一七年、五四頁）、本書でもその説を採用する。
(21)高橋『欧化と国粋――日露の「文明開化」とドストエフスキー』刀水書房、二〇〇二年、一八〇～一八一頁。
(22)ユゴー、井上究一郎訳『レ・ミゼラブル』第一巻、河出書房新社、一九八九年、四四五頁。
(23)トルストイ、藤沼貴訳『戦争と平和』第一巻、岩波文庫、二〇〇六年、五九頁（以下、本文中のかっこ内に漢数字で部と篇のみを記す）。
(24)プーシキン、池田健太郎訳『オネーギン』岩波文庫、一九六二年、三二頁。
(25)井桁貞義『ドストエフスキイ　言葉の生命』群像社、二〇〇三年、二〇七～二〇八頁より引用。
(26)倉持俊一「クリミア戦争」『世界大百科事典』第八巻、平凡社、一九八八年、二六三頁。
(27)平川祐弘『西欧の衝撃と日本』講談社学術文庫、一九八五年、一二〇頁、一三六頁。

(28) 徳富蘇峰、近世日本国民史『西南の役(二)——神風連の事変史)』参照。
(29) 隅谷三喜男「明治ナショナリズムの軌跡」『徳富蘇峰・山路愛山』(『日本の名著』第四〇巻)中央公論社、一九八四年、三六頁。
(30) Нечаева,В.С., Журнал М.М. и Ф.М.Достоевских «Время»(1861-1863),М.,Наука,1972,С.161-162.
(31) 高橋「権力と強制の批判——『死の家の記録』と「非凡人の思想」」『欧化と国粋——日露の「文明開化」とドストエフスキー』第三章参照。
(32) 内田魯庵「『罪と罰』の新訳および旧訳出版時代の回想」野村喬編『内田魯庵全集』第三巻、ゆまに書房、一九八三年、一九六頁。
(33) 山路愛山「頼襄を論ず」『北村透谷・山路愛山集』二七七頁。

第三章

(1) 島崎藤村、長編小説『春』新潮文庫、一九六八年、五四頁。以下、章を本文のかっこ内に記す。
(2) 透谷の年譜に関しては、小田切秀雄『増補　北村透谷論』の「伝記的年譜」(八木書店、一九七〇年)、川崎司「透谷年譜」桶谷秀昭[ほか]編『透谷と近代日本』(翰林書房、一九九四年)、および色川大吉『北村透谷』(東京大学出版会、二〇〇七年)を参照した。
(3) 小澤勝美『透谷・漱石と近代日本文学』論創社、二〇一二年、三七頁。
(4) 和田春樹『テロルと改革——アレクサンドル二世暗殺前後』山川出版社。
(5) 北村透谷「石坂ミナ宛書簡」『北村透谷選集』岩波文庫、一九七〇年、三四一頁。なお、日本の自由民権運動とユゴーの作品との関係については、木村毅「日本翻訳史概観」『明治翻訳文学集』筑摩

書房、一九七二年、三九〇～三九一頁参照。
（6）北村透谷「罪と罰（内田不知庵譯）」『明治文學全集 二九 北村透谷集』筑摩書房、一九七六年、一〇八頁。
（7）北村透谷「『罪と罰』の殺人罪」勝本清一郎校訂『北村透谷選集』岩波文庫、二一二～二一四頁。
（8）井桁貞義「『レ・ミゼラブル』『罪と罰』『破戒』」『ドストエフスキイ 言葉の生命』群像社、二〇〇三年、三九〇頁より引用。
（9）北村透谷「『平和』発行之辞」『北村透谷選集』岩波文庫、一〇四頁。
（10）『現代日本文學大系六　北村透谷・山路愛山集』筑摩書房、一九六九年、一二〇頁。
（11）北村透谷「人生に相渉るとは何の謂ぞ」『北村透谷選集』岩波文庫、一九七〇年、二一八頁。
（12）平岡敏夫「山路愛山の文学――明治二〇年代を中心として」『透谷と近代日本』翰林書房、四〇五～四〇八頁。この論争と愛山の位置づけについては小田切秀雄「日本近代文学史把握と透谷観の問題」『増補　北村透谷論』一二三～一四八頁参照。
（13）夏目漱石「家庭と文学」『漱石全集』第二五巻、岩波書店、一九九六年、二二四～二三三頁。
（14）小島毅『増補　靖国史観』ちくま学芸文庫、二〇一四年、二二九頁。
（15）山住正己『教育勅語』朝日選書、一九八〇年、第一章「前史」より引用。
（16）島薗進『国家神道と日本人』岩波新書、二〇一〇年、三八頁。
（17）西村茂樹「修身書勅撰に関する記録」『教育に関する勅語渙発五〇年記念資料展覧圖録』（教学局編纂）、一九四一年、一〇〇頁。
（18）教学局編纂『我が風土・國民性と文學』（國體の本義解説叢書）、一九三八年、六一頁。

(19) 山住正己『教育勅語』朝日選書、一九八〇、四九頁～八八頁。
(20) 山本新著、神川正彦・吉澤五郎編『周辺文明論――欧化と土着』刀水書房、一九八五年、一七三頁。
(21) 井上哲次郎「教育ト宗教ノ衝突」『近代日本キリスト教名著選集：二五』日本図書センター、二〇〇四年、五頁～九頁。および五二頁。
(22) 高橋五郎「排偽哲学論」前掲書、『近代日本キリスト教名著選集：二五』二〇〇四年参照。
(23) 北村透谷「井上博士と基督教徒」『北村透谷選集』岩波文庫、一九七〇年、二六九頁。
(24) 北村透谷、一二五頁。
(25) 山路愛山「明治文学史」『現代日本文學大系　六』一九六九年、二八六頁。
(26) 槇林滉二、『北村透谷と徳富蘇峰』有精堂、一九八四年、一四頁。
(27) 北村透谷「明治文学管見（日本文学史骨）」『北村透谷選集』岩波文庫、一九七〇年、二四六頁、二五〇頁。
(28) 北村透谷「内部生命論」『北村透谷選集』岩波文庫、一九七〇年、二四六頁、二七八～二八〇頁。
(29) 北村透谷「国民と思想」『北村透谷選集』岩波文庫、一九七〇年、二四六頁、二九七頁。
(30) 植手通有「解説」『吉田松陰』岩波文庫、一九八一年、二六〇～二六四頁。
(31) 徳富蘇峰『吉田松陰』岩波文庫、一九八一年、二二頁。
(32)『徳富蘇峰集（近代日本思想大系　八）』筑摩書房、一九七八年、二八二頁。
(33) 色川大吉『北村透谷』東京大学出版会、二〇〇七年、二四八～二五〇頁。
(34) 浅岡邦男「解説」『「小日本」と正岡子規』大空社、一九九四年、三四頁。

(35)高橋『新聞への思い——正岡子規と「坂の上の雲」』人文書館、二〇一五年、一三八～一四一頁。
(36)北村透谷「他界に対する観念」『北村透谷選集』岩波文庫、一九七〇年、二〇〇頁。
(37)木下尚江「福沢諭吉と北村透谷——思想史上の二大恩人」『明治文學全集　二九　北村透谷集』筑摩書房、一九七六年、三四二～三四三頁。
(38)木下尚江「元良博士の『教育と宗教の関係』を読む」『木下尚江集』一九六五年、三四一頁。
(39)島崎藤村「六年前、北村透谷二十七回忌を迎へし時に」『明治文學全集　二九　北村透谷集』筑摩書房、一九七六年、三三七頁。
(40)島崎藤村『千曲川のスケッチ』岩波文庫、二〇〇二年、二一八頁。

第四章

(1)玉井乾介「注解」『北村透谷選集』岩波文庫、一九七〇年、四〇五頁。
(2)島崎藤村『千曲川のスケッチ』岩波文庫。
(3)和田芳恵「樋口一葉入門」『日本現代文学全集』第一〇巻、講談社、一九八〇年、四一九頁。
(4)和田芳恵『一葉の日記』講談社文芸文庫、一九九九年、二七五頁。
(5)色川大吉『北村透谷』東京大学出版会、二〇〇七年、二五一～二五三頁。
(6)黒田俊太郎「成型される透谷表象　—明治後期、〈ヱルテリズム〉の編成とその磁場—」『日本近代文学』第七六集、二〇〇七年、一七頁。
(7)小林秀雄「現代文学の不安」『小林秀雄全集』第一巻、新潮社、一九六七年、一五二頁。
(8)北村透谷「トルストイ伯」『北村透谷選集』岩波文庫、一九七〇年、一二一～一二二頁。

(9)徳冨蘆花『トルストイ』(『徳冨蘆花集』第一巻)日本図書センター、一九九九年、四〇～六六頁。
(10)阿部軍治『徳富蘆花とトルストイ——日露文学交流の足跡』彩流社、一九八九年、五五～六頁。
(11)徳冨蘆花、前掲書『トルストイ』二三三頁。
(12)徳冨蘆花、『不如帰』岩波文庫、一九三八年参照。
(13)阿部軍治『徳富蘆花とトルストイ——日露文学交流の足跡』彩流社、一九八九年、一〇七頁。
(14)徳富蘇峰『弟 徳冨蘆花』中央公論社、一九九七年、一二三頁。
(15)平岡敏夫「『にごりえ』と『罪と罰』——透谷の評にふれて」『北村透谷——没後百年のメルクマール』おうふう、二〇〇九年参照。
(16)北村透谷「罪と罰(内田不知庵訳)」『明治文學全集二九』一〇七～一〇八頁。
(17)菅聡子『樋口一葉 われは女なりけるものを』NHK出版、一九九七年、一〇八頁。
(18)樋口一葉、菅聡子・関礼子校注『樋口一葉集』岩波書店、二〇〇一年参照。
(19)菅聡子『樋口一葉 われは女なりけるものを』NHK出版、一九九七年、一一〇頁。
(20)和田芳恵、前掲書、二七六頁。
(21)正岡子規『松蘿玉液』岩波文庫、一九八四年、一六～一七頁。
(22)大岡昇平「解説・子規の評論」『子規全集』第一四巻、講談社、六八七～六九二頁。
(23)岡麓『正岡子規』白玉書房、一九六三年、二四七頁。および、岡麓「解説」正岡子規『花枕 他二篇』岩波文庫、一九四〇年、一〇四～一〇五頁。
(24)正岡子規訳「レ・ミゼラブル」『子規全集』第一三巻、講談社、一九七六年、三七一～三七四頁。
(25)ユゴー、佐藤朔『レ・ミゼラブル』第一巻、新潮文庫、一九六七年、二七頁。

(26)同右、一四九頁。
(27)蒲池文雄「解題」前掲書、『子規全集』第一三巻、講談社、七四五〜七四八頁。
(28)寺田透「解説・従軍発病とその前後」『子規全集』第二巻、講談社、六八五〜七〇一頁。
(29)野間宏「『曼珠沙華』について」『子規全集』第一三巻、七七九〜七八〇頁。
(30)亀田順一「藤村の『破戒』と正岡子規」ヒューマンブックレット二一、一九九三年。
(31)久保田正文『正岡子規』吉川弘文館、一九八六年、二七六頁。成澤榮壽『加藤拓川――伊藤博文を激怒させた硬骨の外交官』高文研、二〇一二年、三〇〇頁参照。
(32)木下尚江、前掲書『木下尚江集』三四二〜三四四頁。
(33)木下尚江『火の柱』岩波文庫、一九九三年。この作品は最初、徳冨蘆花に未完の歴史小説『黒潮』の続編を東京毎日新聞に連載することを依頼して断られたために木下が自ら執筆した。
(34)木下尚江、前掲書『木下尚江集』三五三頁。木下は続いて言論弾圧を批判した論説記事「軍国時代の言論」も書いている(三五四〜三五五頁)。
(35)長縄光男『ニコライ堂遺聞』成文社、二〇〇七年、三〇〇〜三〇二頁。
(36)トルストイ「爾曹悔改めよ」『幸徳秋水全集』第五巻、一九八二年、一八二頁。
(37)藤沼貴『トルストイ』第三文明社、二〇〇九年、五二四〜五三五頁。
(38)井口和起『日露戦争の時代』吉川弘文館、一九九八年、三〜九頁。

## 第五章

(1)『破戒』の「出版と同時に実に多くの批評」があらわれたことを紹介した平岡敏夫は、「一小説に対するこの反響は空前であり、また絶後といってよい」と書いている（「『破戒』私論」『島崎藤村Ⅰ』（日本文学研究叢書）有精堂、一九八七年、一八七頁）。その後も多くの評論が書かれているが、本書ではドストエフスキーとの関連になるべく絞って考察する。

なお、平岡は『破戒』とほとんど同じ時期に、『夜明け前』とも深い関りのある島崎広助の『木曽御料林事件交渉録』が藤村によって刊行されていることを明らかにした伊藤一夫の著作も紹介している（二〇八頁）。

（2）新谷敬三郎「『破戒』の方法」『ドストエフスキーと日本文学』海燕書房、八一頁。

（3）木村毅「日本翻訳史概観」『明治翻訳文學集』筑摩書房、一九七二年、四〇五〜四〇六頁。なお、平野謙『島崎藤村』岩波文庫、二〇〇一年、三二頁参照。

（4）新谷敬三郎「『破戒』の方法」前掲書、八五頁。

（5）井桁貞義「『レ・ミゼラブル』『罪と罰』『破戒』」『ドストエフスキイ 言葉の生命』群像社、二〇〇三年、三七八頁。

（6）猪子蓮太郎のモデルについては、水野都沚生「『破戒』に登場する猪子蓮太郎のモデル、大江磯吉」、部落解放運動との関連については北原泰作「『破戒』と部落解放運動」（ともに『島崎藤村Ⅰ』日本文学研究叢書）を、島崎藤村と小諸義塾の木村熊二との関係については佐々木雅発「『破戒』試稿――自立への道――」（『島崎藤村Ⅱ』日本文学研究叢書）を参照。

（7）С.Такахаси Проблема совести в романе "Преступление и наказание"//Достоевский: Материалы и исследования.Л., Наука,1988. Т.10. С.56-62. および、高橋、前掲書『「罪と罰」を読む（新版）』九八〜一〇二頁、一五八〜一六三頁、一八〇〜一八四頁参照。なお、『カラマーゾフの兄弟』における

「真の良心」と「良心にとって代わった定言的命令」の違いについては、ゴロソフケル著、木下豊房訳『ドストエフスキーとカント――「カラマーゾフの兄弟」を読む』(みすず書房、一九八八年)を参照。

(8)島崎藤村「ドスイエフスキイのこと」『文芸読本　ドストエーフスキイII』河出書房新社、一九七八年、九六頁。

(9)内田魯庵「明治十年前後の小学校」『内田魯庵全集』第三巻、ゆまに書房、一〇六頁。

(10)水川隆夫『夏目漱石と戦争』平凡社新書、二〇一〇年、二六頁。

(11)島薗進『愛国と信仰の構造』集英社新書、二〇一六年、一〇八～一〇九頁。

(12)内田魯庵「明治十年前後の小学校」『内田魯庵全集』第三巻、ゆまに書房、一〇六～七頁。

(13)芦川進一『『罪と罰』における復活　ドストエフスキイと聖書』河合文化教育研究所、二〇〇七年、二五頁。

(14)金沢美知子「『罪と罰』論序説(その一)――ラズミーヒン考」『文集ドストエフスキー』第三号、五～六頁。

(15)高橋『ロシアの近代化と若きドストエフスキー――「祖国戦争」からクリミア戦争へ』成文社、二〇〇七年、一四八～一四九頁。

(16)ПСС,Т.19.С.187-210.

(17)トーデス、垂水雄二訳『ロシアの博物学者たち』工作社、一九九二年、一〇一頁。

(18)同右、一一四頁。

(19)同右、四〇〇頁。

(20)北村透谷「石坂ミナ宛書簡草稿」前掲書『明治文學全集二九』筑摩書房、一九七六年、二九〇頁。
(21)江川卓『謎解き「罪と罰」』新潮選書、一九八六年、一七一～一七二頁。
(22)井桁貞義『『レ・ミゼラブル』『罪と罰』『破戒』』『ドストエフスキイ 言葉の生命』群像社、二〇〇三年、三七七頁より引用。
(23)平野謙「解説「『破戒』について」」『破戒』新潮社、二〇〇五年、四四七～四五一頁。
(24)西野常夫「『罪と罰』と近松秋江」『ドストエーフスキイ広場』第二七号、一四〇頁より引用。
(25)井桁貞義、前掲書、三八三頁。

第六章

(1)中村政則『近現代史をどう見るか――司馬史観を問う』岩波ブックレット、一九九七年、二五頁。
(2)ビン・シン、杉原志啓訳『評伝　徳富蘇峰――近代日本の光と影』岩波書店、一九九四年、および徳富蘇峰『蘇峰自伝』中央公論社、昭和一〇年参照。
(3)徳冨蘆花「順禮紀行」『明治文學学全集』(第四二巻) 筑摩書房、昭和四一年、一八三頁。
(4)徳冨蘆花、「勝利の悲哀」『日本現代文学全集』第一七巻、二五六頁。
(5)米原謙『徳富蘇峰――日本ナショナリズムの軌跡』中公新書、二〇〇三年、一〇五頁、一〇八頁。
(6)徳富蘇峰『大正の青年と帝国の前途』筑摩書房、一九七八年、三一六頁。
(7)同右、三二〇頁。
(8)夏目漱石『三四郎』『漱石全集』第五巻、岩波書店、一九九四年、五七八頁。
(9)司馬遼太郎『本郷界隈』(『街道をゆく』第三七巻) 朝日文芸文庫、一九九六年、二七八～二七九頁。

(10)高橋『新聞への思い――正岡子規と「坂の上の雲」』人文書館、二〇一五年、一四五~一五三頁、一七六~一八〇頁。

(11)森鷗外『青年』岩波文庫、二〇一七年、五五頁。

(12)須田清代次「解説・〈いま・ここ〉への注視」森鷗外『青年』岩波文庫、三三二頁。

(13)平川祐弘『西欧の衝撃と日本』講談社学術文庫、一九八五年、三五八頁。

(14)司馬遼太郎『殉死』文春文庫、一九七八年、一一四~一一五頁。

(15)森鷗外『沈黙の塔』『森鷗外全集』第二巻、岩波書店、一九七八年、二九〇~二九八頁。

(16)夏目漱石「思い出す事など」『文鳥・夢十夜』新潮文庫、一九七六年、一八一頁。

(17)徳冨蘆花『謀叛論』岩波文庫、一九七六年参照。

(18)飛鳥井雅道『明治大帝』講談社学術文庫、二〇〇二年、四七~五一頁。

(19)徳富蘇峰「大正の青年と帝国の前途」『徳富蘇峰集』筑摩書房、一九七八年、二一五頁、二九三頁。

(20)同右、二八三頁、二九三頁、三二〇頁。

(21)坂本多加雄『近代日本精神史論』講談社学術文庫、一九九六年、二八九~三一四頁。

(22)徳富蘇峰、前掲書、一五八頁。「新しい歴史教科書をつくる会」が設立された翌年には「日本の前途と歴史教育を考える若手議員の会」が自由民主党に立ち上げられたが、この命名法も蘇峰の『大正の青年と帝国の前途』を強く意識したためだと思われる。

(23)『小林秀雄全集』第一巻、新潮社、一九六七年、一五二~一五三頁。

(24)『小林秀雄全集』第七巻、新潮社、一九六八年、二〇〇~二二三頁。

(25)『小林秀雄全集』第三巻、新潮社、一九六八年、一一九～一二五頁。
(26)鹿島茂『ドーダの人、小林秀雄　わからなさの理由を求めて』朝日新聞出版、二〇一六年、一六〇、一六八頁。
(27)『小林秀雄全集』第六巻、新潮社、一九六七年、四五頁、五三頁。
(28)高橋『欧化と国粋――日露の「文明開化」とドストエフスキー』刀水書房、一一一～一二〇頁。
(29)日本文学研究資料刊行会編『日本文学研究資料叢書　島崎藤村』有精堂出版、一九七一年、二八八～三〇八頁。
(30)林房雄は「転向作家は刑務所に入っている間に、日本歴史をはじめ、真の教養に必要な文学外の書物をとても読んでいる。読まされている」と語り、獄中で『夜明け前』を読んだことを明かしており、「治安維持法」下の時代が感じられる。
(31)中島岳志・島薗進『愛国と信仰の構造 全体主義はよみがえるのか』集英社新書、三五頁。
(32)新保祐司「日本人の意識を覚醒させる時だ」「産経ニュースデジタル版」二〇一八年二月一九日。
(33)太田丈太郎『「ロシア・モダニズム」を生きる　日本とロシア、コトバとヒトのネットワーク』成文社、二〇一四年、一六九頁。
(34)相馬正一『国家と個人　島崎藤村『夜明け前』と現代』人文書館、二〇〇六年、七一頁。
(35)太田哲男「叙事詩としての『夜明け前』『「断念」の系譜』影書房、二〇一四年、一七四～一七五頁。
(36)青野季吉「『夜明け前』(第一部)を論ず」『藤村全集』別巻・上、三〇四頁。
(37)太田哲男『「断念」の系譜』前掲書、一七四～一七五頁。

(38)浅田次郎、吉岡忍『ペンの力』集英社新書、一五〇〜一六五頁。
(39)相馬正一『国家と個人　島崎藤村『夜明け前』と現代』一八九〜一九〇頁。なお、ここで相馬は東条英機の「戦陣訓」の文案を、島崎藤村が作成したという「うわさ」があるが、文章の「校閲」を依頼されたにすぎないことを示す論拠としてこれらを挙げている。
(40)教学局編纂『我が風土・國民性と文學』(國體の本義解説叢書)、一九三八年、六一頁。
(41)村上重良『国家神道』岩波新書、一九七〇年、二〇六頁。
(42)中島岳志・島薗進『愛国と信仰の構造 全体主義はよみがえるのか』集英社新書、二〇一六年、一三二頁。
(43)『新訂 小林秀雄全集』第七巻、新潮社、昭和五三年、一三三頁。
(44)小林秀雄『文学界』第七巻、一一月号、四二頁、四四頁。
(45)鹿島茂『ドーダの人、小林秀雄　わからなさの理由を求めて』朝日新聞出版、二〇一六年、一七〇頁、一八六頁。
(46)堀場正夫『英雄と祭典　ドストエフスキイ論』井桁貞義・本間暁編『ドストエフスキイ文献集成』大空社、一九九六年参照。
(47)エーリッヒ・フロム、日高六郎訳『自由からの逃走』東京創元社、一九八五年、一七〇頁、二五四頁。
(48)菅原健史「小林秀雄における『天才』の問題――ヒットラー観の変遷を中心に」「核兵器および通常兵器の廃絶をめざすブログ」、および「ナチズムと日本」サイト「馬込文学マラソン」参照。
(49)寺田透「小林秀雄氏の死去の折に」『文学界』一九八三年、七〇頁。高橋「作品の解釈と『積極的

な誤訳」――寺田透の小林秀雄観」『世界文学』第一二二号、二〇一五年、九六～一〇〇頁参照。
(50) 堀田善衞・司馬遼太郎・宮崎駿『時代の風音』朝日文庫、一九九七年、一五〇頁。
(51) 堀田善衞『若き日の詩人たちの肖像』(上)集英社文庫、一九七七年、一〇頁、一一五～一一七頁。
(52)『堀田善衞全集』第一六巻、筑摩書房、一九七五年、八頁。
(53) 高橋「狂人にされた原爆パイロット――堀田善衞の『零から数えて』と『審判』をめぐって」『世界文学』二〇一八年、一〇一～一〇七頁参照。
(54) 堀田善衞『若き日の詩人たちの肖像』(下)集英社文庫、一九七七年、三二三～三二四頁、三二五～三二六頁。
(55) 司馬遼太郎『明治という国家』NHK出版、一九八九年、二九八頁。
(56) 池澤夏樹・吉岡忍・鹿島茂・大髙保二郎・宮崎駿著『堀田善衞を読む――世界を知り抜くための羅針盤』集英社新書、二〇一八年、八七～九三頁。

# あとがきに代えて――「明治維新」一五〇年と「立憲主義」の危機

本書の構想を何回か変更したために予想以上に手間取りましたが、ようやく原稿を脱稿しました。日露戦争の直後に自費出版された島崎藤村の長編小説『破戒』については学生の頃からずっと気になっていました。『罪と罰』から強い影響を受けていることが以前から指摘されていることの長編小説では、激しい差別ばかりでなく教育制度の問題の考察をとおして、危機の時代における「支配と服従」の問題にも鋭く迫っているからです。

しかも、暗い昭和初期の時代に島崎藤村は、武家社会の横暴を見たことから平等な世の中を目指して「平田篤胤没後の門人」となり、「維新」のために奔走した彼の父・島崎正樹を主人公のモデルとした長編小説『夜明け前』を連載していました。

この長編小説の完結後に日本ペンクラブの初代会長に就任した藤村の作品を論じた文芸評論家・小林秀雄の評論と『『罪と罰』についてⅠ』とを考察するとき、「天皇機関説」事件で「立憲主義」が崩壊する前年に書かれ、現在も影響力を保っている小林のドストエフスキー論の問題点が浮かび上がってきます。

ただ、私が日本文学の専門家ではないことや、幕末から明治初期までの激動の時代が描かれている『夜明け前』を読み解くためには、「復古神道」だけでなく維新後の藩閥政府による宗教政策をも理解しなければならなかったために執筆を躊躇していました。

しかし、グローバリズムの強い圧力に対抗して世界の各地でナショナリズムが台頭する中、日本でも二〇一八年が「明治維新」の一五〇年ということで、「維新」を讃美する発言や評論だけでなく、独裁的な藩閥政府との厳しい闘いをとおして獲得した「立憲主義」をも揺るがすような発言や動きも強まっています。

それゆえ、本書では日露の近代化の比較という視点から、北村透谷の評論や島崎藤村の『破戒』や『夜明け前』などの作品をとおして、「憲法」のない帝政ロシアで書かれ権力と自由の問題に肉薄していた『罪と罰』を詳しく読み解くことにしました。『罪と罰』の受容とその変容をとおして明治初期から昭和初期にいたる日本の歴史を振り返ることは、「明治維新」一五〇年を迎えた現代の日本を考えるうえでも重要だからです。

たとえば、江戸時代に起きた日露の戦争の危機を防いだ商人・高田屋嘉兵衛を主人公とした長編小説『菜の花の沖』を書いた作家の司馬遼太郎氏はエッセー「竜馬像の変遷」で「明治国家」をこう記していました。

「人間は法のもとに平等である」というのが「明治の精神であるべき」で、「こういう思想を抱いていた人間がたしかにいたのに、のちの国権的政府によって、はるか彼方に押しやられてしまった」。そして司馬氏は「結局、明治国家が八十年で滅んでくれたために、戦後社会のわれわれは明治国家の呪縛から解放された」と続けていたのです。

明治が四五年で終わったことを考えると、「明治国家が八十年で滅んでくれた」という記述は不正確のようにも思えますが、「王政復古」が宣言された一八六八年から敗戦の一九四五年までが、約八〇年であることを考えるならば、明治国家の賛美者とされることの多い司馬氏は、「明治国家」を昭和初期の敗戦まで続いた国家として捉えていたといえるでしょう。

しかも『竜馬がゆく』で、幕末の「神国思想」が「明治になってからもなお脈々と生き続けて熊本で神風連《じんぷうれん》の騒ぎをおこし国定国史教科書の史観」となったと記し、「その狂信的な流れは昭和になって、昭和維新を信ずる妄想グループ」にひきつがれたと書いた司馬氏は、『この国のかたち』の第五巻で幕末における「復古神道」の影響の大きさを「篤胤によって別国が湧出したのである」と説明していました。

幕末と昭和初期の「神国思想」の連続性を指摘した司馬氏が、「昭和初期」を「別国」あるいは「異胎」の時代と呼んで批判していたことを想起するならば、ここでも「別国」という独特の単語が用いられていることは、昭和の「神国思想」と平田篤胤の「復古神道」との関係をも強く示唆していると思われます。

一九三八年の日中戦争で戦死した戦車隊の陸軍中尉西住小次郎が「軍神」とされたことについ

ても、司馬氏は「明治このかた、大戦がおこるたびに、軍部は軍神をつくって、その像を陣頭にかかげ、国民の戦意をあおるのが例になった」と『竜馬がゆく』を執筆中の一九六四年に指摘していました（『歴史と小説』、集英社文庫）。

このとき司馬氏の批判は小林秀雄の歴史認識にも向けられていた可能性が高いと思われます。なぜならば、一九三九年に書いた「疑惑 II」というエッセーで「インテリゲンチャには西住戦車長の思想の古さが堪えられないのである。思想の古さに堪えられないとは、何という弱い精神だろう」と書いた小林はこう続けていたからです。

「今日わが国を見舞っている危機の為に、実際に国民の為に戦っている人々の思想は、西住戦車長の抱いている様な単純率直な、インテリゲンチャがその古さに堪えぬ様な、一と口に言えば大和魂という（……）思想にほかならないのではないか」（『小林秀雄全集』第七巻）。そして小林は「伝統は生きている。そして戦車という最新の科学の粋を集めた武器に乗っている」と書いて国民の戦意を煽っていました。

一方、一九七二年に発表したエッセーで当時の日本の戦車はソ連などと比較するとすでに時代遅れのタイプであると指摘した司馬氏は、「戦車であればいいじゃないか。防御鋼板の薄さは大和魂でおぎなう」とした「参謀本部の思想」を厳しく批判していたのです（「戦車・この憂鬱な乗り物」）。

こうして、一九〇二年には日英同盟の締結に沸いていた日本は、それからわずか四〇年足らずの一九四一年にイギリスとアメリカを「鬼畜米英」と断じて、「神武東征」の神話と「皇軍無敵」を信じて無謀な太平洋戦争へと突入していました。それは日米同盟を強調しつつ復古的な教育改革をおこなっている日本の未来をも暗示しているでしょう。

それゆえ、戦前の「大和魂」の美化と「神国思想」を批判した司馬氏は、劇作家・井上ひさし氏との対談で、戦後に出来た新しい憲法のほうが「昔なりの日本の慣習」に「なじんでいる感じ」であると語り、「ぼくらは戦後に『ああ、いい国になったわい』と思ったところから出発しているんですから」、「せっかくの理想の旗をもう少しくっきりさせましょう」と続けていたのです（「日本人の器量を問う」『国家・宗教・日本人』講談社）。

司馬氏との対談もある憲法学者の樋口陽一氏も、「幕末維新の時代には『一君万民』という旗印で平等を求める動き」があり、その後も「全国各地で民間の憲法草案が出ていた」ことに注意を促して「日本国憲法」が明治の「立憲主義」を受け継いでいることを明らかにしています。

さらに、樋口氏は井上氏との共著『日本国憲法を読み直す』（岩波現代文庫）の「文庫版あとがき」で、「井上ひさしの不在という、埋めることのできない喪失感を反芻しながら、一九九三～九五年の対論を読み返した。（……）そのことにつけても、日本の現実を私たち二人と同様に——いや、もっとはげしく——憂えていた司馬遼太郎さんのことを、改めて思う」と記しているのです。

このような日本の状況や「憲法」についての議論を踏まえて、本書では司馬氏が深く敬愛していた正岡子規や夏目漱石の「写実」や「比較」という方法に注目しながら、広い視野を持っていた明治の文学者たちの考察をとおして、「弱肉強食の理論」や「非凡人の理論」の危険性を描いていた『罪と罰』の現代的な意義に迫ろうとしました。

一九世紀のグローバリズムにも匹敵するような強い圧力に対抗するために、世界中で広がっている「自国第一主義」の影響下に歴史修正主義やヘイトスピーチが横行し、国の公文書の改竄や隠蔽すらもなされ、各国で軍拡が進んでいる現在、『罪と罰』をきちんと読み解くことによって原水爆の危険性を踏まえて成立した日本国憲法の現代的な意義をも明らかにできると考えたからです。

本書の元になっているのは「現代文明論」の教養科目のために教科書として編んだ『「罪と罰」を読む（新版）――〈知〉の危機とドストエフスキー』（刀水書房、二〇〇〇年）です。前著の出版に際しては刀水書房社長の故桑原迪也氏と中村文江氏にはたいへんお世話になりましたが、本書でも『罪と罰』における「良心」の働きの分析など多くを引用させて頂きました。

本書の各章は「ドストエーフスキイの会」や「日本トルストイ協会」、「日本比較文学会」、「世界文学会」、および「世田谷文学館・友の会」などでの発表とその後の質疑応答を踏まえて書いた論文に大幅に加筆・改稿したものです。発表の際にはご批判やご助言を頂き、幹事の方々や事務局の方々にはたいへんお世話になりました。ことに本書の原稿の校正をお願いした熊谷のぶよし氏からは適切な感想も頂きました。この場を借りて多くの方々に感謝の意を表します。

最後になりましたが、出版事情の厳しいなか、成文社の南里功氏には二〇一四年の『黒澤明と小林秀雄──「罪と罰」をめぐる静かなる決闘』に続いて今回もさまざまなご配慮を頂きました。

ただ、日本文学や法律の専門家ではないうえに急いで書いたために、書き足りない箇所や誤記があるかも知れません。忌憚のないご批判やご意見を頂ければ幸いです。

平成最後の年に。

高橋誠一郎

## 初出一覧

（本章の各章は、主に講座「『坂の上の雲』の時代と『罪と罰』の受容」（二〇一六年、「世田谷文学館・友の会」）と「夏目漱石と正岡子規の交友と方法としての比較――『教育勅語』の渙発から大逆事件へ」（『世界文学』第一二六号、二〇一七年）、および左記の論文や発表に大幅な改訂を行ったものである。）

第一章　講座「『夜明け前』から『竜馬がゆく』へ――透谷と子規をとおして」（二〇一七年、「世田谷文学館・友の会」）

第二章　書き下ろし

第三章　「北村透谷と島崎藤村――「教育勅語」の考察と社会観の深まり」（『世界文学』第一二五号、二〇一七年）

第四章　「北村透谷のトルストイ観と島崎藤村の『破戒』――正岡子規をとおして」（日本トルストイ協会『緑の杖』第一三号、二〇一六年）、「司馬遼太郎の徳冨蘆花と蘇峰観――『坂の上の雲』と日露戦争をめぐって」（『COMPARATIO』九州大学・比較文化研究会、第八号、二〇〇四年）。

第五章　「『罪と罰』から『破戒』へ――北村透谷を介して」（『ドストエーフスキイ広場』第二七号、二〇一八年）

第六章　「司馬遼太郎と小林秀雄――『軍神』の問題をめぐって〉」（『全作家』第九〇号、二〇一三年）、「『明治維新一五〇年』、『ロシア革命一〇〇年』」（『季論21』二〇一七年秋号）。

## 参考文献

（本書のテーマに関連して強い知的刺激を受けたが、注では言及できなかった文献を数点に絞って各章ごとに挙げる）。


第一章

加賀乙彦『私の好きな長編小説』新潮選書、一九九三年。

子安宣邦『「宣長問題」とは何か』ちくま学芸文庫、二〇〇〇年。

安丸良夫『神々の明治維新——神仏分離と廃仏毀釈』岩波新書、一九七九年。

村上重良『国家神道』岩波新書、一九七〇年。

第二章

田中彰『近代日本の歩んだ道 「大国主義」から「小国主義」へ』人文書館、二〇〇五年。

川端香男里『一九世紀ロシアの作家と社会』中公文庫、一九八六年

中村健之助『ドストエフスキー・作家の誕生』みすず書房、一九七九年。

井桁貞義『ドストエフスキイ』清水書院、一九八九年。

桶谷秀昭『二葉亭四迷と明治日本』小沢書店、一九九七年。

鹿島茂『怪帝ナポレオン三世——第二帝政全史』講談社、二〇〇四年。

第三章

色川大吉『明治精神史』（上下）講談社学術文庫、一九七六年。

山住正己『日本教育小史』岩波新書、一九八七年。

青木透『北村透谷　彼方への夢』丸善ライブラリー、一九九四年。

永渕朋枝『北村透谷：「文学」・恋愛・キリスト』和泉書院、二〇〇二年。

隅谷三喜男「明治ナショナリズムの軌跡」『徳富蘇峰・山路愛山』（『日本の名著』第四〇巻）中央公論社、一九八四年。

内村鑑三「時勢の観察」『内村鑑三全集』第三巻、岩波書店、一九八二年。

第四章

西野常夫「魯庵による『罪と罰』初訳と新訳の比較」『Comparatio』第一二号、九州大学大学院比較社会文化学府比較文化研究会、二〇〇八年、六七〜七九頁。

末延芳晴『子規、従軍す』平凡社、二〇一一年。

和田茂樹編『漱石・子規　往復書簡集』岩波文庫、二〇〇二年。

大岡昇平『文学における虚と実』講談社、一九七六年。

安住恭子『「草枕」の那美と辛亥革命』白水社、二〇一二年。

牧村健一郎『新聞記者　夏目漱石』平凡社新書、二〇〇五年。

木下豊房『近代日本文学とドストエフスキー　夢と自意識のドラマ』成文社、一九九三年。

第五章

ルナン、津田穣訳『イエス伝』岩波書店、一九四一年。

清水孝純『ドストエフスキー・ノート：「罪と罰」の世界』九州大学出版会、一九八一年。

江川卓『謎とき「罪と罰」』新潮選書、一九八六年。

井桁貞義『ドストエフスキーと日本文化』教育評論社、二〇一一年。

木下豊房『ドストエフスキーの作家像』鳥影社、二〇一六年。

川崎浹・小野民樹・中村邦生『「罪と罰」をどう読むか〈ドストエフスキー読書会〉』水声社、二〇一六年。

第六章

中村文雄『漱石と子規　漱石と修――大逆事件をめぐって』和泉書院、二〇〇二年。

小森陽一『世紀末の予言者・夏目漱石』講談社、一九九九年。

山崎雅弘『「天皇機関説」事件』集英社新書、二〇一七年。

江藤淳『作家は行動する　文体について』角川選書、一九六九年。

井上ひさし・小森陽一編著「小林秀雄：その伝説と魔力」『座談会昭和文学史』第四巻、集英社、二〇〇三年。

柄谷行人・中上健次「小林秀雄を超えて」『柄谷行人・中上健次全対話』講談社文芸文庫、二〇一一年。

山城むつみ『小林秀雄とその戦争の時――「ドストエフスキイの文学」の空白』新潮社、二〇一四年。

西田勝「小林秀雄と満州国」『すばる』二〇一五年二月号。

樋口陽一・小林節『「憲法改正」の真実』集英社新書、二〇一六年。

著者紹介
高橋　誠一郎（たかはし・せいいちろう）
1949 年福島県二本松市に生まれる。東海大学文学部文学研究科（文明専攻）修士課程修了。東海大学教授を経て、現在は桜美林大学非常勤講師。ドストエーフスキイの会、日本比較文学会、日本トルストイ協会、日本ロシア文学会、世界文学会、ユーラシア研究所、黒澤明研究会、比較文明学会、日本ペンクラブなどの会員。
主な著書と編著（ドストエフスキー関係）:『黒澤明と小林秀雄――「罪と罰」をめぐる静かなる決闘』（成文社、2014 年）、『黒澤明で「白痴」を読み解く』（成文社、2011 年）、『ロシアの近代化と若きドストエフスキー　――「祖国戦争」からクリミア戦争へ』（成文社、2007 年）、『ドストエフスキイ「地下室の手記」を読む』（リチャード・ピース著、池田和彦訳、高橋誠一郎編、のべる出版企画、2006 年）、『欧化と国粋――日露の「文明開化」とドストエフスキー』（刀水書房、2002 年）、『「罪と罰」を読む（新版）――〈知〉の危機とドストエフスキー』（刀水書房、2000 年）
（司馬遼太郎関係）:『新聞への思い――正岡子規と「坂の上の雲」』（人文書館、2015 年）、『司馬遼太郎の平和観――「坂の上の雲」を読み直す』（東海教育研究所、2005 年）

『罪と罰』の受容と「立憲主義」の危機――北村透谷から島崎藤村へ
2019 年 2 月 27 日　初版第 1 刷発行
著　者　高橋誠一郎
装幀者　山田英春
発行者　南里　功
発行所　成　文　社
〒 240-0003 横浜市保土ヶ谷区天王町 2-42-2
電話 045 (332) 6515
振替 00110-5-363630
http://www.seibunsha.net/
落丁・乱丁はお取替えします
組版　編集工房 dos.
印刷・製本　シナノ

Printed in Japan
ISBN978-4-86520-031-7 C0098

歴史・文学

高橋誠一郎著

## ロシアの近代化と若きドストエフスキー

「祖国戦争」からクリミア戦争へ

四六判上製
２７２頁
２６００円
978-4-915730-59-7

祖国戦争から十数年をへて始まりクリミア戦争の時期まで続いたニコライ一世（在位一八二五―五五年）の「暗黒の三〇年」。父親との確執、そして初期作品を詳しく分析することで、ドストエフスキーが「人間の謎」にどのように迫ったのかを明らかにする。

２００７

歴史・文学

高橋誠一郎著

## 黒澤明で「白痴」を読み解く

四六判上製
３５２頁
２８００円
978-4-915730-86-3

「白痴」の方法や意義を深く理解していた黒澤映画を通し、登場人物の関係に注目しつつ「白痴」を具体的に読み直す――。ロシアの「キリスト公爵」とされる主人公ムィシキンの謎に迫るだけでなく、その現代的な意義をも明らかにしてゆく。

２０１１

歴史・文学

高橋誠一郎著

## 黒澤明と小林秀雄

「罪と罰」をめぐる静かなる決闘

四六判上製
３０４頁
２５００円
978-4-86520-005-8

一九五六年十二月、黒澤明と小林秀雄は対談を行ったが、残念ながらその記事が掲載されなかったため、詳細は分かっていない。共にドストエフスキーにこだわり続けた両雄の思考遍歴をたどり、その時代背景を探ることで「対談」の謎に迫る。

２０１４

文学

長瀬隆著

## ドストエフスキーとは何か

四六判上製
４４８頁
４２００円
978-4-915730-67-2

全作品を解明する鍵ドヴォイニーク（二重人、分身）は両義性を有する非合理的な言葉である。唯一絶対神を有りとする非合理な精神はこの一語の存在と深く結びついている。ドストエフスキーの偉大さはこの問題にこだわり、それを究極まで追及したことにある。

２００８

文学

木下豊房著

## 近代日本文学とドストエフスキー

夢と自意識のドラマ

四六判上製
３３６頁
３３０１円
978-4-915730-05-4

二×二が四は死の始まりだ。近代合理主義への抵抗と、夢想、空想、自意識のはざまでの葛藤。ポリフォニックに乱舞し、苦悩するドストエフスキーの子供たち。近代日本の作家、詩人に潜在する「ドストエフスキー的問題」に光を当て、創作意識と方法の本質に迫る。

１９９３

文学

木下豊房著

## ドストエフスキー その対話的世界

四六判上製
３６８頁
３６００円
978-4-915730-33-7

現代に生きるドストエフスキー文学の本質を作家の対話的人間観と創作方法の接点から論じる。ロシアと日本の研究史の水脈を踏まえ、創作理念の独創性とその深さに光をあてる。国際化する研究のなかでの成果。他に、興味深いエッセイ多数。

２００２

価格は全て本体価格です。